我有霸總光環

【第二部】

攻城為下

（上）

江月年年　著

高寶書版集團

目錄
CONTENTS

第一章　死亡歌姬　005
第二章　天降大禮　047
第三章　護短　083
第四章　功虧一簣　123
第五章　做我的女人　159
第六章　交換身分　209
第七章　過來讓我看看　251
第八章　有你的世界　291

第一章　死亡歌姬

楚楚才不會背這個黑鍋，當然要把自己撇除乾淨。她才剛來公司沒多久，說到底，奇蹟影業會發展成這樣，跟以前的管理者脫不了關係。

高嵐清見楚總態度如此誠懇平和，遠非傳聞中的囂張跋扈，同樣有些發愣。她想起自己的目的，試圖尋找回旋的餘地：「楚總，一定要停嗎？」

楚楚臉上浮現出一絲無奈，她答道：「這不是我可以決定的事情，而是依照公司的營運狀況來評斷。如果某天資金充裕，這些專案當然能重新運轉，但妳也知道，奇蹟這兩年的情況不太好。」

姚興聽楚總一本正經地胡說八道，覺得她簡直是天生的騙子領導者，軟硬兼施的話一套又一套。雖然奇蹟影業的業績極差，但也不至於像她說的那樣，彷彿揭不開鍋。

儘管高嵐清心懷堅持，毅然找上老闆，但她面對哭窮的楚總，也變得張不開嘴。大老闆都直接說公司快撐不下去了，她哪有臉再要錢。

楚楚看高嵐清有些失落，她沉默片刻，又道：「奇蹟獨資的專案是不太能做了，不過我手中有個合資專案。假如妳有興趣，可以聽聽看？」

高嵐清好奇道：「是什麼樣的風格？」

楚楚坦然道：「應該會跟《炸裂超人》、《森林雨客》相似，幻想色彩濃郁，也不強求你們同時兼顧海內外市場。」

高嵐清聞言，只覺得有天大的餡餅砸到頭上，鬼知道她和團隊每次絞盡腦汁地討好兩邊有多累。東西方文化的差異，在觀影上有很大的體現，製作團隊實在很難都照顧到。但奇蹟影業作為齊盛電影的海外跳板，又必須承擔這個責任，讓眾人叫苦連連。

高嵐清的團隊裡有很多外國友人，他們很多時候真的都打不中東方的點，胡亂編造的後果就是不倫不類。現在楚總居然一改策略，重歸奇蹟影業以前擅長的風格。

高嵐清還保有理智，她認真道：「楚總，其實公司以前也做過《森林雨客》的續作，但反響一般……如果繼續消耗老ＩＰ，觀眾可能不會買單了。」

「妳放心，不是做續作，不過也是ＩＰ。」楚楚補充道，「當然，我還會約談其他製作人，並不會馬上敲定團隊，妳明白吧？」

「明白。」高嵐清可以理解，楚總要是隨手就將專案派出去，她反而會對公司的前景感到不安。

高嵐清在心中猜測許久，不知楚總口中的合資專案究竟是什麼。直到她接到前往光界娛樂的通知，才突然有些眉目，猜到將要改編的ＩＰ。

楚楚的想法很直接，她想把奇蹟影業往前推，只能靠光界娛樂大師帶新手，走遊戲改編電影這條路。

《贏戰》最近已經在海外成功上線，下載量可觀，呈現上升趨勢。如果讓奇蹟影業及時推出改編電影，能讓遊戲在海外擴大影響力，同時依靠海外的特效技術，較為完美地還原遊戲世界。

楚楚從很早以前，就有過把遊戲改編成電影的念頭，但目前國內的製作公司顯然沒有過類似的經驗。雖然奇蹟影業過往的電影作品故事極差，但特效畫面是實打實的精美，更有同類經典作品在前，便成為最好的選擇。

當然，還有一個理由就是光界娛樂現在很有錢，既然早晚都要花這筆錢，楚楚自然本著肥水不落外人田的態度，促成兩家公司合作。

奇蹟影業將製作《贏戰》電影的消息才剛放出，立刻在網路上引起討論。

夢幻紫：『澈底圓滿！買造型的時候就希望能出遊戲電影了。我的要求不多，只要能達到當年《炸裂超人》的水準就好！』

你才毛茸茸：『奇蹟聽我的，讓光界來寫故事，你就好好做畫面吧（doge.jpg）。』

椰子柳樹：『今天才剛看完爛片《咆哮鯊》，求奇蹟別再毀《贏戰》，又搞得國內外的人都看不懂。』

柔繩：『為什麼光界和奇蹟有那麼多合作？最近的互動未免也太頻繁？』

小兔子：『自己去查一下公司股東變更，奇蹟現在改跟銀達，不跟齊盛。』

芭蕉火焰山：『如果銀達是一個班級，奇蹟絕對是全班倒數第一的學生，要多跟班長辰星、副班長光界和學藝股長笑影學習哦，努力上進，盡快逆襲（doge.jpg）。』

散居：『奇蹟明明是交換學生，不許欺負它！』

奇蹟影業中有多個製作團隊，由於《贏戰》的IP品質不錯，眾人自然想靠競爭獲得專案主導權。而高嵐清最後脫穎而出，不但是第一個聽到專案內容的人，還成為電影製作人。

楚楚如今暫停奇蹟影業內部分不合時宜的專案，並等待公司過去的電影作品的回款[1]，幫奇蹟影業爭取到一段休養生息的日子。因為以前的戰略不太合適，《咆哮鯊》等新片的票房就比較普通，基本沒什麼盈利，但還能勉強度日。

另一邊，電視劇《胭脂骨》正緊鑼密鼓地進行後製，同時開始進行宣傳。

楚楚剛開始還能緊盯電視劇製作流程，但隨著她的時間不斷被壓縮，加上光界娛樂抄襲事件的打擾，便沒辦法持續把心力放在《胭脂骨》上。好在楚楚前期幫夏笑笑打的基礎不錯，她又經常遠端指點幾句，最後才能順利殺青。

夏笑笑在漫長的拍攝過程中成長許多，她從劇組回到公司後，臉上也增添幾分自信，不再像過去一樣唯唯諾諾。雖然她說話仍是輕聲細語，但顯然變得更有主見，逐漸轉型為幹練果決的小主管，頗有總裁辦姐姐們的風範。

1 回款：意為企業以寄售的形式銷售商品，而銷售商品並不立即結帳，而是先寫借據，以後定期還款。

夏笑笑剛到劇組的時候，其實很難適應。畢竟她年紀輕，承受過的壓力也少，偶爾會遭人頂撞或指責，心裡很不好受。夏笑笑剛開始還強撐著，不想讓楚總失望，但隨著熬夜的次數增加，身體禁不住疲乏，便忍不住在某個深夜裡傳送訊息給楚總。

夏笑笑看著訊息傳出，立刻感到後悔，興起收回的念頭。因為她在銀達投資內接受的教育，是不能隨意叨擾老闆，除非有正事才可以。

她在劇組裡簡單幼稚的情緒和壓力，實在不值得讓楚總費心。

在她按下收回的前一秒，楚總卻秒回她訊息，讓她嚇了一大跳。楚總非但沒有責怪她，反而出言安慰，還指點她應對工作的辦法，讓夏笑笑大為感動。

要不是有偶像的心靈雞湯，她根本撐不到回去公司的時候，差點要在劇組崩潰。

後製工作區內，等所有人看完《胭脂骨》的全片後，楚楚真心誠意地說道：「做得很好，這段時間大家都辛苦了。」

楚楚很滿意《胭脂骨》的品質，自從開拍後，她都只能遠端接收情況，沒辦法全程緊盯。夏笑笑資歷尚淺，卻能獨立完成這些工作，前途不可限量。

楚楚看向夏笑笑，稱讚道：「妳做得很好。」

夏笑笑聽到誇獎後，不禁血液上湧，滿臉通紅，爾後鼓起勇氣問道：「楚總，我能抱抱您嗎？」

她在劇組的時候就想感謝楚總，無奈一直沒有機會，直到今天終於見到老闆。

夏笑笑是個詞窮的小女孩，只能用這種簡單的舉動表達自己的感激。

雖然楚總身後的張總助眼神冰冷，但夏笑笑還是硬著頭皮走上前，笨拙地伸出手。

「可以啊。」楚楚大方地伸手，坦然地上前抱抱她，「辛苦妳了。」

夏笑笑得償所願，臉上浮現志得意滿的神情。雖然她覺得自己下一秒就要被張總助打死，但也算穩賺不賠。

楚楚的想法很簡單，她並不覺得兩人的舉動有何怪異。女生間友好的抱抱，是一種表達喜悅的方式。《胭脂骨》的成品不錯，這是個值得紀念和慶祝的時刻。夏笑笑出於激動，以此方式傳遞感情，也是順理成章。

然而，在外人看來，這似乎是一件很微妙的事情，總覺得有哪裡不對？

心思善良者會覺得楚總平易近人、禮賢下士；心思叵測者則覺得夏笑笑愛拍馬屁，想在老闆面前刷存在感。

夏笑笑其實知道自己的行為稍顯出頭，差點被張總助冷冽的視線殺死。她戀戀不捨地抱完楚總，這才戰戰兢兢地應聲：「哪裡哪裡，您才辛苦，總助也辛苦了。」

楚楚聽她說起張嘉年，回頭便發現自己身後的張總助面無表情。他冷眼看著這一幕，發出輕輕的氣音，像是對夏笑笑的話毫不在意，又或是隱含不屑。

張嘉年看楚楚轉頭注視著自己，淡淡道：「您有什麼吩咐？」

楚楚遲疑道：「張總助辛苦了？」

張嘉年不卑不亢道：「哪裡，您才辛苦。」

張嘉年的營業狀態跟往常一樣精準，似乎沒有任何異樣，相當客氣有禮。

楚楚覺得他的態度挑不出毛病，就是有點陰陽怪氣，索性試探地朝他張開雙臂：「抱抱？」

張嘉年：「……」

張嘉年眉頭一跳，表情管理差點失敗，他在眾目睽睽之下，面對她的懷抱略感尷尬，一時僵在原地。

楚楚看他久久未動，當即不滿地挑眉：「不給我面子，是吧？」

她本來還有點自責，如果按照工作量和水準的排序來看，應該「先張後夏」，不料張嘉年似乎不願意，甚至連動都不動。

楚楚看他不伸手，不想當眾給張嘉年難看，乾脆主動走上前稍微環住他，鼓勵地拍了拍他的背，調侃道：「張總助辛苦了，繼續加油。」

張嘉年長得太高，楚楚主動伸手，擁抱便有點不倫不類。楚楚聞到他身上乾淨溫暖的味道後，好奇地問道：「你身上噴了什麼？」

張嘉年的大腦快要停止運轉，他艱難地答道：「……什麼都沒噴。」

楚楚撓撓頭：「好香。」

楚楚好像在張家聞過同樣的香味，這讓她想起柔軟舒適的棉被，彷彿一蓋上便能進入甜美的夢鄉。

張嘉年聞言徹底當機，別說露出陰陽怪氣的神色，整個人早已陷入「404 Not Found」的狀態，簡直魂不守舍。

夏笑笑本以為觀片會結束，自己會遭遇張總助的嚴厲教育。畢竟她當初剛跟楚總的行程時，張嘉年就會在行程前耳提面命，行程後總結問題，恨不得進行周密復盤。

張總助的眼裡揉不下沙子，夏笑笑擁抱老闆顯然是大罪。

令她意外的是，張總助今日卻像是忘記此事。他被楚總擁抱後就變成移動的木頭人，只是默默地跟在楚總身後，對其他事情一概不過問，讓夏笑笑逃過一劫。

《胭脂骨》和《游離者》是同檔期的電視劇，兩者不但開拍和殺青的時間相近，就連爭奪的電視臺都差不多。因為知名的電視臺一隻手就數得過來，兩部劇為了獲得更高的售出價格，不免要面臨廝殺。

《胭脂骨》是辰星影視最近的大戲，《游離者》則是李泰河出走辰星後的首部作品。雙方完全是天生的死對頭，各大新聞媒體立刻釋出新聞稿，引來不少看熱鬧的觀眾。

楚總和李泰河當初吵得天翻地覆，甚至成為搜尋排行榜的常客，實在令人難忘。

溪水成河：『既然提到我家的偶像，那就在此推薦優質演員李泰河的新作《游離者》，重新起航後的精湛演技！電視劇即將播出，歡迎關注！』

藍色川：『默默抱走李泰河，不約哦（再見.jpg）。』

霓虹閃耀：『出來工作，瞧瞧人家控制輿論有多積極@楚總全球粉絲應援會。』

斑馬線：『這波操作有點厲害，兩劇相爭應該由@尹延應援會出面才對，跟老闆有什麼關係？』

轟隆隆龍：『你們要怎麼讓太子粉控制輿論？難道也是默默抱走楚總？那肯定會被太子的保鏢打死。』

我的腦洞炸了：『楚總：我可不是誰想抱就能抱的人。』

因為楚李兩家的新仇舊恨，《胭脂骨》男主角尹延光榮淡出大眾的視線，楚總在網路上風頭無限，明明不是主演，卻碾壓所有演員的影響力，搞得她像是扛起收視率的男主角。

紅魚、藍川、黃果、綠霞是書中最有影響力的四大電視臺，《胭脂骨》和《游離者》的戰場主要集中在這四家。

辰星影視和新視界影視的發行部都非常努力，《胭脂骨》最終拿下紅魚和藍川，《游離者》則拿下黃果和綠霞，《胭脂骨》略勝一籌。雖然兩部劇爭取到的電視臺數目一樣，但紅魚和藍川的影響力顯然更大，辰星取得小捷。

這是值得高興的事情，夏笑笑也很振奮。畢竟這是她第一部跟完全程的作品，她自然希望能獲得好成績。

楚楚其實早有預料，《胭脂骨》是古裝劇，吸引力會比較強。她看夏笑笑如此興奮，不免感到好笑：「新視界影視可是南彥東的公司，妳不是還在跟著他學鋼琴？」

楚楚想起此事就覺得奇妙，原書的男二每週倒貼一些錢做女主角的家教，這是什麼真摯的感情？

夏笑笑進入劇組的期間，南彥東居然還飛往拍攝地點督促她練習，把劇組的眾人嚇了一跳。敵軍頭目突然空降，努力提升所有人的音樂水準，換做是誰都會覺得莫名其妙。

在南彥東的悉心教導下，夏笑笑的鋼琴水準確實突飛猛進，起碼比看不懂五線譜的楚楚還要好。

「一碼歸一碼，南總只是擅長音樂……」夏笑笑小聲道。

楚楚看她和南彥東相熟，忍不住八卦道：「妳跟李泰河沒聯絡了？」

小說原名叫《巨星的惹火嬌妻》，難道現在要改名成《男配的鋼琴嬌妻》？

「當然沒有！」夏笑笑立刻堅決地答道，「您要相信我！」

夏笑笑恨不得拍著胸脯發誓，自己絕無雙擔或爬牆的可能性。現在網路上的風浪這麼大，夏笑笑自然要捨棄跟李泰河的一切交情，堅定地站在楚總這邊。

夏笑笑：玩歸玩，鬧歸鬧，別拿粉絲屬性開玩笑。

楚楚被她驟然升高的音量一震，安撫道：「好好好，我相信妳……別那麼激動。」

楚楚不知自己戳到夏笑笑哪個點，讓小白兔瞬間亢奮起來。

因為各臺安排播出檔期的消息會四下流通，《游離者》發行情況不如《胭脂骨》的新聞也迅速傳了出去。

李泰河及其粉絲由於前期宣傳太囂張，自然而然遭遇一波嘲諷，被質疑胡亂吹牛，就連《胭脂骨》吊打《游離者》都沒如此張揚。

雖然楚楚很久沒關注過李泰河，但過去的歷史總會將他們綑綁在一起。即使雙方沒有比較的意思，大眾也會將其推上臺對決。

如果沒有任何意外，《胭脂骨》和《游離者》的PK本該在此畫上句號，豈料辰星影視突聞噩耗。藍川電視臺臨時反悔，決定捨棄《胭脂骨》，而是選擇《游離者》。

《游離者》藉此多爭取到一家電視臺，而《胭脂骨》卻只剩紅魚臺。

李泰河的粉絲原本垂頭喪氣，現在立刻氣勢洶洶地殺回戰場，想將《胭脂骨》踩到土裡。

而爾：『打臉尷尬嗎？』

粉畫畫：『某劇虛張聲勢的樣子跟某老總一模一樣，天天倒貼我家的偶像，現在知道誰是爸爸了吧？』

有灰：『李泰河的粉絲別叫小河，改名臭水溝更好。真是看不慣小人得志，前兩天消失的狗，如今都跑出來啦？』

煙色暮暮：『楚粉有夠沒素質的，張口就罵人？』

一言一行：『我作為路人小聲說一句，有灰是尹延的狂粉好嗎？上來就幫人亂扣帽子，李家是不是聞「楚」色變，有被害妄想症？』

小白刷：『李泰河的粉絲怎麼就愛揪著楚總，她不是這部劇的主演啊？你們應該盯著尹延才對吧？』

斑馬線：『尹延的討論度哪比得過楚總？』

辰星影視內，楚楚聽聞消息，立刻跟發行部進行會議，商議《胭脂骨》的後續情況。

「楚總，南風是藍川臺今年最大的廣告主，大概是有這方面的考量，才會臨時換掉我們的劇。」發行總監解釋道，「同事們跟電視臺的主管接觸了一下，他們的意思是，如果《胭脂骨》的價格能再降一些，還有繼續談的可能性。」

南風集團每年給予藍川臺不菲的廣告收入，新視界影視又是南風太子南彥東的公司。藍川臺不看金面看佛面，總歸要給些面子。

發行總監說了一下藍川臺的新報價，夏笑笑不由臉色發白：「價格這麼低？」

藍川臺給《胭脂骨》的單集報價直接砍掉一半，跟原來相差甚遠。

「價格不可能再降。」楚楚聽完新價格，便一口否決，「我們是古裝劇，成本不一樣。」

《胭脂骨》是古裝劇，《游離者》是現代劇，兩者的製作成本沒辦法相提並論。

發行總監為難道：「楚總，但我們失去藍川臺，就只剩下一家電視臺了……」

楚楚冷靜道：「他們只說有繼續談的可能性，沒說一定能談成，到時候價格傳出去，紅魚臺會怎麼想？」

最糟糕的情況是，藍川臺沒保住，紅魚臺也因此提出降價的要求。

「你們跟紅魚聊一下獨家播出吧。」楚楚想了想，提議道。她覺得藍川臺肯定保不住，現在時間緊迫，實在沒工夫多糾纏。

「即使是獨家播出，紅魚臺也不可能出到兩倍的價格……」

多家電視臺一起播出同一部劇的原因很簡單，它們聯手買劇可以省錢。現在《胭脂骨》變成獨家播出，但紅魚臺可沒辦法把原本藍川臺的錢也出了。

「鳳梨影視呢？」楚楚靈光乍現，問道，「鳳梨影視那邊怎麼說？」

鳳梨影視是目前較大的網路影音平臺，現在也在四處收劇，但購買海外版權居多，對臺劇的開價不高。目前大部分的臺劇都靠電視臺的回款，從網路影音平臺手裡拿到的錢較少。

因為網路影音平臺的會員總量還不多，收入管道較為單一，發行部自然沒放在首選。

「鳳梨影視倒是可以收……但價格可能不太合適。」發行總監面露猶豫，雖說蚊子再小也是肉，但這未免也太小了，看起來風險有點高。

楚楚當然明白發行部的顧慮，但她看過《胭脂骨》的品質，覺得這是能打動觀眾的作品。

辰星影視很快就跟鳳梨影視取得聯絡，敲定《胭脂骨》網路播出權的細節。此次洽談由楚總親自出面，由於鳳梨能給出的價格不高，她便提出點閱率收益模式，不按照單集價格直接出售，而是按照總點閱率分錢。

楚總的決策一出，辰星影視內部立刻陷入混亂，要知道目前走這種模式的劇，全都是不入流的低成本網路劇。

銀達投資辦公室內，張嘉年敲門進屋，他像往常一樣彙報完工作，在臨走前隨口問道：「我聽辰星那邊說，您為《胭脂骨》選擇點閱率收益模式？」

辰星影視發行部對此決定爭議很大，大家私下討論得越來越凶，自然不乏有心人聯絡張總助，希望他能出面規勸楚總重新考慮。

楚楚本來正在低頭看資料，她聞言後撇了撇嘴，小聲道：「你也是來勸我的？」

她最近前往辰星影視，常有想要冒死進諫的忠臣之輩出現。他們據理力爭，羅列此收益模式的弊端，懇求楚總改變主意。

張嘉年一愣，他遲疑片刻，語氣和緩地寬慰：「如果您有信心，好好跟他們溝通，大家都會理解您的。」

楚楚聞言，她抬起頭，直視著他的眼睛，坦然道：「假如我並沒有百分之百的把握呢？」

她確實知道靠點閱率賺取收益有成功的先例，但並不能確定《胭脂骨》能有相同的效益。電視劇的播出有時候是門玄學，過去也曾發生過，很多優質電視劇的評價都不錯，但收視率和點閱率極差的現象。

盡人事，聽天命。

她只能做出最大的努力，剩下就看老天肯不肯給點運氣。

如果楚楚面對的是其他人，斷然不會說出這種話，這只會動搖軍心。但她看到張嘉年，一時竟不想虛與委蛇，索性全盤托出。

張嘉年問道：「您是在擔憂電視劇的成績嗎？」

楚楚喃喃道：「稍微有點……」

她又不是神，當然會擔心，害怕劇組努力的成果，沒能取得應有的回報。

張嘉年看她難得正經，他沒有忍住，竟噗哧一聲笑出來。

楚楚：「？」

楚楚：「你這是在嘲笑我？」

楚楚覺得張嘉年太沒義氣，不安慰她就算了，竟然還笑她？

張嘉年眼中盈滿笑意，他趕忙解釋道：「不是的，我只是第一次覺得您像個人……」

楚楚面無表情道：「光是嘲笑還不夠？居然還當面說我不是人？」

楚楚差點要跳起來打他，她平時難道不像人嗎？他對自己有什麼誤解？

張嘉年看她逼近炸毛邊緣，無奈地笑道：「您以前給我的感覺，是游離於我們之外，就像膽大妄為的遊戲玩家，讓人沒有真實感。」

他沒有說假話，她靠「楚學投資」頻頻拔得頭籌，每次的手段都激進而精準，確實讓人難以相信。他甚至都懷疑，她根本就對周遭的一切不上心，所以才會有如此肆無忌憚的舉動。

「您有時候好像什麼都不在乎，什麼都不當真……完全不怕任何後果，連人類最基本的恐懼都沒有。」

「我很意外，您會像我們一樣擔憂或遲疑，心裡倒是好受多了。」張嘉年笑著解釋道。她有時候的投資手段實在是很打擊他及底下人的自尊，感覺多年的工作經驗都白累積了，根本比不上她的信口胡說。

楚楚聞言無言以對，內心卻掀起驚濤駭浪，她沒想到張嘉年的隨口之言，居然隱隱戳破一半的真相。

她當然什麼都不怕，她連跳樓都敢，說到底這只是小說的世界，不是她的世界。

楚楚一時有種難以名狀的複雜情緒，問道：「那如果我失敗了呢？」

「一部電視劇收益不佳，並不會瞬間擊垮辰星，更何況《胭脂骨》還有遊戲和衍生作品的收入，您不用太過憂慮。」張嘉年心平氣和地安慰，「生意場上有輸有贏很正常，就連楚董都沒辦法保證所向披靡。」

楚楚平靜道：「我說的失敗不是指電視劇。」

張嘉年面露茫然。

「假如銀達垮臺、齊盛破產，我不再是你的上司，是這種意義上的失敗呢？」她慢悠悠道。

「您怎麼會有這種想法？」張嘉年有些呀然，隨即沉聲道。

楚楚輕鬆地笑笑，漫不經心道：「我就隨便假設而已，萬一我某天變成流浪漢呢？」

張嘉年總覺得她話中隱含某種深意，他沉默片刻，說道：「不會有這種情況發生的。」

他不會允許這種事出現。

楚楚調侃道：「世事無常，說不定某天我會餓死在街頭。」

原書中，齊盛集團在剛開始如此威風，最後還不是牆倒眾人推。女配角不但家世敗落，還車禍毀容，以悲劇收場。

張嘉年不太喜歡這種話，他難得顯現出一絲不悅，認真道：「我不會讓您餓死的。」

楚楚看他有些不悅，趕忙活躍氣氛，出言打趣道：「你幹嘛這麼嚴肅？就是開個玩笑而已。」

「就算您不再任職，我們還是朋友，不是嗎？」張嘉年淡淡道。

楚楚沒想到張嘉年如此當真，仍然在意自己的話。她不免笑著胡說八道：「朋友怎麼了？樹倒猢猻散，難道我破產後，你還能養我？」

「可以啊。」

她沒想到張嘉年會毫不遲疑地應聲，頓時僵在原地。她撞上他清亮真摯的眼神，有些心虛地移開視線，一時不知該如何作答。

楚楚感覺自己像是挖了個坑，然後一頭摔進去，爬也爬不出來。張總助平時忽略她的一切胡話，向來都是沉默以對，誰知道他這次居然會回答。

他誠懇道：「雖然沒辦法保證您現在的生活品質，但天天煮水煮魚還是沒問題的。」

「您可以白天去喝茶，晚上吃燒烤，偶爾去看廣場舞，想做什麼都可以。」

「即使您失去現有的一切，生活同樣可以持續下去。」

張嘉年不知道她突如其來的隱憂源自何處，但他認為就算齊盛消失，也不代表事情就糟到谷底。

楚楚低下頭，有點不服氣地嘀咕：「你說得好聽，哪有那麼容易，到時候肯定背債了……」

「那就一起慢慢還？」張嘉年雲淡風輕地笑笑，「在還債方面，我應該比您更有經驗。」

楚楚面對他包容的態度，難得啞然。她就算向來沒心沒肺，此時聽到這番話，也沒辦法毫無感觸。張嘉年不是會說大話的人，一直以來的措辭都謹慎而周密，他是在認真地許諾。

她突然有點扛不住，不敢再多想，乾笑道：「張總助真有義氣？」

張嘉年只是笑笑，沒再談起破產的話題。兩人又聊了幾句其他的事情，張嘉年這才離開。

他走後，楚楚靜靜地靠在椅子上，獨自沉思許久。

《胭脂骨》的發行模式最後還是按照楚楚的意思敲定。電視劇定下播出時間後，便全面進入宣傳階段，劇組人員會召開發布會，分享創作趣聞，回答媒體的問題。這類宣傳會有一定的數量，楚楚由於其他事務繁忙，一直沒有參與。

今日是她頭一次登場，立刻吸引全場的目光。雖然她不算是劇組的人員，但絕對是各大新聞媒體熱烈討論的對象，風頭甚至超過主演。

臺上，楚楚站在彭導的身側，靜靜傾聽主持人的發言，等到記者提問環節，場面瞬間熱鬧起來。

「我想問一下楚總，您對最近同樣定下播出時間的《游離者》有什麼看法？」有記者突然問道，他還算留有餘地，沒一上來就報李泰河的大名拉仇恨值。

即使是這樣，後臺工作人員在聽清問題後，仍喊道：「趕緊派人去溝通，別問一些不該問的問題……」

許多媒體都會留些面子，不會刻意拋出尖銳的問題，誰都沒想到今天的第一位就是莽撞派。

楚楚握著麥克風，平和地笑笑：「其實我可以拿『場內只能提《胭脂骨》問題』這種官方的說詞來回你，但好像挺沒意思的？」

記者看她沒有當場暴怒，同樣笑了：「那我能再得寸進尺，順便問您對《游離者》男主角的看法嗎？」

「可以啊。」楚楚鎮定地眨眨眼，「《游離者》哪裡都好，就是男主角不好。」

臺下記者哄堂大笑，感受到楚總在嗆李泰河時的強硬態度。

「你們想要的標準答案，我已經說了。」楚楚看眾人發笑，悠然地調侃道，「我回去就等著看各位記者朋友的新聞稿，瞧瞧今天會被你們寫成什麼樣子。」

有記者好奇道：「您看網路上的新聞稿都不會生氣嗎？」

很多人對亂七八糟的新聞稿深惡痛絕，更是將尖銳提問的記者視作眼中釘，像楚總如此有自嘲風度的公眾人物屬實少見。

「不生氣，大家都只是出來混口飯吃。」楚楚笑笑，「我隨便亂說兩句，各位回去便不愁寫不出大新聞，只是舉手之勞，何樂而不為？」

「不過，你們可以罵我，但別罵劇啊。」楚楚江湖式抱拳，豪氣道，「各位記者朋友，記得在新聞稿的結尾寫上『《胭脂骨》最優秀』，小弟在此謝過！」

眾人見楚總如此豁達，倒不好再刻意刁難，接下來的問題瞬間友好而客氣許多，場內氣氛也融洽起來。

「楚總，我想請問您，最近有沒有特別想要實現的目標？」

楚楚思索片刻，真心誠意地說道：「我最近……好想破產。」

記者：「？」

眾人聽見楚總發自內心地感慨，一時滿臉茫然，不光是臺下的記者，就連臺上的劇組人員們，都朝她投去驚訝的目光。

「楚總，今天的新聞已經很大了，其實您不用這麼努力……」提問的記者撓撓頭，為難地規勸，「可以，但沒必要。」

旁邊的記者立刻應和：「慢一點、慢一點，您先存著，等下次再說。」

記者們都感到不好意思，楚總作為娛樂圈的王牌，她為養活娛樂線的記者，有必要如此拚命？她簡直嘔心瀝血地幫眾人製造大新聞，連想破產的話都往外說？

主持人露出尷尬的笑容，試圖緩和氣氛：「哈哈哈，楚總很幽默……」

楚楚眨眨眼，誠懇道：「我沒開玩笑。」

她最近是真的想破產，這個願望甚至超越百億目標。

彭導聞言後哭笑不得，他還沒見過誰家電視劇的資方老闆盼著破產，不由調侃道：「楚總，您考慮過我們的感受嗎？怎麼能在新劇發布會上許願破產呢？」

尹延今日沒有參加這場發布會，全場最有發言權的便是彭導和梅沁。陳一帆自然不敢當眾打趣老闆，但他作為辰星的藝人，心情最為複雜。

陳一帆：突然覺得自己和公司岌岌可危？

「您要是覺得錢太多，可以捐給我。」梅沁笑著附和，「我幫您扛起重擔，我可以的。」

主持人不禁提議：「我有個辦法，能讓楚總體驗一下夢想中的生活，其實您參加《變形計》[2]就行。」

2《變形計》：中國大陸的一檔真人秀節目。

在場眾人哄堂大笑，氣氛頗為活躍。主持人又引導著大家，說一些收視長虹的祝賀語，宣傳發布會便順利落幕。記者朋友們果然信守諾言，他們不但寫出了大新聞，還都在尾端寫上「《胭脂骨》最優秀」，相當講義氣。

網友們看完這些新聞稿後，皆滿臉茫然。現在網軍拍馬屁的招式怎麼這麼隨便，連踩一捧一都不用，直接大喊優秀即可？

薯條超人：『新聞媒體是被《胭脂骨》洗腦？連流程都不屑走嗎？』

星星：『人與人的境界實在不同，李泰河每天琢磨如何用收視率碾壓楚總，楚總卻每天思考如何破產（doge.jpg）。』

小茶茶：『我覺得她比李泰河更有風度，在《遊離者》的發布會上，李泰河被提問可是當場黑臉。』

今日楚總破產了嗎：『悔生貴女大楚董，想要破產小楚總。』

呼啦啦：『其他電視劇請別帶我家偶像的大名哦，無論是誰，被別有用心的垃圾纏上，都會黑臉的（可愛.jpg）。』

川川川川：『垃圾劇就只會炒亂七八糟的熱度，明明是連電視臺都不要的劇。』

禮物：『叫你家偶像少幫自己貼金，讓他先出三十億做公益，再來我楚總面前吠（可愛.jpg）。』

閱盡千帆：『李泰河解約至今，社群網站的粉絲都沒上漲一千萬。楚楚正好相反，銀達如今估值超過百億，公司大半年連跳好幾級，還看不清誰是爸爸嗎？』

桂花：『你跟他們說公司估值有什麼用，人家只會追星，其他都不懂啦。不過楚總就算破產，去當個網紅，人氣肯定不會輸給李泰河。』

不出意外，楚楚的破產言論引發熱議，網路上甚至還出現相關的提問。

提問：『怎麼樣才能證明楚楚破產，需要做哪些準備？』

PE：『對不起，我不敢回答，楚董正在看著你。』

黑球：『不可能破產，你以為富人只是有錢，其實人家富的是思維。』

匿名使用者：『匿名來回答一下，實際上很困難，除非銀達內部產生重大決策失誤，《贏戰》也同時衰敗，否則按照目前的情況來看，應該是不可能的。錢真的能生錢，楚總要麼是遭人詐騙，要麼是瘋狂擴張的資金鏈斷裂，不然就算整天躺在家，她都不會破產。當然，銀達如果完蛋了，齊盛還會幫它扛，可能性更低。』

牛皮紙：『齊盛破產的可能性都要高於銀達，畢竟老企業不良資產較多。』

愛信：『平民百姓幫富二代操心如何破產？匿名提問者該不會是齊盛的競爭對手吧？』

奶茶：『楚總是覺得百億目標太好達成，所以乾脆換條路走，覺得破產更有挑戰性？』

匿名使用者：『南董，我知道是您想搞老楚，您轉帳給我，我立刻出謀劃策，我可不能免費回答你這個問題。』

另一邊，張嘉年正在銀達內辦公，突然接到楚彥印的電話。他頗感意外，問候道：「楚董，您最近休養得如何？」

『嘉年，銀達沒發生什麼異常吧？』楚彥印頭痛欲裂，他在安逸的生活中聽聞使人心慌的消息，竟有種莫名的懷念感，恨不得立刻出山，撥亂反正。

「沒有異常。」張嘉年不知楚董何出此言，補充道，「如果您不放心，稍後我將財報傳到您的電子信箱。」

楚彥印雖然是休息狀態，卻依舊在處理齊盛的事務，只是數量大幅下降而已。

楚彥印狐疑道：『真的沒有？那她有沒有跟你說過奇怪的話？』

張嘉年：「……」

張嘉年：她每天都會說奇怪的話，實在不知道您問的是哪一句？

張嘉年沒看到新聞，自然一頭霧水，疑惑地問道：「您是聽到了什麼消息嗎？」

楚彥印直接道：『她有沒有跟你說過破產之類的話！』

張嘉年一愣，坦白道：「楚總前幾天確實說過，如果她破產怎麼辦，但應該是開玩笑的……」

他還來不及說完，便被楚彥印打斷。

『你最近好好查查，她私底下闖了什麼禍！』楚彥印驗證自己的猜想，當即勃然道，「她是不是背著你參與什麼事，不然怎麼會喊著要破產？」

楚彥印嚴重懷疑楚楚在外惹出大事，還隱瞞他和張嘉年，以此達到不可告人的目的。他派遣張嘉年查案，便是要避免他們沒有提前準備，到時候收拾不了爛攤子。

張嘉年微微凝眉，面帶憂慮，不確定道：「您是說，楚總親口表示，她快要破產？」

楚彥印橫眉：『她自己在外面說的，她最近想要破產，你聽聽看，這都是些什麼話！』

張嘉年：「……」

張嘉年莫名有點心虛，總覺得自己已經破案。如果原話是「想要」，而不是「快要」，他突然明白她的腦迴路，畢竟某人的夢想是做一條鹹魚。

張嘉年不好告訴楚董，他似乎不小心將楚總誘導到不學無術的道路，只得艱難道：「楚總應該是開玩笑的。」

楚彥印憤憤道：『你見過哪個正經的企業家，會將破產掛在嘴邊？』

張嘉年強忍內心的吐槽：但她是不正經的企業家，所以問題應該不大？

張嘉年好不容易應付完暴躁的楚董，打算找楚楚好好談談，不料她已經將破產新目標傳遍大江南北，成為網友們最新的調侃梗。

《胭脂骨》前期便蹭上這波熱度，楚楚甚至不用發文宣傳，便有無數觀眾主動觀看，滿足自己的好奇心。

一開始的宣傳目的達成後，大部分的觀眾居然真的越看越入迷，堅持追下去。同時，《游離者》壟斷三家電視臺，劇情又稍顯枯燥，促使更多沒有選擇餘地的觀眾湧入紅魚臺，反倒讓收視率集中起來。

《胭脂骨》的收視率很快就突破百分之二，直接吊打《游離者》，更讓主演李泰河及其粉絲臉上無光。畢竟他們以前罵得有多厲害，現在打臉就有多痛。

飄飄：『我講個笑話，《游離者》三家電視臺的收視率加起來，都沒紅魚臺高（doge.jpg）』

李泰河小迷妹：『《游離者》風格偏向正劇，思想內涵比較深，所以不太迎合大眾。』

con：『李泰河就是收視毒藥[3]，粉絲別閉眼吹捧啦，我奶奶一直以來都愛看藍川臺，最近都選《胭脂骨》好嗎？』

---

3 收視毒藥：一名演員出演的電視劇或電影，收視率或票房都特別差，便會被稱做「收視毒藥」。

單嬋：『《游離者》完全是李泰河耍帥秀，劇情爛得要命，粉絲別吹捧了，等著看網友評分吧。藍川臺這波虧了，今年的收視率算是被紅魚臺甩開了。』

網路上，《胭脂骨》的風評逐漸勝過《游離者》，然而楚楚最擔憂的事情還沒解決。因為《胭脂骨》只發行給紅魚臺，在單集收入上是低於《游離者》的，即便它在網友之間的評價很高，但對於製作者來說盈利更重要。

鳳梨影視上，《胭脂骨》的點閱率雖然遠超越其他網路劇，但相較製作成本來看，距離楚楚的預期還差得遠。楚楚思索片刻，決定再次和鳳梨影視進行面談。

「您說要設定點閱率目標，然後解鎖花絮或彩蛋？」工作人員聽完楚楚的想法，遲疑地撓撓頭，「以前確實沒有先例，我需要幫您問問。」

楚楚解釋道：「是的，因為我們不可能在網路上搶發正片，但電視臺是不需要花絮的，放到網路上正好。」

現在的時間段，電視臺遠比網路影音平臺威風，她要是提出「會員搶先看八集」的做法，紅魚臺肯定會氣炸，只能改採放上花絮的手段。

「應該是可以，但觀眾們會想看這些嗎？」工作人員坦言道，「楚總，說實話，其實您的預期目標實在太高，鳳梨影視從來都沒有點閱破百億的戲劇，《胭脂骨》的成績已經算很好了。」

「如果大家在電視上看過，很難再到網路上看一遍，這也是沒辦法的事。」

工作人員覺得，《胭脂骨》的點閱率收益已經很不錯，再往上突破實在很困難，顯得好高騖遠。

楚楚瞟他一眼，突然道：「你們未來會很厲害的。」

「什麼？」

「大家未來都只會上網看，閒著無聊才看電視。」

楚楚稍感遺憾，她穿書的時間還是有點晚，現在想分一塊網路影音平臺的蛋糕也不容易。

工作人員一愣，隨即笑道：「能這樣就好了，不瞞您說，鳳梨影視現在年年虧損……希望能撐到那時候吧。」

他沒說假話，鳳梨影視的發展勢頭很猛，但內部的虧損是實打實的，只能靠不斷吸入外來資金，來彌補連年的漏洞，直到真正靠自己盈利為止。

楚楚聞言，心裡頓時好受不少，畢竟在現實世界裡，網路影音平臺也同樣處於虧損狀態。大家現在賠錢賺吆喝[4]，求的都是未來，跟印鈔機器光界娛樂又不一樣。

鳳梨影視很快就同意楚楚的提議，《胭脂骨》的花絮是現成的，但彩蛋則需要另外準

4 賠錢賺吆喝：比喻吃苦受累，卻什麼也沒得到。

備。主演和製作團隊都被分配到任務，進行彩蛋的錄製。

張嘉年本想跟楚楚提一下破產的事，委婉轉達楚董的憂慮，沒想到她正巧出門。

張嘉年猶豫道：「您現在要出去？」

「我要去辰星錄音，你要一起嗎？」楚楚一邊穿外套，一邊提議道，「可以順便去聊一下《胭脂骨》遊戲版權的事。」

光界娛樂現在為銀達貢獻不菲的收益，楚楚自然也會將手中許多ＩＰ遊戲改編權釋出。《胭脂骨》的收視大漲，就算目前網路的點閱率一般，仍然是值得開發的專案。

張嘉年接觸的網路公司較多，光界娛樂更是他一直在跟進的公司，他便答應下來。

上車後，張嘉年不由疑惑：「您要錄什麼音？」

「電視劇彩蛋需要唱主題曲〈流仙〉。」楚楚不能倖免，她也有彩蛋任務。

張嘉年好奇道：「您什麼時候學過這首歌？」

他在《胭脂骨》的發布會上聽過，這首歌意境唯美，難度同樣不低。

「我還沒學呢。」楚楚理直氣壯道，「不過我那麼有天賦，現學也沒問題。」

楚楚自信心爆棚，似乎胸有成竹。

然而，事實卻非常殘酷，抵達錄音室便遭到打臉。

楚楚唱完前三句，錄音師便陷入沉默，臉色極為凝重。負責拍攝錄音過程的攝影師竟丟下攝影機，落荒而逃道：「我去一趟廁所，馬上回來。」

攝影師：工作是小，性命為大。

張嘉年聽完錄音，同樣露出微妙的表情，覺得自家老闆喜獲「死亡歌姬」稱號。他記得她上次清唱〈當你〉的時候沒問題，為什麼換成〈流仙〉便如此……令人難忘。

負責練習生聲樂課的老師親自下場，指導楚總發聲方式，然而糾正了半天也沒什麼用，她的歌聲依然毒性十足。

「我有唱得這麼差嗎？」楚楚聽完錄音成品，自己都不敢相信，她眉頭緊皺，「這是我的聲音？」

楚楚嚴重懷疑有人將她的音源掉包，她不可能這麼差！

張嘉年看楚楚黑臉，似乎頗為受挫，便安撫道：「沒關係，您可能只是不擅長這種曲風，所以跟想像中的效果不太一樣……找人稍微改變一下曲風，或許會好一點？」

錄音師一聽到這句話，心情相當複雜，頓時對張嘉年敬佩不已。張總助不愧是太子近臣，居然不怪老闆，反而責怪歌曲？

錄音師：我到底聽了什麼？

楚楚聞言，露出頗為贊同的神色，彷彿找到知音般求教：「那你說，我適合什麼曲風？」

張嘉年覺得自己挖了個坑，他苦思冥想一圈，實在不知道連流行歌曲都駕馭不了的楚總，還能嘗試哪種曲風。

最終，他硬著頭皮，試探地說道：「饒舌？」

楚楚：「……」

張嘉年：雖然她唱歌跑調，但用嘴炮能力強行押韻，應該沒問題？

張嘉年見楚楚陷入沉默，頓感自己的建議確實離譜，他正想出言解釋一番，便聽她開口道：「好像還不錯？」

楚楚若有所思地摸摸下巴，覺得對方的提議頗有建設性：「那我們改編一下原曲？」她走的是霸氣酷炫的路線，確實不該唱抒情古風曲，實在有損人設。

錄音師天降難題，艱難地提醒：「楚總，這是部古裝劇吧……」

錄音師的內心是崩潰的，他要找什麼樣的大神才能將其改編成饒舌？他萬萬沒想到，張總助隨口提出的辦法居然被採納，而且楚總還當真了！

「是古裝劇。」楚楚點點頭，她並未體會到錄音師的艱難，反問道，「怎麼了？」

錄音師剛想告訴她，這實在是異想天開，難度過高，但他撞上張總助冷颼颼的目光，又將這話咽了回去，只能小聲附和道：「嗯……因為是古裝劇，所以更需要現代的元素，改編成饒舌非常好！很有特色！」

錄音師：生活不易，且行且珍惜。老闆說得對，老闆說得都對！

楚楚得到專業人士的認可，不由露出滿意的神色，看向錄音師：「那我們找個懂音樂的人來改編吧，你可以嗎？」

「我不行。」錄音師斷然拒絕，他立刻信誓旦旦地補充，「我才疏學淺，還是得找大神來。這需要一些時間，不然等您下次過來再……」

錄音師為保證自己的聲譽，絕對不會觸碰這塊毒餅。他決定展開拖延大法，先將楚總蒙混過關再說。

張嘉年聞言卻微微凝眉，似乎不太贊同，他本著「不讓老闆的事過夜」態度，溫聲道：「公司裡應該有專門編曲的人，可以讓他們試試，您對這個要求應該也不高？」

楚楚點頭：「是，就是錄著玩而已，不用太專業。」

錄音師心中暗道，張總助跟他們是有什麼深仇大恨，莫非今日是想團滅公司裡搞音樂的人嗎？

他立刻為自己的同事們默哀，不知道哪個倒楣鬼會被派過來。幫老闆改編曲子，聽起來好像飛黃騰達，但待在太子身邊實在如履薄冰，更何況她本身還是個音痴。

練習室內，練習生們完成每日的課程後，三三兩兩地結伴去吃飯。辰星影視的練習生已經具有一定的規模，同時擁有正規的培訓流程，下課後的隊伍看起來浩浩蕩蕩。

工作人員看到人群中瘦高白淨的齊瀾，趕忙朝他招招手道：「齊瀾，你過來一下。」

齊瀾被驟然點名，發現對方是編曲部門的姐姐，他一時有些茫然，不確定地指指自己：「姐，妳叫我？」

「對對對，有事跟你說！」

齊瀾揮別同伴，一頭霧水地小跑過來。他很喜歡作詞作曲，頗有音樂天賦，跟公司內編曲錄音的哥哥姐姐們混得很熟，時常借用錄音室。

編曲姐姐立刻問道：「你下午有課嗎？」

「沒有。」齊瀾老實地說道。

「好好好，你帶上設備，跟我去錄音室。」她的語氣風風火火，「你幫我們改編一首曲子，以後錄音室隨你用！」

齊瀾聽話地帶上自己的電腦和其他設備，乖乖地跟著對方抵達錄音室。他本以為是幫公司作曲或改編曲子，沒想到他才剛進屋，便看到房間裡坐著權力頂端的兩尊大佛。楚總正低頭看著五線譜，張總助則陪坐在她身側，似在出言指點。

齊瀾突然有種不祥的預感，轉身就想退出房間，卻驟然發現錄音室厚重的大門已經被關上，頓時有種羊入虎口的恐慌。錄音室的牆壁都是特殊材質，齊瀾有種微妙的錯覺，總覺得今日的錄音室顯得更加陰暗和封閉。

他一眼就認出兩位老闆的原因很簡單，陳一帆欠下楚總百萬鉅款的那天，他在場；明凡被張總助直接勸退走人的那天，他也在場。

在練習生內部，流傳著一個「辰星狼人殺」的笑談。如果辰星影視是一局狼人殺遊戲，楚總是女巫，她先隨手下毒再救人，玩得是心跳；張總助就是獵人，離局時一定會帶走一人，人狠話不多。

「他看起來年紀好小？」

楚楚看齊瀾進屋，一時面露猶豫，這編曲人員怎麼看起來像個高中生？

工作人員急忙介紹道：「楚總，齊瀾雖然是練習生，但是很厲害的，他才剛被柏克萊音樂學院錄取。」

齊瀾恍然大悟，出來混的遲早都要還，他平時勞煩編曲的哥哥姐姐太多次，才會淪落到今天這種地步。

楚楚似懂非懂地點點頭，她倒不在意編曲的身分，反正只是電視劇彩蛋，也不太要求音樂性。錄音師先播放了〈流仙〉原曲給齊瀾聽，齊瀾在聽到音樂後逐漸放鬆下來。他右腳踩著節拍，在聽完原曲後遲疑道：「滿好聽的？」

楚楚詢問道：「你能把它改編得適合饒舌嗎？」

齊瀾回憶著剛才柔美溫婉的古風歌曲，滿臉疑惑道：「您說改編成……什麼？」

楚楚：「饒舌，Rap。」

齊瀾硬著頭皮問道：「……請問是哪位老師來進行饒舌呢？」

齊瀾：究竟是誰想不開，硬要饒舌？

楚楚簡明扼要地答道：「我。」

齊瀾立刻打了個激靈，他頓時精神一振，擺出專業的態度：「我可以先聽聽看您的聲音嗎？」

楚楚面無表情：「我勸你不要。」

齊瀾遲疑道：「但我要了解您的聲音，才能進行改編？」

楚楚抿了抿唇，淡淡道：「如果聽完之後還改編不出來，你就完了。」

楚楚心道，凡是今天聽過自己歌聲的人，絕對不能輕易讓他們離開這裡。

「！」齊瀾面對威脅，震驚不已。

片刻後，齊瀾聽完楚總的單人錄製版〈流仙〉，立刻面如死灰，他對自己的提議後悔不迭。柏克萊音樂學院的學生深感前途黯淡，今日大概難逃一劫。

齊瀾：楚總的歌聲有種死亡的意境。

張嘉年看齊瀾陷入當機狀態，提議道：「你看能不能用一些技術性的手段，將其修飾得更好一些。」

齊瀾：唯一的辦法就是換個人重錄。

齊瀾面對楚總期盼的眼神，一時進退兩難。他覺得這完全不是考驗他的音樂水準，而是對他進行人性的拷問。

千鈞一髮之際，齊瀾靈光乍現，憑藉強大的求生欲，擲地有聲道：「楚總，其實您現在覺得不好，是因為缺少hook[5]。如果要改編成饒舌曲風，最好有人幫您唱hook！」

「還要找人幫忙唱，豈不是很麻煩？」楚楚有些猶豫，她本來想在下午就解決彩蛋的事情，沒想到陣仗好像越來越大。

「不麻煩，在這裡找個人唱就好……」齊瀾環顧一圈，他接收到錄音的哥哥姐姐們的擠眉弄眼和暗中威脅，最後將視線落在張總助身上，鼓起勇氣點名道，「我覺得張總就可以！」

齊瀾：既然早晚都會翻船，乾脆拉最厲害的人下水！

其他人恨不得為齊瀾的舉動拍案叫絕，在心底揚眉吐氣。如果不是因為張總助的提議，他們怎麼會淪落到現在的境地？

楚楚聞言，臉上果然浮現興致盎然的神情，她覺得齊瀾有兩把刷子，贊同地點頭。

5 hook：在此指副歌，通常為一首歌曲內最有記憶點的地方。

下一秒，兩人同時開口。

楚楚：「我覺得可以。」

張嘉年：「我不可以。」

齊瀾看兩人意見相左，只能看著神仙打架。張嘉年面露難色，再三推卻道：「我對自己的唱歌水準很了解，真的不可以……」

楚楚想了想張嘉年過去的自我認知，他覺得自己是相貌平平，遊戲水準是偶爾玩玩，沒有一次是客觀的，於是拍板道：「沒事，他對自身的了解從來都沒準確過，他可以！」

張嘉年：「……」

張嘉年頭一次體會到什麼叫玩火自焚。自古以來，那些佞臣和賊子果然沒有好下場，早晚都要摔在這條路上。

齊瀾得到楚總的首肯，立刻大刀闊斧地開始改編。他覺得想拯救這首歌很容易，只要無限縮減楚總的段落，然後往張總助身上堆詞就好。

張嘉年看著自己密密麻麻的段落，又側頭看了看她紙上簡單的三句，遲疑道：「楚總，這不合適吧？」

楚楚：「哪裡不合適？」

張嘉年：「這不是妳的彩蛋嗎？」

楚楚：「我們之間何必分得那麼清楚！」

張嘉年：「……」

張嘉年作繭自縛，被同仇敵愾的錄音人員強行請上場，陪同楚楚錄完整首。齊瀾和楚總溝通好後，剩下的工作便不費功夫，很快就弄出未修音版本。

楚總聽完後大悅，非常滿意。

臨走前，楚楚望向齊瀾，感慨道：「我覺得你很有想法，你一定會紅的。」

齊瀾成功混水摸魚地撿回一條小命，他直接忽略楚總身後電量耗盡、面無表情的張總助，覺得事情似乎進行得很順利？

兩人錄完音，又談完《胭脂骨》遊戲合作的事情，圓滿地完成計畫中的任務。在回程路上，楚楚還興高采烈地哼著小調，坐在後座上放出張嘉年的歌聲。他唱歌時的聲音清潤，配上古風確實很好聽。

張嘉年坐在副駕駛座，感覺頭皮發麻，覺得她是在司機面前公開處刑自己，小心地提議道：「楚總，您不如先休息一會兒，回去再細聽？」

「聽歌也是一種休息。」

「……」

張嘉年聞言，乾脆點開存在手機內的初始版本，開頭第一句就蹦出楚楚的 Rap。

楚楚當場發怒：「切歌！」

張嘉年：「您不是也在聽？」

楚楚：「我聽你的可以，你聽我的不行。」

張嘉年：「……」

張嘉年：我從未見過如此雙標之人！

第二章　天降大禮

《胭脂骨》的人氣越來越高，竟然漸漸紅出圈外。剛開始，電視劇的受眾群體還僅是年輕的女性觀眾，現在傳播範圍卻越來越廣，不但吸引到祖輩級人物，甚至還有男觀眾入坑。

隨著觀眾群體的擴大，網路點閱率也一路走高，許多沒辦法按時看電視的觀眾，都選擇在鳳梨影視上補劇。同時，鳳梨影視也推出了花絮特輯和彩蛋特輯，只要點閱率破紀錄，便會不斷解鎖花絮和彩蛋。

《胭脂骨》定下的點閱率目標非常高，要解鎖當紅主演尹延的女裝彩蛋，必須突破一百億的點閱率。

然而，在此之上居然還存在其他彩蛋，若想解鎖楚總的〈Rap of 流仙〉彩蛋，必須要突破一百二十億的點閱率。

網友們看完彩蛋特輯都有些疑惑，這特輯顯然是按照高能程度排序，最為有趣的彩蛋應該要被排在後面才對，〈Rap of 流仙〉到底是什麼東西，居然能超越尹延穿女裝？〈流仙〉怎麼能搞成饒舌？

楚楚為避免丟臉，滿含私心地將自己的彩蛋排在後面，反倒刺激大眾的好奇心。

有些人為了解鎖彩蛋，就算在電視上看過，也要到網路上進行二刷。眾志成城之下，《胭脂骨》終於一舉突破一百二十億的點閱率，順利解鎖〈Rap of 流仙〉。

彩蛋特輯的片長很長，且製作相當精美。特輯從齊瀾走進錄音室開始記錄，不但錄製剪輯出眾人的討論過程，還放出錄音室版MV，內容非常豐富。

Hai：『楚總大騙子，妳的Rap只有三句！究竟是小哥幫妳唱hook，還是妳幫小哥唱hook？』

電器達人：『這其實是現實紀錄片《齊盛太子》，生動展現太子日常及身邊阿諛奉承、溜鬚拍馬的芸芸眾生，反應當代人的墮落和虛偽。』

愛心果凍：『編曲的小哥好帥，是不是辰星的練習生？』

披薩飛舞：『我喜歡楚總身邊的那個練習生，感覺很有氣質。』

椰子：『那是遠古大神VIR，不是什麼練習生。VIR怎麼老是卡到鏡頭死角，幾乎看不到正臉！』

除此之外，大部分評論都是一窩蜂地大喊「騙子還我點閱率」，強烈譴責楚總找代唱的行為。雖然代唱的聲音很動聽，但他們要看到楚總的用心之作，絕不允許她隨便敷衍！

鳳梨影視和《胭脂骨》不堪輿論的重擔，最終冒死放出神祕彩蛋——楚總單人版的〈死亡流仙〉，還貼心地標上警示。

鳳梨影視：『特殊彩蛋〈死亡流仙〉隨時面臨下架，請大家及時觀看，這可是小編們冒死取得的資料哦（再見.jpg）。』

小綿羊：『我點開聽了兩句，嚇得我又關上了。』

楚總今日破產了嗎：『楚總不僅有錢，還有能置人於死地的魔力歌喉。』

青草茵茵：『哈哈哈哈哈！』

〈死亡流仙〉彩蛋的彈幕畫風極度統一，全都是「哈哈哈哈哈」，直接籠罩整個螢幕。該曲憑藉細膩的唱腔和獨特的發聲，被網友們評為「年度十大快樂源泉之一」，為廣大群眾的娛樂生活做出貢獻。

楚楚萬萬沒想到，鳳梨影視居然能拿到〈死亡流仙〉的音源！

沒過多久，鳳梨影視的死亡彩蛋果然悄無聲息地下架，官方帳號還欲蓋彌彰地發文。

鳳梨影視：『〈死亡流仙〉僅供娛樂，不代表彩蛋人物的真實歌唱水準。歡迎大家繼續關注古裝玄幻劇《胭脂骨》，每晚相約紅魚臺、鳳梨影視。』

奧德賽之夢：『你可以再放一下她其他的音源嗎？讓我們客觀評價一下。』

小蘭蘭：『大家別害怕，某個網站還有存檔！』

雖然楚楚在得知消息後，雷厲風行地刪掉死亡彩蛋，但廣大網友早就四處存檔。

銀達辦公室內，楚楚面無表情地看著某個網站的首頁，開始認真思考如何跟其取得聯絡，強行控制輿論。

張嘉年看楚楚似乎悶悶不樂，不禁感到好笑。他安慰道：「沒關係的，楚董的水準……還不及您。」

張嘉年知道她覺得丟臉，為此不爽一整天，乾脆出賣楚彥印，藉此安撫楚楚。這樣想來，難道楚家人是有家族遺傳，每代都會出現靈魂歌手？

楚楚不免好奇：「老楚什麼時候唱過歌？」

張嘉年：「楚董在齊盛每年的年會上都會獻唱。」

楚楚：「他去年唱了什麼？」

張嘉年：「〈中華民國國歌〉。」

楚楚的心思瞬間活絡起來，虛心求教道：「我把他的年會影片丟到網路上，能達到轉移火力的效果嗎？」

張嘉年：「……」

張嘉年心想，她的詭計未免也太多，為難道，「這樣不好吧……」

楚楚振振有辭：「他是我父親，是我的上司，有事不就該讓他來扛？」

張嘉年無言以對，在心底為楚董默哀，又思及他不可能看到某網站，所以應該沒問題？

楚楚說幹就幹，立刻請王青將齊盛年會錄影拷貝出來。她特意剪輯出《中華民國國歌》的部分，開小帳上傳到某站上，還下了噱頭十足的標題《以父之名：死亡教父楚彥印現場版神曲》。

網友們很快就發現這支點閱率暴增的影片，上傳者是「路人甲的好朋友」，影片簡介寫的是「拳打流仙，一統鬼畜」。

楚楚對待和藹可親的老楚毫不客氣，她甚至自掏腰包買了點閱率，產生宣傳的作用。大家按照近期影片點閱率的排序，立刻就能看到楚楚的影片。她做完這一切，感覺自己的孝心得到成全，終於心滿意足。

楚楚隨便瞅了瞅，看到一片「哈哈哈」頗為滿意。

第二天，某站的首頁果然不見楚楚的影片，楚彥印憑藉《中華民國國歌》C位出道，澈底統治某站。

楚家大宅內，楚彥印覺得自己最近的身體狀態不錯，他準備早日回歸崗位，好好打擊一下逆子。他像往常一樣打開網頁，搜尋自己的名字，看了看最新的新聞網頁。

沒錯，楚彥印私底下有個小習慣，他總愛搜尋自己和楚楚的名字，關注輿論動向。

楚彥印以前只關注新聞動態，但自從不孝女喜歡在新媒體平臺上胡鬧，他便開始默默關注，唯恐她又闖禍。他今日有些意外，沒看到太多楚楚的壞消息，反倒發現自己的年會歌唱影片被人放到網路上。

楚彥印不由沾沾自喜，他覺得自己歌唱的水準不錯，在老一輩企業家中算是多才多藝。他點開自己的唱歌影片，並未注意到後面標注著「彈幕版」。

前奏一響，亮到刺眼的彈幕便瘋狂出現在螢幕上，內容全是「高能預警」、「這不是演習」、「現在出去還來得及」。

楚彥印被密密麻麻的彈幕晃得頭暈，他連自己的臉都看不清，畫面上全是厚厚的彈幕，只能聽到他的歌聲。

歌曲過半，彈幕內容也發生變化，全是「我選擇死亡」、「死亡教父楚董出道」、「有其父必有其女」等等。三分鐘的影片放完，結尾則飄過一片「倖存確認」、「唱歌要命」等等的彈幕。

影片下方的留言區，也深深地刺痛楚彥印的雙眼。

夏日：『千古謎題，楚董演唱時的表情如此陶醉，肯定不知道自己是死亡歌喉吧？至少楚總還有點自知之明。』

靈八：『攝影機每次掃過觀眾席，我都能看到齊盛員工在年會上的僵硬笑意。果然能進入知名企業的高管們，都能忍受常人無法忍受的事情，我還太年輕了。』

紙膠帶：『有錢可以為所欲為系列@迷惑行為大賞。』

「豈有此理！」

楚彥印看完留言後勃然大怒，憤而聯絡祕書處理此事。暴躁的楚董左看右看，發現屋內無人，他試探地唱了兩句〈中華民國國歌〉，瞬間又平靜而放鬆下來。

楚彥印：烏合之眾，一派胡言，我明明就唱得很好聽！

楚董對自己的歌喉有迷之自信，他覺得無聊的網友是在抹黑自己的實力。儘管楚董的祕書聯絡某站，想要壓制勢力，但作用甚微，反倒讓網友們更加倡狂。畢竟打壓留言區的行為，就足以證明正主看到啦！

如今，楚彥印歌唱影片的開頭彈幕，全是「楚董好，請您自覺地退出網頁，離我們的生活遠一點」。除此之外，還有人吐槽他只刪自己的影片，不刪楚楚影片的可恥行為，替楚總打抱不平。

楚彥印面對衝著自己的調侃大軍，毅然決定推遲重新出山的時間，等這陣風頭過去。而他繼續養病的後果，就是要楚楚代替他開會。

「年度財經大會？」

楚楚聽張嘉年說完，不由一頭霧水，好奇道：「那是什麼？」

張嘉年耐心地解釋：「楚董每年都會參加各類財經、經濟會議，跟業內人士交流未來的發展動向。楚董最近不在公司內，需要麻煩您代為參加。」

「我幫您下載了以往的會議錄影，您可以觀看一下。演講稿已經傳送至您的電子信箱了，您再根據需求進行修改就好。」張嘉年想起《財經聚焦》的翻車案，特意親自篩選錄影，不敢再讓她自己上網查。

因為楚楚還沒正式參加過這類會議，他便先提前準備妥帖，甚至率先擬好演講稿，讓她不至於空手上場。

年度財經大會是企業家的盛會，一群具有影響力的大咖會聚集在一起，分享交流未來商業發展動向。

因為楚楚以前荒唐的名聲在外，再加上楚彥印都會出席此類的會議，便無人邀請楚楚，畢竟只要派一個代表參加就好。

楚彥印是全國企業家協會理事，他最近低調靜養，才給予楚楚參加會議的機會。楚楚並不是代表銀達參加，而是代表齊盛集團，所以才會有特定的發言環節。一般來說，新興的年輕企業家不太能上臺，只能坐在臺下。

楚楚不願辜負張總助的一片心意，認真地看著影片學習。畫面中的地點是豪華酒店的超大會議室，房間內搭著大螢幕和檯子，下面是密密麻麻的小椅子。椅子上坐滿西裝革履的商業人士，他們皆面無表情地傾聽著臺上的演講者發言。

沒過多久，楚彥印的臉就出現在畫面上，他身著西裝站在臺上，正低頭念稿：「接下來我們會推動齊盛走向O2O，更好地發揮優勢……」

楚楚看了一半，便忍不住按下暫停鍵，吐槽道：「這怎麼看起來像是小學生上臺念作文？」

唯一的差別就是，小學生的演講內容是強調好好讀書，企業家的演講稿內容則是胡亂吹牛。

張嘉年內心暗道：不得不說，形式和意義真的差不多。

楚楚好奇道：「他們吹的牛，現在都實現了嗎？」

楚楚越看越感興趣，索性打開搜尋引擎來尋找答案。這些都是往年的影片，距離現在也有一段時間，有些想法應該能得以印證。

張嘉年無奈道：「您不能較真……這只是企業的規劃藍圖，隨時都會進行調整變動。」

張嘉年覺得她的切入點十分清奇，重點難道不是感受氣氛嗎？怎麼還關注起其他企業家是否真的達成目標？

楚楚算是看透老楚，不屑道：「商人一諾千金，敢情他的話都是假的？」

張嘉年：「……」

雖然楚楚對年度財經大會有頗多腹誹，但她還是細心地檢查自己的稿件。張嘉年的稿件寫得較為理智客觀，對齊盛集團目前的發展優劣分析得比較透徹。楚楚覺得照著讀沒問題，決定混完全場。

今年的年度財經大會同樣是在五星級酒店內舉行，自助餐廳還會提供午餐和茶飲，為眾多商業人士提供社交場所。會場門口布置著簽到處，身著西裝的男男女女佩戴證件，按照順序入場。

楚楚頂替楚彥印的位置，算是比較大咖的人物。她身著一身正裝，跟張嘉年從另一側進場，正好碰到滿臉福氣的南董。南董宛如一尊彌勒佛，看到楚楚頗感意外，便主動打招呼。

楚楚還記得南董，畢竟兩人見過兩次面，一次是在相親會上，一次是在南彥東的病房內。

南董滿臉和氣，似乎已經忘記過去的事情，親切地寒暄起來：「楚董今年真的不來啦？」

南董和楚彥印都是企業家協會理事，基本上每年都會參加，而且座位幾乎都排在一起。

楚楚點點頭，南董更為好奇：「楚董怎麼了？最近好多場會議都沒見到他？」

楚彥印完全是低調神隱的狀態，有謠言指出他重病臥床，但看楚楚的臉色又不像。如果楚彥印真的生病，勢必會影響到齊盛的股價。南董也想不明白，楚彥印是身體不好，還是想鍛鍊楚楚一番，也沒人去探口風。

「楚董過去在會議上的豪言壯語都沒實現，他深感慚愧，這次沒臉出場。」楚楚坦然地答道，「他就是怕被後輩嘲笑，不是什麼大事！」

南董：「……」

南董莫名有種難以言喻的心虛，他不由陷入沉思，猶豫地摸了摸下巴。

他以前在大會上吹的牛，是不是都實現了？

張嘉年沒想到她趁楚董不在，肆意抹黑其形象，便趕忙解圍：「楚總是開玩笑的，楚董最近在海外考察專案，一時沒辦法趕回來。」

「原來如此。」南董立刻笑道，「楚楚還挺幽默的？」

楚楚還想再說點什麼，她撞上張總助的警告視線，這才略感無趣地住嘴，決定今日假裝正經人。

南董的脾氣倒是很好，說話輕聲細語，耐心遠超越楚彥印。他將楚楚看做後輩，便簡單地告訴她會議流程。

一般來說，進行分享的大咖會坐在臺上的位置，南董和楚楚都在其中。本次發言者共計四人，楚楚排在第二順位。分享過程中，臺下的人可以進行提問，雙方會有交流過程。

楚楚觀看過以前的會議錄影，對流程不算陌生。她稍感訝異的地方是臺上只有四個座位，不由扭頭看向張嘉年，問道：「那你坐在哪裡？」

張嘉年今日同樣身著正裝，顯得文質彬彬，他語氣和緩：「我坐在第一排，離您並不遠。」

這是會議的規定，南董的祕書或副總同樣不能上臺，需要坐在臺下。楚楚今日也不是只帶張嘉年一人，隨行人員基本都被安排在前排座位，例如王青等人。

楚楚頗感詫異，她立刻滿面憂慮，小聲道：「那我要是不小心睡著，誰來叫我？」

楚楚不是在開玩笑，她看錄影時便昏昏欲睡、哈欠連天。這些大企業家的談話都極長，而且發言風格都像是無趣的上司，簡直是治療失眠的仙丹。

「……」張嘉年眉毛一跳，表情微僵，「您能不能堅持一下？」

楚楚艱難道：「我盡力？」

張嘉年深感不安，他正想提議讓王青去準備咖啡，便聽到不遠處中氣十足的嗓音。

「這就是小楚總吧？」迎面走來的男人有著一張國字臉，面上還掛有一副金絲眼鏡，然而渾身卻沒半點書卷氣息，倒像個穿西裝的土匪。

南董看清來人，彌勒佛般的笑意微斂，卻還是禮貌道：「胡董，好久不見。」

「南董不幫我引薦一下？」胡達慶大方地笑笑，「誰不知道你和老楚最好了？」

南董笑了笑，沒有接下對方的話，反而看向楚楚，提醒道：「這是都慶集團的胡董，胡達慶。」

楚楚因為要參加年度財經大會，同樣惡補過其他大咖的簡略資料，胡達慶也是上臺分享的老總之一。都慶集團跟齊盛十分相似，早年靠房地產起家，兩家集團曾經鬧得天翻地覆。

雖然近幾年兩家都各自轉型，但不代表私下沒有暗流湧動。

胡達慶和楚彥印的性格有點相似，不但雷厲風行、說一不二，偶爾還會剛愎自用。楚彥印是好面子的人，向來不愛跟人撕破臉，朋友人脈遍天下，胡達慶卻是難得的例外。他們一直當不成朋友，即便有時候關係比較緩和，沒過多久又會緊繃起來。

楚楚不明白對方找上自己的理由，她在南董的介紹下客套道：「您好，我是楚楚。」

「久仰大名，虎父無犬女。」胡達慶聲音渾厚，笑著伸出手來。

楚楚看他主動伸手，只得跟對方握手。胡達慶的手掌堅硬而粗糙，楚楚本以為是一觸即放，沒想到他還加重力道，但臉上卻不露分毫，笑道：「一會兒就等著小楚總的高見啦！」

楚楚聞言，同樣綻放完美的營業笑容：「哪裡，是我要跟老前輩多學習才對。」

胡達慶看她在示威下毫無反應，不由在心底嗤笑一聲，一時也沒興趣再跟小丫頭計較，便鬆開了手。小鬼頭顯然跟楚彥印相差甚遠，如今重話都不敢說一句，沒什麼殺傷力。

正當胡達慶在暗中幫楚楚定論時，卻突然看見她找出早就準備好的溼紙巾。楚楚面無表情地抽出一張，開始認真地擦拭起手掌，彷彿在剛剛摸過病源。

胡達慶：「……」

張嘉年見狀後忍俊不禁，他還貼心地取過用完的溼紙巾，幫她隨手丟掉。

胡達慶的臉色頓時變得難看，提醒道：「小楚總這樣不太好吧？」

楚楚真誠道：「胡董，實在對不起，我有點潔癖。」

胡達慶：「妳覺得我的手很髒？」

楚楚滿含歉意，難得溫和道：「當然沒有，您的手肯定很乾淨。」

「那妳是什麼意思？」

「我是精神潔癖，不靠物理形式傳播。」楚楚心平氣和，有條有理，「即使您的手很乾淨，我握完手也會想擦擦。」

楚總名言曰：手上的灰塵不重要，心上的灰塵很重要。

胡達慶：「……」

「好得很！楚董真是教出了一個好女兒！」胡達慶憤而離去，被楚楚氣到發瘋，他直接將她加進黑名單，排名甚至比楚彥印還要高。

南董見狀後搖搖頭，規勸道：「妳何必跟胡達慶計較，他向來小心眼，妳爸都不愛惹他。」

楚彥印早年還會嗆胡達慶幾句，但近些年涵養漸長，轉型為精明智慧的人設，便不喜歡跟老土的胡達慶打交道。各類新聞又老愛把楚彥印和胡達慶做比較，楚董為了擺脫這層關係，更是盡量減少與對方的接觸。

雖然南董也不欣賞胡達慶，但他還是語重心長道：「多個朋友總比多個敵人好。」

楚楚眨眨眼：「老楚的朋友太多，我幫他為生活創造新鮮感。」

南董：「……」

南董仔細思考一番，覺得楚彥印的朋友確實多得嚇人，這樣想想，胡達慶還算是稀有品種，應該被保護？

南董跟楚楚寒暄完，便去跟自己的祕書及助理溝通。張嘉年見四下無人，小聲地提醒道：「胡達慶肯定還會針對您的。」

「因為我用溼紙巾擦手？」楚楚挑眉，「他有那麼小心眼嗎？」

「原因也不全是這個，胡董和楚董早年有些積怨，一直沒有化解。」張嘉年緩緩道，「最近都慶還聯合帝奇、築岩展開合作，推出文化娛樂三巨頭計畫，被外界看做是向齊盛發起挑戰……」

齊盛集團很早便開始布局文化娛樂及院線，擁有數量繁多的資源，甚至隱有壟斷架勢。三家集結在一起，自然是對齊盛發起圍剿，想要撕出一條裂縫。

「商業界還搞小團體孤立？」楚楚聽完前因後果，簡單暴力地總結出敵軍的行為，她淡淡地吐槽，「現在的國中女生都不搞這些，這些老總們是不是還愛結伴上廁所？」

張嘉年一時沒反應過來：「什麼？」

楚楚嘆氣：「唉，你不懂小女生的樂趣。」

張嘉年：「……」

張嘉年：對不起，我也不想懂。

張嘉年的預測果然沒錯，胡達慶對楚楚的仇恨值直接寫在臉上，完全不加掩飾。年度財經大會的首位發言者是帝奇的副總，他算是代替董事長出席，屬於四位發言者中權力最低的人物。

副總發表漫長的內容時，胡達慶一言不發，只是默默傾聽。然而，楚楚才剛上場，還沒講兩句，便被胡達慶頻頻打斷。

因為現場有交流環節，胡達慶的行為也不算違規。他握著麥克風，直接發問道：「我剛聽到小楚總說院線的全面布局，齊盛會往裡面投入更多的資金，妳覺得壟斷行為對市場有益處嗎？」

張嘉年見胡達慶來者不善，不由微微凝眉。他乾脆看向身邊的王青，低聲確認道：「楚總戴耳麥了嗎？」

王青趕忙道：「她戴了，上臺前我檢查過。」

張嘉年鬆了一口氣，他心中思索，要是楚楚被逼問到答不出來，好歹還能有場外支援。

楚楚身著正裝，站在發言臺上，她笑了笑，不緊不慢道：「國內的市場非常龐大，我想胡董的壟斷論有些言之過重。如果您覺得齊盛違背《公平交易法》，可以聯絡相關部門讓其判決。」

胡達慶笑裡藏刀，意有所指：「楚董和小楚總聰明絕頂，熟知《公平交易法》，我們哪裡告得過？」

胡達慶在眾人面前有所收斂，沒有剛才在臺下撕破臉的態度，但措辭仍帶著一絲火藥味。臺下人也不是傻子，見兩家突然針鋒相對，原本的睏倦頓時一掃而空，瞬間打起精神看熱鬧。

「沒關係，不是還有您替天行道，搞了個文化娛樂三巨頭計畫，為大夥兒打抱不平。」楚楚頗有風度，被他暗諷一句也不氣餒，半開玩笑道。

臺下眾人發出小小的笑聲，胡達慶見狀不怒反笑，反問道：「總有人認為我們的文化娛樂三巨頭計畫是針對齊盛，莫非小楚總也是這麼覺得？」

眾人聽到胡達慶的問題，不由將視線投向發言臺後的楚楚，皆屏氣凝神地等待答案。這個問題有點微妙，楚總如果點頭，就顯得齊盛小家子氣，不許三家聯合對抗；如果搖頭，就顯得過於虛偽，畢竟誰都能看出三家聯盟的對手。

楚楚雲淡風輕地笑笑，禮貌道：「當然不是。」

臺下眾人看她回答周全，雖然在意料之中，但難免失望，卻又聽她慢悠悠地補上後面的話。

「大家都知道都慶、帝奇、築岩最近聯合執行文化娛樂三巨頭的計畫。我們直接取其首字，簡稱『鬥地主[6]』組合，比較容易記得。」楚楚侃侃而談，語氣輕鬆而幽默，「我腦子笨，只能取巧記憶。」

眾人先是一愣，隨即鬨然大笑。

胡達慶的臉色卻一陣青一陣白，原本高尚且有品味的名字，怎麼瞬間土味十足！

楚楚望著臺下眾人，頗有深意道：「大家應該都玩過鬥地主，這個遊戲很有趣。因為就算鬥倒了地主，剩下的人也不會富有，頂多再開一局。」

「因此鬥地主的組合當然不是針對齊盛。」楚楚露出笑意，「因為就算沒有齊盛，也還會有其他的集團或企業出現，地主是鬥不完的，一個齊盛倒下去……」

臺下有人瞬間接話：「……還有千千萬萬個齊盛會站起來！」

楚楚面露嚴肅：「不。」

眾人：「？」

楚楚義正辭嚴地糾正：「還有千千萬萬個銀達會站起來！」

6　鬥地主：源自中國的一款紙牌遊戲。

眾人：果真是清新脫俗、毫不造作的夾帶私貨！

大家皆對楚總的不要臉甘拜下風，發出善意的笑聲。胡達慶卻看不慣楚楚嘩眾取寵的樣子，冷笑道：「小楚總在臺上這麼說，不怕楚董生氣？」

楚楚聳聳肩，輕鬆地笑笑：「我覺得胡董跟老楚關係不好的謠言，今天就可以正式破除。我只是提了一下銀達，南董都在臺上靜靜坐著，胡董卻第一個跳出來為齊盛打抱不平。這絕對是真愛，一般人是沒辦法比較的。」

臺下又是一陣笑聲，這次連南董都被逗笑，他宛如好脾氣的彌勒佛，配合地擺擺手：「比不了，比不了。」

胡達慶被楚楚的反諷噁心得半天沒說出話來，深感她的嘴炮程度遠超越楚彥印。他以前還能在和楚彥印的口舌之爭中占上風，但現在碰到如此無恥的後輩，簡直是遇到刺蝟，無從下手。

胡達慶心裡惱火，本想繼續為楚楚的發言挑刺兒，卻被她接下來的一番話澈底堵住。

「如果胡董沒有其他問題，那我就繼續說。我理解您年紀漸長，所以記憶力稍微下降，沒辦法將問題都堆在最後，只能採用隨時發問的形式……」

楚楚剛剛平均每說三到五句，便會遭胡達慶打斷一次，她善意道：「您要是實在感到吃力，我可以直接把稿件給您，方便您更好地提出疑惑，免得胡董十秒後就忘記前一句。」

胡達慶：「……」

胡達慶：豈有此理！

兩人如此不給對方面子，眾人自然窺探到玄機。胡達慶不好跟楚楚繼續吵，只能裝做有風度的樣子，陰陽怪氣道：「謝謝小楚總，不過不必了。」

楚楚滿意地看著胡達慶閉嘴，順利地完成後半段的發言，胡達慶也沒再提出任何問題。

楚楚完成自己的演講後回到座位上，而繼續接棒的人是南董。她剛開始還努力正襟危坐，但很快就有些昏昏欲睡，覺得身下的沙發過於柔軟，恨不得陷進去。楚楚勉強坐直，卻被會場的燈光照得眼花，一時沒辦法打起精神。

南董的發言時間很長，說出的艱澀術語過多，底下人也有些懨懨。大家都穿著正裝，僵硬而麻木地坐在椅子上，屋內的空氣一時有些悶熱。有人偷偷地打起哈欠，無奈楚楚坐在臺上引人注目，連小動作都不敢有。

這類會議的發言大都是走個過場，真正有價值的是互動交流和社交環節，是建立人脈的重要時刻。

臺下，張嘉年看她似乎上下眼皮打架、眼神漂移，不由頗為憂慮。此時，南董正好結束發言，他在眾人的掌聲中下場，緊接著輪到胡達慶上場。

張嘉年抓住時機，小聲地提醒道：「楚總，楚總？」

楚總佩戴著耳機，可以跟臺下的張嘉年等人取得聯絡、進行溝通。

張嘉年：她要是真的在會議上睡著，絕對是翻車現場。

楚楚戴著無線耳麥，她聽到張總助清晰而低沉的聲音，宛如瞬間服下沁涼的冰水，頓時精神一振，強撐著繼續坐直。

楚楚將會場的手持麥克風放遠一些，避免自己的聲音傳出去。她不由微微低頭，悄聲道：「聲音還挺好聽的？再多說兩句吧？」

張總助的聲線在耳機內有暴擊效果，讓她立刻清醒過來。

張嘉年：「……」

張嘉年以前跟隨楚彥印出席過好幾場會議，這還是頭一次遇到上司有這種特殊要求。

張嘉年：日常遭遇上司無意識的職場性騷擾。

胡達慶是今日會議上半場的最後一人，等他說完便能吃午餐。楚楚在張嘉年的遠端提醒下，一掃剛才的睏倦，有一搭沒一搭地聽著。

胡達慶每說幾句，便會隔三差五地暗中踩一踩齊盛，不是說一些壟斷論，就是隱喻不公平競爭。他顯然對楚楚懷恨在心，就連南董聽了都直皺眉。楚楚卻全程雲淡風輕，彷彿一切都是過眼雲煙，連提問環節都不參與。

南董看在眼裡，覺得楚楚沒有楚彥印說得那麼叛逆易怒，她相當沉得住氣。南董在心裡直搖頭，又覺得胡達慶太小家子氣，一直跟小丫頭過不去。

胡達慶見楚楚消極應戰，有種一拳打進棉花裡的感覺，更是憋著滿肚子的火氣，連回答提問時都稍顯暴躁。別人的問題稍不合他心意，都要被怒嗆一波。

「胡董，您不覺得現在才布局文化娛樂產業，有點太遲了嗎？而且您過去也沒有太多影視製作的經驗，您打算如何打破現在的僵局？」

胡達慶看提問者坐在後排，對方相貌年輕又面生，他突然牛頭不對馬嘴地問道：「你是哪位？」

提問的年輕男子相貌平平，看起來年紀頗小，有種偷穿大人西裝的感覺。他微微一愣，隨即平靜地答道：「我是微夜科技的劉賢。」

胡達慶和在場眾人思索一圈，沒聽說過微夜科技，也不知道劉賢是誰，四捨五入等於查無此人。

「你年紀不大吧？」胡達慶隨口道。

劉賢一時不知如何回答，最終只能怯怯地說：「不算太大。」

「這就對了，我作為上了年紀的人，給你個建議。既然你是做科技的，對於不了解的事情，盡量還是少評價吧。」

胡達慶皮笑肉不笑，頗有深意地說道，「我覺得年輕人還是要多累積經驗，少說多做，才不至於貽笑大方。做科技就好好做，別什麼都半吊子地懂一點。同理，不要覺得看過什麼熱門新聞，或是一些節目和電視劇，就算懂文化娛樂產業了。」

楚楚聞言後抬眼，這話聽起來可不像是在斥責劉賢，而是在拐彎抹角地罵她。熱門新聞、節目和電視劇可以說全是針對她的暗喻攻擊。

「先說是不是，再問為什麼，你怎麼知道我不懂文化娛樂產業？」胡達慶毫不客氣地反問。

劉賢聞言後抿抿唇，被這番話說得滿臉通紅，他想要解釋：「胡董，您有所不知，雖然我們公司叫微夜科技，但其實是做娛樂產業的……」

「哦，那你做出了什麼？」胡達慶伸手制止對方的言論，直接問道。

劉賢在眾人的注視下，不由額頭冒汗，怯怯道：「產品還在開發中。」

胡達慶嗤笑一聲，神態間的不屑已經寫滿整張臉。

這種場合常有小公司的人會出席，沒兩年此類公司便會重新洗牌，更換新的一批。他看過太多，自然沒把劉賢放在眼裡。

在場的人都不是菜鳥，臺上的分享者都是大集團的領導人物，臺下的傾聽者也是各大公司的權力人物，劉賢還真擺不上檯面。

劉賢被胡達慶的話搞得下不了臺，他有些尷尬地立在原地，不知該坐該站。胡達慶根本沒回答劉賢的問題，他現在坐下也是灰頭土臉。

楚楚見狀，乾脆拿起麥克風，開門見山道：「胡董說的話，我可不愛聽，年輕人怎麼了？還得被您教育一通？」

胡達慶看久不應戰的楚楚突然發聲，不禁冷笑道：「我作為前輩，對後面的創業者略做指點，小楚總何必如此氣急敗壞？」

楚楚露出淺笑，坦蕩蕩道：「胡董連一視同仁都做不到，實在欠缺前輩的氣度，恐怕沒資格指點他人。」

楚楚就是看不慣胡達慶趾高氣揚的態度，他還特意詢問劉賢是誰，不就是想確定對方是什麼路數？成功的上位者對未成功者指指點點，即便這是社會殘酷的常態，仍然讓她感到不爽。

楚楚並不認識劉賢，但這個人今日確實是碰上無妄之災，成為胡達慶指桑罵槐的道具。她本想混過這場會議，沒想到胡達慶跟一條瘋狗一樣，難怪老楚以前也對他萬分心煩。

胡達慶冷嘲熱諷道：「看來小楚總擁有一視同仁的態度？我好歹跟楚董同輩，妳的措辭恐怕不太合適吧？」

「哪裡不合適？」楚楚微微揚起下巴，頗有邏輯道，「您是看不起沒成功的年輕人，我是誰都看不起，當然比你更一視同仁。」

胡達慶：「……」

楚楚剛開始還顧忌偶像包袱，但她被胡達慶再三挑釁，終於擺出不爽就開嗆的真面目。臺下的人沒想到她如此直接地戳破真相，皆忍不住發出笑聲，又顧忌胡達慶的臉色，強行克制住表情。劉賢站在臺下，沒想到楚總會出面解圍，但似乎更激化她跟胡董的矛盾。

胡達慶看楚楚直接撕破臉，嘲諷道：「小楚總未免太過年少輕狂，我看妳剛才全程沉默，還當小楚總頗有氣度，沒想到這就露出了真面目？」

胡達慶在發言時攻擊齊盛，楚楚都毫無反應。現在只不過諷刺劉賢兩句，她反而直接炸毛？

楚楚毫不在意地笑笑：「胡董未免太把自己當回事，我剛才是懶得耽誤大家吃飯，不過現在看來，為年輕人伸張正義倒比吃飯重要。」

她原本一心期待午餐，不想讓會議被拖長，所以連跟胡達慶糾纏的心情都沒有，沒想到對方卻不依不饒、指桑罵槐，還拖其他人下水。

胡達慶卻當即反駁道：「小楚總覺得我哪裡說錯了？莫非妳有聽說過微夜科技？」

楚楚實話實說道：「沒有。」

全場基本無人知道微夜科技，楚楚也不例外。劉賢有些慚愧，不由微微低頭，頗有扯後腿的感覺。

「我憑藉幾十年的從商經驗，給一家毫無名氣的小公司提一些建議，也不為過吧？」胡達慶面露不屑，嗤笑道，「還是小楚總聽說過他的大名，覺得我沒資格提點他兩句？」

胡達慶不信楚楚見過劉賢，沒想到她這次卻道：「您還真沒資格提點人家。」

胡達慶看了臺下的劉賢一眼，半信半疑地問道：「妳認識他？他能有什麼成績？」

楚楚面色篤定，鄭重地點了點頭。

其他人一臉茫然，頻頻回頭看劉賢，不知他跟楚總如何相識、有何淵源。劉賢同樣滿臉茫然，他今日第一次跟楚總共處同一個屋簷下，以前絕對沒任何關係。

楚楚一本正經道：「劉賢，漢武帝劉徹之孫，被封為安定侯，這還不算有成績？胡董還是多讀書吧，辦公室裡的書架都是擺設嗎？」

胡達慶：「……」

胡達慶：現代的劉賢和古代的劉賢還能相提並論？難道我改名胡適就能搞新文化運動嗎？

胡達慶被楚楚的歪理氣得不輕，不屑道：「小楚總渾身的本事恐怕只長在嘴上。」

「既然妳上趕著為他打抱不平，不如我們打個賭？」胡達慶眼珠一轉，提議道，「就賭他三年後還有沒有資格參加財經大會。」

胡達慶看過太多這種小人物，說不定劉賢明年便銷聲匿跡、不知所蹤。

楚楚一聽打賭便來了興趣，她不由挺直身子，期盼地問道：「賭注是什麼？」

胡達慶昂首道：「如果他三年後還能出席，我當面跟妳道歉；如果他三年後沒資格出席，小楚總欠我一個道歉。」

楚楚聞言，當即懶洋洋地躺回沙發，瞬間失去興趣，她抱歉道：「對不起，胡董，我不賭。」

「畢竟您也知道，我跟老楚都是拿上百億的家產來打賭……」楚楚遲疑道，「您怎麼跟鬧著玩一樣？」

胡達慶：「……」

楚楚心道，胡董未免也太小氣，就連石田都比他大方。

楚楚看胡達慶臉色一變，笑道：「我倒有一個更好的賭注，我們來賭您的鬥地主組合，在一年後會不會拆夥。如果一年後三家聯合都還在，我當面跟您道歉，並附上賭注四億。如果一年後拆夥，您給我四億……」

「同時，希望您能向這位年輕人道歉。」楚楚看著劉賢，開口道，「畢竟這證明他今日的提問沒有任何問題，您確實沒有做文化娛樂產業的經驗。」

臺下的眾人感受到緊繃的氣氛，皆不敢隨意吭聲。劉賢沒想到楚總還會想起自己，一時有些受寵若驚。

實際上，大家都知道四億的賭注並不重要，他們更看重的是面子，所以胡董才會提議道歉的形式。錢財是小，面子為大。

胡達慶冷笑道：「好，不過小楚總剛才說的也對，打賭如果像是在鬧著玩，那也挺沒意思的。」

「既然要賭文化娛樂三巨頭計畫，不如直接賭個四十億，怎麼樣？」胡達慶咄咄逼人道，「小楚總不會玩不起吧？」

楚楚淡淡道：「既然胡董想送錢給我，我作為後輩也不好拒絕。」

「那就這麼說定了！」胡達慶看她油嘴滑舌，他頗為輕蔑，嘲諷道，「一年很快就過去了。」

胡達慶已經覺得勝券在握，就算文化娛樂三巨頭做不出成績，堅持一年也很容易，楚楚是必輸無疑！

楚楚看向南董，說道：「麻煩南董和在座諸位做見證人。」

南董有些猶豫，小聲規勸：「妳不跟楚董商量一下？一年的時間確實很短。」

南董的想法跟胡達慶一樣，就算文化娛樂三巨頭沒成績，都慶集團那麼大，他拖一年也沒問題，楚楚的勝算實在不大。

「南叔叔，你放心吧。」楚楚寬慰道：「我做事從來不跟老楚商量，他已經習慣了。」

南董：「……」

南董突然覺得，自己熱愛彈琴的兒子真是乖巧懂事。

今日的上半場會議以兩人的打賭作為結尾，眾人看過一場大戲，終於迎來午餐時間。因為胡楚之間劍拔弩張的氣氛，自助餐廳內也分為幾大派別，搞得像幫派鬥爭。

楚楚畢竟還是年輕一輩，威望不及胡達慶，上前搭訕的人並不多，甚至不如南董。不遠處，眾星拱月的胡達慶看到楚楚身邊人丁冷落，不由嗤笑一聲，心中頗為得意，轉頭繼續跟周圍的人對話。

胡董身邊圍著一大群人，跟楚楚形成鮮明對比。

張嘉年害怕楚楚心裡不舒服，安慰道：「您是頭一次參加會議，大家對您還不太熟悉，才會出現這種狀況，等您連續參加幾年，自然會不一樣。」

張嘉年知道眾人是因為害怕惹胡董不快，才不敢跟楚楚攀談。畢竟胡董和楚董是同等級的人物，楚總還是有些差距。

楚楚正專心致志地挑選自助餐的甜點，漫不經心道：「我跟他們沒什麼好熟悉的，我跟你熟悉就好。」

楚楚巴不得大家都別來跟她搭話，都已經累了一整個上午，現在總算有時間休息了。

張嘉年聽到她的話，心中頗感無奈，善意地規勸：「如果銀達發展得越來越好，您不可避免會接觸更多這類的場合，總是要習慣的。」

楚彥印都必須跟旁人應酬，楚楚只是還沒到那個時候而已。會議的午餐時間也不是單純吃個飯而已，更是建立人脈的絕佳時機。

「假如你有價值，別人自然會被你吸引；假如你沒價值，主動熟悉也沒用。」楚楚懶洋洋道，「這跟我是否習慣無關。」

張嘉年對她的各種道理見怪不怪，說道：「您好像從來不會為了外界改變？」

楚楚聞言，她抬眼望他，突然認真道：「張總助想讓我去跟其他人社交嗎？」

張嘉年看她如此鄭重，他猶豫幾秒，最終心軟道：「如果您實在不想，也不用勉強。」

雖然這是商業界社交場合的常態，但也沒必要逼著我行我素的她去習慣。

張嘉年覺得真要她彎下腰去攀談，反倒不像她了。他毫無原則地想，如果以後實在有這種需要，他多出付出一些也沒問題？

楚楚的臉上浮現一絲滿意，她大方地夾起一塊淡色的抹茶糕點，放入他的盤子裡，說道：「獎勵你的。」

張嘉年望著盤中格格不入的小蛋糕哭笑不得，便又聽她雲淡風輕地開口。

「我會為了重要的人改變。」她揚了揚下巴，頗為得意道，「但重要的人都不會逼著我改變。」

她說完，便端著盤子往窗邊的座位走，步伐頗為歡快。

張嘉年聽到她的歪理，一時心軟得沒脾氣。她好像無時無刻都在離經叛道，卻又在關鍵時刻說一些觸動人心的話。

楚楚和張嘉年坐在靠窗的桌邊用餐，而王青等人並不在這間自助餐廳。

劉賢望著窗邊的楚總，內心躊躇不已，不知該不該上前。雖然楚總今日幫他解圍，但誰都知道這只是胡楚之爭，並不代表楚總真的對劉賢有所期待。儘管劉賢心懷感激，卻又怕自己貿然上前，像是在亂攀關係，反而惹人生厭。

畢竟楚總剛才已經婉拒過去搭話的幾人，並沒有表現出太多想攀談的意思。

劉賢在內心掙扎半天，本著死也要死得明白的態度，鼓起勇氣道：「您好，楚總、張總。」

張嘉年抬頭認出劉賢，並未感到意外，點頭禮貌道：「您好，劉總。」

劉賢有些慌亂，趕忙道：「不敢當，不敢當……」

他不過是剛創立公司的小老闆，是真的承受不起張嘉年的稱呼。

楚楚則隨意得多，她認出劉賢，調侃道：「你好，安定侯？」

劉賢聽到熟悉的稱呼，不知為何放鬆不少，露出靦腆的笑意，誠懇道：「剛才謝謝您解圍。」

「不客氣，你本來也是無妄之災。」楚楚很清楚，胡達慶跟劉賢沒過節，就是想為難她而已。

因為剛才在會議上的緣分，楚楚倒沒有像婉拒其他陌生人一樣，出言讓劉賢離開。劉賢只是想向楚總致謝，現在跟兩人同處一桌，頓時有些侷促，半天都說不出一句話。

楚楚正聚精會神地品嘗蛋糕，對其他正餐不屑一顧，甚至忽略對面兩人的存在。

張嘉年對她的用餐習慣習以為常，他害怕劉賢不適，客套地詢問道：「劉總是在經營科技公司？」

劉賢趕忙道：「雖然名字叫微夜科技，但其實我們在做一款創意社群軟體，可能跟您心目中的科技公司不太一樣……不過產品還沒上線，公司才剛起步，規模也很小。」

「張總稱呼我劉賢就好。」劉賢不好意思道。

張嘉年有些好奇：「即時通訊類的社群軟體？」

現在的通訊軟體早就被幾大網路公司瓜分，劉賢的起步確實有點晚。

劉賢解釋道：「也不是，我們想用影音的形式打造固定使用者的圈子，吸引志同道合的使用者進來，然後進行客製化推播……」

楚楚本來正在吃蛋糕，她越聽越覺得不對，忽然道：「你是做短影音平臺的？」

劉賢愣了一下，他有點茫然，說道：「也不算是，我們的產品是想用影音形式來溝通的社群軟體……」

楚楚篤定道：「那你就是做短影音平臺的。」

劉賢努力嘗試掙扎：「我們是做社群軟體的……」

楚楚：「不，你不是。」

劉賢：「……」

張嘉年聽到短影音平臺，他頓時明白楚楚的意思，善解人意地解釋道：「劉總，您不要見怪，楚總等您太久了，一時有些激動。」

劉賢：「？」

劉賢滿臉茫然，完全不知道兩人在打什麼啞謎，便聽楚總痛心疾首地質問：「你這段時間躲到哪裡去了？讓我們找了好久！」

劉賢怯怯道：「我、我沒躲過啊……」

楚楚當時投資不起鳳梨影視，讓張嘉年去找短影音平臺，卻遲遲得不到消息。張嘉年對網路公司已經算是很了解，但他真的沒找到所謂的短影音平臺，畢竟現在連普通的網路影音平臺都還沒發達起來。

張嘉年倒是看過不少直播平臺，然而楚楚說這兩者不是同一個東西。

兩人差點拿出 plan B，自己搞個小型網路公司研究，然而等真正研究出成品，不知道要到什麼時候。誰能想到劉賢和微夜科技如此隱蔽，居然號稱自己在做社群軟體！

劉賢小聲地據理力爭：「楚總，我們真的是社群軟體，影音只是一種傳播媒介……」

「好，你說社群就社群！」楚楚不再跟他爭辯，敷衍地應下，她直接拋出最感興趣的話題，簡單暴力道，「投資你們公司需要多少錢？」

劉賢突然被天降的餡餅砸暈，他一時沒緩過神來，小聲道：「您怎麼突然就要投資？您都還沒明白我們公司的產品……」

「我明白，我真的明白。」楚楚真切道，「你就報價吧，我錢多不行嗎？」

劉賢：「……」

劉賢小心翼翼地伸出手掌，猶豫道：「這樣呢？」

楚楚看著他的手勢，不由摸了摸下巴，陷入思考：「五億嗎……」

她現在還真有五億的資金，相比短影音的前景，似乎也不虧。

劉賢聞言大驚失色，瘋狂擺手：「不不不，不是！」

張嘉年顯然更有經驗，他知道五億太過離譜，鎮定道：「既然您的意向金額是五千萬，我們會在實際評判公司及產品情況後，再跟您確定條款的細節……」

劉賢慌張道：「不是的，我是說五百萬，不用那麼多。」

楚楚、張嘉年：「……」

劉賢總覺得自己從兩人的目光中讀出什麼，有種全場他最菜的錯覺？

楚楚覺得自己可能太過得意忘形了，畢竟她剛穿書的時候，最先接觸到的是笑影文化，投資金額都是千萬級別。她仔細回想穿書前的經歷，那時候的五百萬……也只夠劇組拍兩集電視劇。

畢竟她在穿書前，電視劇專案基本都要好幾千萬，否則就會被打為低成本網路劇。

張嘉年就更不用提，他在齊盛集團的時候，摸的都是上億的案子，要是ＩＰＯ[7]專案會更厲害。

總而言之，兩人都覺得劉賢挺樸實的。

劉賢看他們突然沉默，提議道：「不如我帶您們去公司看看，我們再談？」

7 IPO：Initial Public Offerings 的縮寫，又名首次公開發行。

第三章　護短

幾人混完下午的會議後，便馬不停蹄地趕往微夜科技。

微夜科技租了一層辦公大樓，不過位置較為偏遠，內部硬體設備也很普通，並沒有光界娛樂的光鮮，甚至沒有笑影文化的創意風格。楚楚突然理解張嘉年找不到它的原因，她就算從門口路過，也想不到這是一家科技公司。

楚楚的到來讓微夜的員工們驚惶不定，他們紛紛手足無措地站起來，跟一行人打招呼。她倒沒引起太大的轟動，畢竟員工人數也不多。

楚楚望著此景，終於忍不住發問：「你為什麼能參加今天的會議？」

年度財經大會也不是誰都邀請，肯定有特別篩選過。雖然她知道微夜科技是剛成立的公司，但這未免也太新了？

劉賢不好意思道：「我大學同學是南風的高管，他知道我正在創業，就給了張邀請函。」

楚楚本以為自己挺能混的，憑藉楚彥印的身分入場，沒想到劉賢比她還能混？

楚楚：「很好，很好，以後我們就是一夥的。」

劉賢作為新晉同盟，一時還跟不上楚總的節奏，似懂非懂。

張嘉年解圍道：「劉總能帶我們看看產品嗎？」

「當然可以，裡面請。」

劉賢為楚總等人展現名為「微眼」的產品，APP軟體的Logo是相機和眼睛的合體。

雖然劉賢再三強調微眼是一款社群軟體，但在楚楚看來，它就是期盼已久的短影音軟體，連頁面都和現實中的一模一樣。

楚楚擺弄片刻，她覺得功能相當齊全，問道：「你們打算什麼時候上線？」

劉賢解釋道：「您現在可能覺得軟體使用起來很流暢，但更有難度的，其實是演算法的推播，針對特定使用者的客製化設定……」

楚楚聽著各種術語，直接看向張嘉年：「這問題可以解決嗎？」

張嘉年毫不猶豫道：「可以，我現在就連絡相關人員。」

張嘉年立刻跟齊盛集團旗下的幾大網路公司聯絡，想要借調部分優秀人員。世界上沒什麼難題是解決不了的，如果真的有，那一定是錢沒到位。微眼已經是品質不錯的半成品，個別的技術難題確實不是問題。

楚楚財大氣粗，她可以直接調人，再不行就招人。微夜科技在此卡關許久，肯定跟人力和財力脫不了關係。

楚楚面無表情地盯著劉賢：「還有其他難題嗎？我們一起解決。」

劉賢：「沒、沒有了。」

很快，微夜科技就跟銀達投資簽訂合約，楚楚不好意思只給五百萬，最終雙方重新商議股份和金額，達到千萬級別。

劉賢望著白紙黑字還有些難以置信，總覺得楚總的投資風格，像是在路邊買鹹酥雞？

劉賢：有錢果然可以為所欲為？

另一邊，《胭脂骨》的收益直接爆發、勢不可擋，與電視劇合作的遊戲、廣播劇、文創產品等紛紛面世，憑藉名聲在各個領域完成收割。楚楚對電視劇的點閱率成績相當滿意，卻沒想到收益更高的是同名手遊。

光界娛樂現在儼然是銀達投資的第一搖錢樹，想要參加投資的基金快要踏破門檻，唯恐趕不上這輛起飛的馬車。楚楚和梁禪商議後，沒有做出立刻融資上市的決定，而是決定暫緩一波，等待公司的遊戲打磨得更成熟。

如果光界現在貿然融資，楚楚和梁禪手中的股份肯定會遭到稀釋。現在正是《贏戰》攻堅海外的關鍵時期，再有股東反倒束手束腳。梁禪沒有異議，一是楚總對拳頭產品《贏戰》的話語權很大，二是《胭脂骨》手遊讓他看到與遊戲合作的暴利，三是大家有堅定的革命友情作為基石。

《胭脂骨》人氣高漲的同時，也推動了小說ＩＰ改編的風潮，讓醉千憂創作的小說一時水漲船高，遭遇無數影視公司問價。然而，她本人早就跟辰星影視簽下編劇合約，正被關在密閉的空間內完成新劇本創作，此類雜事則由其他人處理。

辰星影視內，夏笑笑拿著資料，猶豫地開口：「楚總，文化娛樂三巨頭跟我們接觸，說想購入一些ＩＰ，我們要繼續跟他們談嗎？」

胡達慶的文化娛樂三巨頭，最近氣勢洶洶地衝入影視圈，甚至挖走各大公司不少人才，正是意氣風發的時候。辰星影視前任ＣＥＯ竟然也被招入麾下，他當初還挖苦過負責《胭脂骨》的夏笑笑。

「鬥地主組合嗎？」楚楚回過神，痛快道，「談啊，為什麼不談？」

夏笑笑支支吾吾：「可是您不是跟胡董起過衝突……」

夏笑笑覺得自己有必要跟楚總同仇敵愾，怎麼能將ＩＰ賣給敵人？

楚楚連忙道：「我等了那麼久，好不容易找到冤大頭！」

楚楚想割這波韭菜很久了，總算是盼來大戶，恨不得把他們吃到絕戶。

楚楚當初囤積很多小說ＩＰ，由於她下手的時間較早，採購的數量又龐大，批發價並不算貴。辰星影視的評估部門光是將買入的ＩＰ分類及評估，便耗費頗多人力，如今才有較為完善的體系。

雖然許多大ＩＰ名聲遠播，但並不好改編。楚楚將它們握在手裡，就是想等到合適的時機到來，然後以高價出售，從中賺取差價。

夏笑笑有些茫然，猶豫道：「那我現在就跟他們聯絡？」

既然文化娛樂三巨頭前來問價，楚總又不介意賣給對方，正好順水推舟。

楚楚搖搖頭，又道：「不行。」

楚楚看夏笑笑茫然地眨眼，宛如一隻呆呆的兔子，恨鐵不成鋼地教育她：「妳要賣東西，是不是該先吆喝，才能賣出高價？」

「吆喝？」夏笑笑聞言後更茫然，一頭霧水地站在原地。

楚楚語重心長，循循善誘：「我們賣東西是講究方法的，你的宣傳語響不響亮很重要。有時候膾炙人口的宣傳語，甚至能比賣出去的貨更有名。」

夏笑笑似懂非懂，但她覺得楚總說得挺有道理，便虛心求教道：「您能舉個例子嗎？」

「妳有沒有聽過一段千迴百傳、蕩氣迴腸的宣傳語……」楚楚立刻祭出傳遍大江南北的神祕錄音，繪聲繪色地模仿道，「浙江溫州，浙江溫州，江南皮革廠倒閉了，王八蛋黃鶴老闆吃喝嫖賭，欠下了三點五億，帶著他的小姨子跑了。」

夏笑笑：「……」

夏笑笑的腦海中，頓時蹦出楚總帶著張總助捲款潛逃的樣子，她努力晃晃腦袋，將奇怪的畫面清除掉，停止自己的胡思亂想。

夏笑笑怯怯道：「這、這樣不好吧……您又沒有跑路？」

夏笑笑暗道楚總心胸寬大，哪有人會詛咒自己的公司倒閉的？

「我只是打個比方，我們分析一下這段歌詞，妳就會發現它寫得很好。」楚楚耐心地解釋道，「不但反覆強調『浙江溫州』等重要資訊，而且用『原價三百多，統統二十塊』將商品的實際價格及降價原因寫出來，這才能讓客人感到信服！」

「妳現在直接聯絡他們報價，對方既不會相信妳的價格，也不會信任商品的品質。」

夏笑笑感覺楚總的講解，就像高中國文老師在分析閱讀測驗，聽起來好像講了很多，又像是什麼都沒說。她摸了摸頭，有些躊躇：「但我們要學〈江南皮革廠倒閉了〉嗎？」

楚楚鎮定道：「形式當然不能一模一樣，但道理都是通的。」

她思索片刻，摸了摸下巴，看向夏笑笑，問道：「妳大學的時候寫過論文吧？」

「寫過。」夏笑笑老實道。

「好，我現在列一些提綱給妳，妳回去照著寫。」楚楚隨手扯過桌上的白紙，寫下十幾行重點，遞給夏笑笑，「這應該夠妳寫一陣子。」

夏笑笑好奇地接過白紙，她認真地理解了半天，總覺得紙上每個詞彙的含義她都懂，然而連接在一起卻完全不明白。

另一邊，文化娛樂三巨頭計畫正如火如荼，胡達慶大肆招兵買馬，決定兵分兩路攻入文化娛樂產業，一方面跟齊盛電影及其院線抗衡，一方面跟辰星影視展開競爭。齊盛電影和辰星影視是楚氏家族在影視業內的支柱企業，更是文化娛樂三巨頭的主要圍剿目標。

在齊盛電影方面，胡達慶主要是爭奪影院市場和票房收入，還算有理可循。然而，他面對專製內容創作的辰星影視，還真有點無從下手，畢竟藝術創作實在不好說。

胡達慶也不傻，他不懂這方面的內容，乾脆廣納賢才，瘋狂擴充隊伍，研究影視市場的發展方向。

「胡董，未來IP影視改編絕對是內容新藍海，最近討論度很高的《胭脂骨》便是典型範例，辰星因此賺了不少。小說IP自帶讀者粉絲群體，肯定能為電視劇助力……」

「IP影視改編新藍海？」胡達慶聞言後產生興趣，他還是頭一次聽說這個概念，提議道，「你詳細說明一下。」

會議上，眾人為在胡達慶面前刷存在感，自然將小說IP吹捧得神乎其神。大家都剛加入新團隊，想要展現自己的專業度，爭取打造人氣作品，必然會模仿目前最熱門的大劇《胭脂骨》。

「如果我們想要採購此類IP，預算大概是多少？」胡達慶問道。

會上的員工們聞言皆面露難色，有人小聲坦言：「胡董，我們採購可能還有點麻煩，屬於有市無價……」

胡董面露不解。

其他人說道：「辰星影視曾經囤積大量IP，並且跟多家版權管道關係密切，我們在這方面的優勢不大。」

他們上次找辰星影視問價ＩＰ卻碰壁，顯然楚總對文化娛樂三巨頭還耿耿於懷。

「不過是錢的問題，假如價格到位，我相信沒有哪家公司會拒絕生意。」胡達慶神色篤定，從容地說道，「如果辰星不願賣，那就再去找管道，大不了加價。」

資本家胡達慶先生堅信有錢能使鬼推磨，雖然辰星影視布局的時間更早，但沒人會跟高價過不去。

假如辰星想要將ＩＰ一股腦地賣給文化娛樂三巨頭，胡達慶還會有所猶豫，覺得其中有古怪；但辰星現在一直藏著，不讓都慶等集團參與，代表未來必然有利可圖。楚楚想壟斷市場，胡達慶肯定要插手。

銀達投資內，被認為想壟斷ＩＰ的楚楚正在指導夏笑笑改文章。

「妳這樣不行，句子都不通順……妳上週才寫了兩篇稿，量也不夠。」楚楚站在桌邊，一邊盯著夏笑笑打字，一邊皺眉道。

夏笑笑頗為慚愧地低下頭，喏喏道：「對不起，楚總，我再改改……」

張嘉年進屋時恰好聽到楚楚的話，他見兩人聚精會神地盯著螢幕，傳出劈里啪啦的打字聲，一時面露疑惑，詢問道：「楚總，您找我有事？」

楚楚抬頭看他進來，立刻道：「對對對，我有件事情想拜託你！」

「您說？」

楚楚誠懇道：「你能不能想想辦法，對外說我快破產了。」

張嘉年：「……」

張嘉年不知道她對破產究竟有何執念，艱難道：「您想破產，可能不太容易……畢竟銀達和齊盛的經營狀況都很穩定。」

張總助工作多年，他頭一次對老闆的要求束手無策，沒有辦法執行。他沒見過有哪個總助需要幫老闆破產的！

楚楚無奈地撓撓頭，又道：「那你對外宣稱公司資金周轉不靈？總之營造一種我很缺錢的感覺，可以嗎？」

張嘉年滿腹狐疑：「您到底想做什麼？」

楚楚剛要解釋，卻無意間瞟到夏笑笑修改的內容，立刻被分散注意力，說道：「不行不行，妳的專業術語不夠多，上次那篇《ＩＰ內容新藍海助力影視改編發展》不是寫得挺好的？這篇水準下降太多……」

夏笑笑快被論文折磨到禿頭，小聲道：「楚總，但我真的編不出來了……」

夏笑笑感覺寫論文比做專案難一百倍，楚總那天寫給她的紙上全是「ＩＰ影視內容新藍海」、「網路文學ＩＰ塑造的新大眾形象」、「ＩＰ產業鏈推動影視」等內容，就差幫ＩＰ

影視改編趨勢著書立說。

因為現在書中的ＩＰ概念還不夠熱門，所以楚楚做的第一件事，就是先掀起它的討論度。

她指導夏笑笑在各大影視論壇上發表專業文章，包裝ＩＰ影視改編劇的概念，又用電視劇《胭脂骨》作為分析案例。夏笑笑跟過專案全流程，自然了解得全面，再加上楚楚對未來影視市場的敏銳嗅覺，文章言之有物，頗受業內人認可，幾乎傳遍圈內。

天時地利人和，ＩＰ在楚楚的推波助瀾下毫無疑問地爆紅，成為影視圈內的熱門概念。

兩人所寫文章的明顯特點，就是將ＩＰ經濟吹捧得天花亂墜，全文充斥著「再不趕上這波潮流，你將分分鐘錯過數百億」的焦慮氣氛，讓腐朽的資本家們看完後，恨不得立刻去買ＩＰ。

張嘉年得知來龍去脈，他望著作為幕後黑手的兩人，吐槽道：「您這不算學術造假嗎？」

楚楚振振有辭地反駁：「怎麼能說是造假？我是跟大家分享發財的方法！」

她頗為理直氣壯，畢竟ＩＰ經濟在未來會是熱門趨勢，只是沒辦法保證每個都會紅而已。師傅領進門，修行在個人，如何篩選評估ＩＰ就要看買家自己的本事了。

張嘉年：「……」

張嘉年突然慶幸楚楚還算有一技之長，在影視產業上頗有建樹，否則她真的會靠行騙走上不法道路。他總覺得靠行銷概念賣東西的思維，跟微商[8]莫名有種說不出的相似度？

張嘉年瞬間理解她想放出破產消息的緣由，如果沒有合理的原因，沒辦法解釋辰星為什麼要在ＩＰ大潮中逆行，出售手中的資源。

張嘉年思考片刻，主動開口道：「我其實有別的辦法……。」

楚楚聽完張嘉年的建議後，感慨道：「你的方法好像讓我們成為微商的總代理？」

張嘉年心道：妳的行銷思維跟微商傳銷也沒什麼差別！

都慶集團內。

「胡董，辰星最近在出售手中的ＩＰ資源，將其中一些授權給其他公司。」

胡達慶頗為詫異，懷疑道：「現在ＩＰ行情很好，他們為什麼要賣？」

胡達慶雖然跟影視圈接觸不多，但在他的交友圈中，但凡涉及此行業的人士，基本都在熱烈討論著ＩＰ前景。老企業家們總是對商業嗅覺格外敏感，從中看到不小的潛力。

8 微商：利用社交媒體（如：LINE、Facebook）來分享個人或品牌的口碑，藉此產生交易。

「ＩＰ授權是有期限的，辰星實在開發不了那麼多專案，便將部分轉售或授權給別的公司，您覺得我們有必要跟這些公司接觸嗎？」

文化娛樂三巨頭肯定沒辦法從辰星手中直接採購，但他們再從底下的公司手裡買走，辰星也無法干涉。唯一的弊端，大概就是價格會略高一些。

「小公司就是小公司，拿著資源也做不完。」胡達慶忍不住嗆了一句，他覺得楚楚這次決策失誤，提前將她的財路拱手讓出，答道，「買吧，價格不是問題。」

ＩＰ本身就是新概念，但瘋狂購買的下場，是給影視行業帶來泡沫。

胡達慶當然知道，透過這種手段購買的ＩＰ價格會略高，但他跟楚楚的經營思維還是有些區別。楚楚有著老闆和製作者的雙重身分，然而胡達慶作為影視產業的門外漢，最終求的是爭奪市場、擴大營收，讓文化娛樂三巨頭上市變現。

他本身就沒有好好做內容的打算，是為了賺錢才去的。ＩＰ影視改編可以縮短製作週期，適合在短時間內獲得收益，尤其文化娛樂三巨頭起步晚，正是缺內容的時候。

楚楚深諳胡達慶的資本家思維，才會特意設下圈套，讓他買單。如果沒有文化娛樂三巨頭，現有的影視公司和資金，很難消化掉如此龐大的ＩＰ數量，這就是張嘉年當初竭力反對瘋狂採購的原因。現在胡達慶趕著當冤大頭，正好幫助辰星的清理庫存的ＩＰ。

胡達慶的事務繁忙，不可能只盯著文化娛樂三巨頭，他做完採購ＩＰ的決策，下面的人自然會照做。

接下來的一段時間，楚楚真切感受到文化娛樂三巨頭的「有錢就是任性」。她本來只是試探性地放出ＩＰ，然而她發現對方本著「寧可錯殺，不可錯放」的原則，什麼都買！

楚楚成功藉此收回當初投入在ＩＰ裡的資金，手中還剩下一大批沒有出售的優質ＩＰ，四捨五入等於白撿一批資源。

因為辰星布局ＩＰ的時間很早，手中有不少赫赫有名的內容。文化娛樂三巨頭簡直是緊盯著辰星，將其放出的ＩＰ統統買下，還在官方網站宣布即將開拍知名ＩＰ的電視劇，一時間風頭正盛。

很多老牌影視公司都不敢同時啟動如此多專案，文化娛樂三巨頭立即吸引業內的目光。

「他們怎麼那麼有錢？」楚楚不可置信地癱在轉椅上，雖然她猜到胡達慶會上鉤，但對方居然來者不拒，未免太過容易？

張嘉年整理完資料，耐心地解釋：「都慶、帝奇、築岩旗下都有不少上市公司，文化娛樂三巨頭為進軍影視產業，對外宣稱聯合投資兩百億，確實不是一筆小數目。」

楚彥印當初給楚楚創業的首期規模是四十億，後來相親再給二十億，全部也才六十億。雙方開局的起點就不一樣，難怪楚楚會感受到對方的財大氣粗。

楚楚捂住胸口，竟有種吃檸檬的感覺，忍不住長吁短嘆：「大集團果然不一樣，感覺錢都不像錢。」

胡達慶不愧是跟楚彥印同等級的人物，資產多到讓人眼紅。楚楚覺得自己的百億目標，在各位前輩面前實在不算什麼。畢竟她的百億目標是臺幣，前輩們的百億目標都是美金。

張嘉年看她趴在桌上嘆氣，不由好笑道：「如果光界或辰星上市，您同樣可以支配如此多資金。」

張嘉年沒有說假話，目前光界娛樂已經一躍成為國內前三的遊戲公司，只是遲遲沒有IPO的意向。

如果光界娛樂上市，楚楚僅憑它便能瞬間讓身價暴漲，立刻完成百億目標。即使短期內沒有上市意向，它在三年內為銀達貢獻的淨利率也能達到百億，只要楚楚別亂花錢，肯定能完成當初的百億約定。

楚楚暫時不願上市，是想等光界的遊戲更多一些，同時顧及到決策話語權的問題。

「我今天下午會提早離開，如果您有什麼事情，可以先安排給王青。」張嘉年把資料弄完，又彙報完近期的工作，突然開口道。

楚楚本來正低頭在檔案上簽名，聞言後立刻抬頭。她忽然想起張嘉年前幾天有提過要早退，不由好奇道：「你要去做什麼？」

張嘉年向來矜矜業業、堅守崗位，屬於有家不回派，連週末都習慣性加班。楚楚偶爾都會想偷懶蹺班，張總助卻能全年無休地為公司賣命。

張嘉年解釋道：「晚上要參加高中同學聚會……」

張嘉年其實不太想參加聚會，但這次班上眾人難得聚齊，曾經敬重的老師也會到場，他不好掃興。

楚楚聽到聚會當即興奮，用期盼的眼神注視著他，雙眼宛如兩顆亮晶晶的寶石。

張嘉年眉毛一跳，隱隱猜到她的意圖，提醒道：「您晚上要記得處理奇蹟影業積攢的業務，姚總上次有提過。」

楚楚不滿地撇嘴，像是被輔導老師壓著寫作業的學生，她擺擺手趕人：「走吧，走吧！」

張嘉年果然提前下班，他前腳剛走，楚楚後腳便提起包包，離開辦公室。祕書長王青瞟到楚總的身影，開口道：「楚總，您有什麼吩咐？」

「張總助是坐公司的車離開嗎？」楚楚隨口問道。公司內為高管常備專車和司機，不過張嘉年經常加班到深夜，他不想在半夜勞煩司機，所以幾乎自行離開公司。

「是的。」王青答道。

「妳把地址告訴我。」楚楚看了時間一眼，又道，「今天讓大家提早下班吧，最近加班太辛苦了。」

王青正在詢問司機地址，不料抬頭便聽見楚總大赦天下。她雖然覺得不太合適，卻還是抵擋不住提早下班的誘惑，畢竟張總助難得不在。王青連忙應道：「好的，謝謝楚總。」

總裁辦內的祕書們得知好消息後，高興到快要飛上天，要不是錢多，誰願意天天加班？她們心知楚總也是趁張總助不在，好不容易能偷懶，便都守口如瓶，沒告訴張總助此事。

張嘉年坐在車上，他望著窗外的風景，還不知道自己的行蹤被人出賣。他已經許久沒見過高中同學，畢竟過往的回憶不算特別美好，加上家裡的債務問題，他在學生時期也惹來不少閒言碎語。

雖然以張嘉年現在的閱歷來看，那都是一些同學間的小打小鬧，但有些事情宛如雜質，就算沉澱在水底，也並不代表消失。

同學會的地點是在一家餐廳的大包廂內，房間內擺著兩張大桌，有一半的人已經到場。眾人見張嘉年進屋，他儀表堂堂、溫文爾雅，歲月竟沒在他臉上留下痕跡，不由都有些恍神。

大家都是而立之年，境遇卻大不相同。有的人早就結婚生子，嘴邊掛著自家孩子；有的人混得風生水起，當上企業的老闆；有的人平凡度日，找了份穩定的工作；還有的人生活落魄，可能都不會出席今日的聚會。

「張總來了，這絕對是大老闆！來，往裡面請！」周圍人頓時起鬨。

誰也沒想到當年債務累累的少年，如今出任知名企業的高管，張嘉年的經歷在普通人當中足夠勵志。他現在每天跟商業界前輩們見面，人脈資源更是不一般，自然受到老同學們的熱烈歡迎。

張嘉年謙遜地打過招呼，問道：「陳老師來了嗎？」

張嘉年今天過來的主要目的，就是想要跟恩師見面。陳老師當年幫了他很多，讓他至今感激在心。不過陳老師常年都帶畢業班，張嘉年又時常加班，兩個大忙人還真難有契機碰面。

「陳老師一會兒才到，她讓我們先聊！」

雖然是全班的聚會，但大家進屋後便自發地聚攏在一起，形成不同陣營。班上創業的小老闆看張嘉年獨自坐著，立刻朝他招手，笑道：「張總，一起來聊聊吧？」

圍繞在小老闆身邊的人，大都事業有成，他們各個意氣風發，屬於「人生勝利組」，向張嘉年發起組隊邀請。

張嘉年禮貌地婉拒：「不用了，我坐在這邊就好。」

小老闆碰了個軟釘子，笑意不免變淺，他揚起下巴笑笑，說道：「你跟她們有什麼好聊的？人家說的都是帶孩子的事！」

張嘉年彷彿沒聽出對方的嘲諷，平靜道：「我最近正好對育兒很感興趣。」

小老闆神色一僵，頓時有些沒面子。旁邊的女同學們聞言後立刻幫腔，潑辣道：「聊孩子怎麼了？有本事你別生啊，生出來你們男人也不養！還敢看不起我們啦？」

「來來來，嘉年你過來，你家孩子多大啦，上幼稚園了嗎……」已婚女同學們興致勃勃地詢問起來，看起來想拉張嘉年進入「已婚母親派」。

「你什麼時候結婚生子的？怎麼也不告訴我們？」有人疑惑道。

張嘉年不好解釋，他想了想楚楚的思考方式，模棱兩可道：「還不算太大，剛上幼稚園吧。」

「那正是特別調皮的時候，不去管教就會變得無法無天！我告訴你，我女兒有時候根本不按牌理出牌……」

張嘉年莫名被拉入她們的對話，居然還覺得挺有共鳴感？

他不經意地一瞥，正好看到包廂外熟悉的身影一閃而過，像極不按牌理出牌的小鬼頭。他立即起身，抱歉道：「不好意思，我失陪一下。」

楚楚在服務生的引導下，找尋張總助的身影，不知道他們在哪個包廂。

張嘉年匆匆離去，留下其他人面面相覷。

張嘉年一走，小老闆立刻褪下剛才虛偽的面具，冷嘲熱諷道：「真以為他有心情聽妳們聊這些？人家攀上了高枝，跟我們能一樣嗎？」

「你就不能少說兩句？非得要我提當年那點破事，是吧？」女同學大怒，「忌妒人家就直說，當初在學校裡傳閒話，你不也沒考過張嘉年？現在表面上趕著巴結，私底下變臉可真快！」

小老闆遭人戳破，不禁惱羞成怒：「誰巴結他了？他不過是幫別人打工的，真把自己當回事？妳見過有哪個老闆把員工當回事？」

「真正厲害的人，早就跳槽出來自己創業，誰還要當員工？」小老闆越說越起勁，最後頗為傲氣地挺起腰，似乎把自己當作成功創業的標竿。

「好啦，你們都少說兩句，好好的聚會吵什麼吵……」其他人做起和事佬打圓場。

另一邊，張嘉年很快就找到尾隨自己而來的楚楚，出聲道：「楚總，您怎麼在這裡？」

楚楚聽到熟悉的聲音，頓時身形一僵。她緩緩回頭，發現張嘉年不知何時居然反追蹤，正面無表情地注視著自己。楚楚展現出精湛的演技，狀似意外道：「哦，好巧，你在這裡聚餐啊？」

張嘉年點點頭，又皺眉問道：「您的工作做完了嗎？」

楚楚大義凜然道：「我正在做。」

張嘉年狐疑道：「離開公司做？」

楚楚侃侃而談：「最近餐飲業好像不錯，我來考察一下。這家餐廳不錯，挺適合投資的。」

張嘉年吐槽道：「……這是時延旗下的餐廳，就是您當初賣掉百分之一股份的集團。」

張嘉年：說謊也不打草稿，好歹查一下資料吧？

楚楚被一秒戳穿，她試圖垂死掙扎，理直氣壯道：「那我可以再把股份買回來啊！」

張嘉年：「……」

張嘉年覺得她是生怕事情鬧得不夠大，要是時延集團得知此事，石董大概會因為言語過激而退出群聊。

「您接下來打算做什麼？」張嘉年看她興致勃勃地觀察四周，主動詢問道。

楚楚順勢說道：「我還沒有吃飯。」

張嘉年早就知道她在盤算什麼，他露出營業笑容，溫和道：「您想去哪家餐廳？我現在就幫您訂位。」

楚楚看他如此鐵面無私，當即展現出精湛演技。她佯裝失落，露出仰角四十五度的憂傷，說道：「好吧，你去跟朋友聚餐吧，我自己吃就好，反正我沒朋友，只有工作，你讓我獨自待在無人的角落就好……」

張嘉年見她賣慘，忍不住糾正：「……不是朋友，只是同學。」

「好吧，你去跟同學聚餐吧，我自己吃就好，反正……」楚楚不動聲色地改掉稱呼，似乎又要重複一遍自己的表演。

張嘉年面無表情地打斷她的表演，麻木地說道：「既然如此湊巧，我有榮幸邀請楚總跟我們一起用餐嗎？」

楚楚聽到滿意的答案，她瞬間綻放笑意，催促道：「當然，快走吧。」

張嘉年：「……」

張嘉年：妳肯定學過變臉吧？

張嘉年其實不太想帶著跟屁蟲回去，主要原因是他跟高中同學的關係一般。楚楚貿然露面，實在過於高調。但他現在也沒辦法把她丟在這裡，如果這麼做，她很可能惹出更多事情。

包廂內，小老闆覺得自己是流年不利，或者跟張嘉年沖犯。他上一秒還放出豪言，說打工者不可能受老闆待見，下一秒張嘉年就帶著楚總進屋，嚇傻在場的所有人。

如果進來的是一位企業家，大家還不一定能認出來，但來的人是曾以一己之力，扛起娛樂版新聞的當紅明星楚總，瞬間引燃全場。

張嘉年艱難而客套地介紹：「這位是楚總……」

他本來還想強行捏造些說詞，但半天都沒說出正當理由，好在其他人毫不在意，已經興奮地湊上前，更有人直接拿出手機拍攝，像是看到稀有生物。

楚楚倒比張嘉年落落大方得多，禮貌道：「大家好，打擾了。」

「歡迎歡迎，熱烈歡迎！」其他人當然不會將她往外趕，一時氣氛相當熱鬧。

小老闆沒想到張嘉年為了虛張聲勢而不擇手段，居然直接開大招，不由酸溜溜道：「嘉年的面子可真大，跟我們這些老同學聚會，還請得動楚總出席。」

楚楚笑了笑：「哪裡哪裡，我就是來幫嘉年代駕，順便騙吃騙喝而已。」

張嘉年、小老闆：「……」

張嘉年頭一次聽她如此稱呼自己，不知為何有些彆扭。

她平時都跟王青等人一樣，稱呼他為「張總助」，只有楚董才會直呼他為「嘉年」。

小老闆心道張嘉年的面子未免也太大，到底是什麼樣的身分，才能讓老闆來代駕？楚總還親自發話幫腔，顯然張嘉年的位置不低。

楚楚作為騙吃騙喝的人，上桌後自然坐在張嘉年旁邊，她身邊的另一個位置便非常搶手。小老闆作為「人生勝利組」中的佼佼者，順利拿下黃金寶座。

小老闆覺得自己抓住了千載難逢的時機，今日有機會搭上大老闆。他立刻跟楚楚搭話，露出滿分的笑容：「楚總最近在忙什麼？我看現在共享經濟很熱門，您有聽說過嗎？」

張嘉年微微凝眉，秒懂對方想攀人脈的心思，這也是他不想帶楚楚過來的原因之一。楚楚只要坐上桌，難免要跟人虛與委蛇兩句。

楚楚聽到小老闆的問話，簡單直接道：「沒有。」

小老闆聞言，馬上炫耀起知識：「共享經濟蠻有意思的，肯定會成為未來趨勢，大概就是……」

小老闆滔滔不絕地說起來，楚楚眨了眨眼，好奇道：「既然共享經濟那麼好，你打算在上面投資多少錢？」

小老闆：「……」

其他人聽到這句話，皆發出爆笑，跟著打趣道：「大老闆，怎麼樣？你打算在上面投資多少錢啊？」

同學們都知道小老闆在創業，雖然生意還算可以，但距離投資幾億還差得遠。小老闆的臉色一陣青一陣白，換做是別人說這話，他早就翻臉，然而楚總不一樣。

他尷尬道：「楚總真會開玩笑，我是小本生意，哪投得起呢？」

「我還要向您多請教投資有道的祕笈。」小老闆開始拍馬屁，「您投資的眼光那麼好，有空也教教我如何挑選專案吧？」

楚楚淡然道：「其實很簡單，你去聘一個像嘉年這樣的高管，接下來的事就省心了。」

小老闆：「……」

楚楚：「哦，你是小本生意，是不是聘不起？那就沒辦法啦。」

張嘉年莫名被點名，他沒想到她會說這話，一邊略感不好意思，一邊又暗自好笑。眾人看小老闆吃癟的樣子，卻毫不客氣地放聲大笑，慫恿道：「怕什麼，正好嘉年也在，你當著楚總的面聘請他，成功近在咫尺！」

小老闆由於事業小成，平時為人囂張，今天踢到鐵板，便給了其他人落井下石的機會。他一時拉不下臉，只得叫道：「好啦，喝酒，喝酒！」

小老闆不敢招惹楚楚，卻把新仇舊恨都記在張嘉年頭上。他舉起白酒瓶，喊道：「嘉年，喝紅酒可不行啊！老闆都來幫你代駕，你如果不喝白酒[9]，就不是真男人！」

張嘉年看對方滿臉挑釁，知道小老闆是氣急敗壞地想惹事生非。他不太想喝酒的原因是楚楚還在，因為無法得知她接下來的舉動，所以他需要隨時保持清醒。他也懶得跟小人爭辯，索性無言地將空杯子遞過去。

小老闆故意倒了滿滿一杯，看起來就快要溢出來。楚楚見狀，直接伸手攔截張嘉年的酒杯，說道：「這杯就給我吧。」

小老闆沒想到她如此包庇張嘉年，挑眉道：「楚總，這不合適吧……」

楚楚淺笑道：「有什麼不合適，我是真男人，不行嗎？」

9 白酒：在此意指高粱酒。

眾人聞言，立刻起鬨道：「當然可以！楚總都發話了，你也得跟上吧？不能光給別人倒這麼多啊！」

小老闆推辭不過、騎虎難下，只能幫自己倒上滿滿一杯，他同時提醒道：「楚總，我酒量很好的，您現在把酒杯還給嘉年還來得及。」

張嘉年不禁皺眉，他想要拿走楚楚手中的白酒杯，卻被她輕巧地躲過。他湊到楚楚耳邊，頗為無奈地悄聲道：「不要鬧，妳喝果汁吧。」

楚楚跟他咬耳朵，小聲道：「乖兒子，爸爸的事你少管，你喝果汁吧。」

張嘉年：「……」

「陳老師好久不見，您來啦！」

正當張嘉年還想再勸，陳老師恰好從門外進屋，眾人立刻站起來跟老師寒暄。陳老師打眼便看到得意門生張嘉年，親切道：「難得嘉年也在，不容易啊？」

張嘉年只得先過去跟老師交流，他在臨走前看向楚楚，嚴肅地補充道：「妳先等一下，不許喝酒。」

楚楚撇撇嘴，完全沒把他的話當回事。

男同學們還在起鬨看楚總和小老闆對戰，女同學們卻隱隱瞧出一絲端倪。她們憑藉強大的第六感和豐富的想像力，不由心生狐疑，私下交流起來：「張嘉年剛才說他已經結婚生子，而且小孩上幼稚園了？」

「真的假的，他結婚怎麼都沒通知一聲？大家都沒給紅包吧？」

「萬一他的結婚對象沒辦法公開，屬於祕而不宣的隱婚呢？」

「他難道跟明星結婚，不然為什麼不能公開？」

有人暗中指了指正和小老闆喝酒的楚總，露出意味深長的表情。誰家的老闆還會替下屬擋酒？這交情肯定不一般。

「我靠我靠，不是吧，不可能……但好像有點道理？他今年也二十九了？」旁邊的人又驚又疑，卻越想越合理，尤其是張嘉年剛才管教楚總的樣子，那哪是普通員工敢做的事情？

女同學們覺得摸到事實的真相，心情頗為複雜而微妙。她們竟不知道該羨慕誰，一邊是模範菁英張嘉年，一邊是霸道總裁楚總，兩邊都是優秀的人才。

張嘉年萬萬沒想到，他只是跟陳老師閒聊片刻，楚楚不但狂喝數杯白酒，還將小老闆灌醉在地。小老闆滿臉通紅地趴在桌上，覺得胃裡如火燒，忍不住擺擺手：「不行，不行，這會喝出人命的……」

楚楚冷靜地握著酒杯，眼神清醒而冰冷，淡淡道：「起來，還是不是男人啊？」

小老闆咬緊牙關，強撐著直起身卻失敗，終於「碰」一聲跌下桌。

張嘉年：「……」

「妳喝了幾杯？空腹喝酒對身體不好。」張嘉年緊皺眉頭，他伸手搖了搖桌上的白酒瓶，發現瓶中空空如也。他隨便一瞥，便看到其他東倒西歪的酒瓶。

楚楚乖巧地放下杯子，無辜道：「真的沒喝多少，是他太沒用了。」

她自從穿書後便脫離酒桌應酬，偶爾重返一次戰場感覺還行，完全沒有醉意，看來自己沒有退步。

兩人正說著話，喝醉的小老闆突然跳起身來，他踉踉蹌蹌地扶住桌子，大叫道：「張嘉年，你得意什麼！你不過是個背債的窮光蛋，真以為自己走運啦？嗝！」

屋內的人本來高高興興地聊著天，聽到醉鬼的大吼皆是一愣，一時面面相覷。

張嘉年還來不及做出反應，楚楚卻臉色一冷。

「嘉年，他醉啦……你別理他！」周圍的人勸道，「你別放在心上！」

「你們少假惺惺，明明當年都躲著他，現在來裝好人啦？我告訴你，我不怕你！撿垃圾的髒鬼，你就是個臭要飯的，別以為現在穿上西裝，就能假裝翻身……啊！」

小老板正罵罵咧咧地絮叨不停，突然感到臉上一陣涼意，他被冰水刺得閉上眼，當即驚叫出聲。

楚楚潑完冰水，握著空玻璃杯，平靜道：「現在清醒了？」

楚楚慢條斯理地將玻璃杯放回桌上，隨手挑了一支空酒瓶。她眼神微涼，意有所指道：

「連路人甲都不是的垃圾，還敢在這裡大呼小叫？」

眾人見她面色冰冷，皆不敢吭聲，一時又驚又怕。畢竟她全程幽默且沒架子，完全沒有暴戾易怒的一面，簡直要讓旁人忘記她紈褲富二代的身分。

小老闆遭冰水潑臉後跌坐在地，酒頓時醒了一半。他還沒緩過神來，便見楚總朝自己走過來，手中還握著酒瓶，似乎來者不善。

這是楚楚穿書以來，頭一次如此暴躁，恨不得打爆對方的頭。她明明聽過旁人無數次對自己的惡言相向，卻容不得別人說他半分不好。

「這世界的主角都不敢說這種話，你成功激怒我了。」

不過是個連名字都不配擁有的人物，居然還敢指著張嘉年的鼻子叫罵？

對方現在都如此囂張，過去又該倡狂成什麼樣？

她的小朋友全世界第一好，要是有人敢反駁，那他肯定是白痴。

楚楚話音剛落，便聽到久違的奇怪聲音，時間直接重回上一秒。

〔主世界讀檔成功。〕

〔正在根據主世界資料，重新進行光環判定，請稍等……〕

〔請透過任務加強「霸道總裁」光環，光環消失將被主世界抹殺。〕

〔警告：請嚴格遵守主世界規則，透漏任何關鍵資訊都會引發 Bug。〕

奇怪聲音突然出現，同時用強烈的疼痛警告違反規則的楚楚，不允許她說出任何關鍵資訊。

楚楚感覺到熟悉的痛感，不由悶哼一聲。她看著牆壁上鮮紅的文字警告，冷笑道：「他對你無足輕重，對我卻至關重要。」

既然這破爛的主世界選擇無動於衷，只會守著主角，她就自己處理這件事。

上天沒辦法為他討回不公，那就由她來動手。

即便他是這世界的路人甲，她也要讓他活成主角！

楚楚望著癱倒在地上的小老闆，毫不留情地揮起酒瓶。眾人眼見她要給予對方一記暴擊，千鈞一髮之際，快步上前的張嘉年一把握住她的手腕。

張嘉年及時伸手阻止，他將她固執的手指一根根扳開，取出差點成為凶器的酒瓶，終於避免一場慘案的發生。

「好了，我們回家吧。」張嘉年微微嘆息，拉著她遠離地上的人。

他的手掌溫暖乾燥，像是可以撫平一切的暴躁和怒氣。

她瞬間安靜下來，任由他拉著走，只是腳步有點猶豫，似乎頗為戀戰，還想繼續教訓對方。

張嘉年收拾好東西，跟眾人道別，牽著鬧事的小鬼頭往外走。

張嘉年：今天也在吃牢飯的邊緣來回試探。

張嘉年牽著楚楚，跟其他人打過招呼，決定先行離開。

屋內眾人見狀也不敢去攔，陳老師面露難色，安慰道：「嘉年，你別放在心上，他也是喝多了……」

張嘉年溫和地笑笑：「我知道，沒關係的，陳老師。」

是的，沒關係的，因為他從小到大聽過太多類似的話，已經對這種忌妒和怨恨習以為常。

他根本不在意這種人，所以更不在乎對方的話。

張嘉年很早就知道，衝突的結果就是周圍的人會勸你息事寧人，甚至逼你化干戈於玉帛。

這就是成年人的生活方式，大家都維護著表面的善意，沒有報復，更沒有打臉，平淡地度過每一天，不存在任何波瀾壯闊。

他早已熟練這套法則，卻沒想她會替自己打抱不平。

張嘉年在感到意外的同時，又覺得挺暖心的，便發自內心地笑了。

夜色暮暮，兩人走在餐廳外的林間小徑，迎面就是舒適的涼風。微黃的路燈下，楚楚被他像牽小孩一樣拉著，瞟見他的笑意，忍不住道：「你笑什麼？」

張嘉年平和道：「我就是覺得您有點傻。」

楚楚：「？」

張嘉年調侃道：「您就算打破他的頭，也改變不了他的想法，還幫自己惹一身麻煩，到頭來有什麼用？」

楚楚淡淡道：「我打破他的頭，愉悅我的身心，還需要有什麼用？」

張嘉年：「……」

楚楚：「我現在還想打破你的頭，可以嗎？」

這個人居然說她傻，簡直是可忍，孰不可忍！

張嘉年對她的威脅一笑置之，完全沒放在心上。他牽著她慢悠悠地往外走，輕聲道：「謝謝您。」

楚楚聞言後微愣，她淺淺地哼了一聲，沒再說什麼。

「不過下次別這麼做了，或是別親自上場。」張嘉年打趣道，「總要給我動手的機會？」

楚楚狐疑道：「你還會打人啊？」

張嘉年平日文質彬彬、溫文爾雅，哪有半分會跟人打架的樣子？

張嘉年：「人生貴在勇於嘗試？」

楚楚沉默片刻，她垂下眼，突然道：「下次不會了。」

張嘉年沒料到她今天如此聽話，頗感詫異地扭頭看她。

楚楚想了想，反思道：「畢竟是你同學，我今天確實有些衝動。」

她不該在包廂內就翻臉，應該等小老闆落單的時候，用麻袋套住他後再下手，剛才實在意氣用事。她在包廂動手肯定會被人攔住，要是在私底下解決，別人就不會想到是她和張嘉年搞得鬼。

楚楚：這次的計畫不夠周密，需要復盤反省，以後再接再厲。

張嘉年哪知道她在心中盤算什麼，誤以為她心生愧疚，安撫道：「其實也不是很重要的同學……」

他說到一半，又覺得邏輯不對，補充道：「不過不管是誰，您都不該隨便動手。」

同學聚會驟然終止，楚楚也喝了不少白酒，雖然她臉頰發燙，頭腦卻格外清醒。她乖乖地被張嘉年牽著，說話的語調也軟綿綿的，看起來比往日還要聽話。

張嘉年提議道：「我送您回燕晗居吧？」

「這麼早？」楚楚看了時間一眼，她剛才沒吃多少東西，現在有些饑腸轆轆。

張嘉年盯著她半晌，見她面染紅霞、眼神清亮，無奈道：「您喝醉了，應該要回去休息。」

她現在語調微醺，走路不緊不慢，只是自己還沒意識到醉意，或是酒品很好。

楚楚坦言：「我沒醉，只是臉紅而已。」

楚楚覺得自己的思維比平時還要敏捷，全身還透著一股幹勁，似乎神清氣爽。

張嘉年故意問道：「一百七十八加三百四十七等於多少？」

楚楚：「我管它等於多少。」

張嘉年：「……」

楚楚嘗試鬆開他的手，說道：「你先回家吧，我吃點東西就回去。」

張嘉年皮笑肉不笑，反問道：「您千方百計地跟過來，現在讓我自己回去？」

他快要被她的舉動氣笑了，尤其是看她煞有介事地點點頭，彷彿這主意沒有任何問題。

張嘉年看她左顧右盼地不願回家，好脾氣道：「您想吃什麼？」

楚楚眨眨眼：「水煮魚。」

兩人最終還是回到了燕晗居，只是先去了一趟超市購買魚肉。

楚楚窩在沙發裡，小口地抿著手中的蜂蜜水。她抬眼一瞧，便看到不遠處的張嘉年正在忙進忙出，處理剛從超市買回來的食材。

張嘉年打開冰箱，只看到一堆可樂和新鮮水果，蔬菜大概也是家事服務人員定時採購的，就連包裝袋都沒有拆開過。

空間極大的冰箱內空蕩蕩的，沒有任何常用的食材。楚楚並不常在家裡用餐，一日三餐都在公司解決，家中的廚房自然成為擺設。

或者說，這個家就是擺設，只是她落腳的地方。

不管裝潢得多麼豪華，屋裡都顯得相當寂寥。落地窗外是繁華城市的點點燈光，然而房間裡只有沙發旁的一盞暖燈。

她安靜地蹲坐在沙發上，喝著蜂蜜水，正在默默發呆。

「您可以看看電視？」張嘉年主動將客廳的大燈打開，建議道，「還要再等一會兒。」

「沒什麼好看的。」話雖如此，楚楚還是老實地打開電視。

張嘉年聽到電視的聲音，不知為何鬆了口氣，剛才極度靜謐的狀態，總讓他有一種楚楚會隨時消失的感覺。

這間房子很大，但她活動的區域卻很小，只在固定的範圍內留下生活痕跡。楚家大宅好歹有傭人，然而燕晗居卻宛如無人之境，有種能把人吞噬的壓抑感，甚至還沒公司有生活氣息。

他過去都止步門前，並沒有真正進屋觀察過，等他看清她每天的生活環境，這才油然而生一種強烈的認知——

她不屬於這裡。

她不是這個世界的人，她只把這裡當作過夜之處。

這層認識突然讓他有些酸楚和低落，雖然她每天嘻嘻哈哈，但其實至今都沒澈底融入，徘徊在所有人之外。

她對他的各類關注，是不是也僅源於他識破她的特殊性？

因為別人都不知道「她」的存在，所以她只能跟他交流，甚至產生依賴。

沒錯，張嘉年早就感受到她時不時的小情緒，甚至悄然容忍，變相放縱她的依賴。

即便他知道前路猶如飛蛾撲火，卻沒辦法拒絕自己的私心。

人無完人，他或許沒有自己想像得那麼高尚。

「吃飯吧。」

張嘉年將水煮魚擺上桌，他還炒了一盤爽脆的青菜，配上新鮮出爐的白米飯，讓人食指大動。楚楚聽到聲音後，興致勃勃地小跑過來，她坐上桌，不由驚嘆道：「你真的會做水煮魚？」

楚楚剛才還以為張嘉年是在吹牛，不料他深得張雅芳真傳，起碼在賣相上達到完美復刻的水準。她夾起一塊魚片嘗嘗，露出滿足的表情，味道竟然也一模一樣！

張嘉年看她胃口很好，不由露出溫柔的眼神，同樣安靜地開始用餐。他見她臉色仍然有點紅，詢問道：「您酒醒了嗎？」

楚楚正在跟水煮魚作戰，她聞言後揚眉道：「我真的沒醉，那點酒不算什麼。」她以前應酬的時候，喝得比這次還要凶，再放倒三個小老闆都沒問題，畢竟這算是社會人士的必備技能。

「你以前怎麼沒說過會煮魚？」楚楚吃到一半，她後知後覺地反應過來，挑眉道，「藏拙？」

張嘉年被戳破也不心慌：「您過去也沒有問過。」

飯過半旬，張嘉年看她心情極佳，猶豫地開口：「您有沒有想過多交一些朋友？」

楚楚一愣，她停下舉筷的動作，神情平靜地問道：「為什麼？」

張嘉年鎮定道：「除了工作以外，人總要有些生活。」

楚楚調侃道：「那你把你的假日留給我？」

張嘉年沉默片刻，說道：「我是說除了我以外的朋友。」

楚楚當即不滿：「你嫌我煩？」

「沒有，您總待在固定的圈子也不好……」張嘉年連忙否認，給出解釋。他覺得如果楚楚擁有更多的朋友，或許會試著融入這個世界，不會給人隨時離開的失落感。

「不是誰都配做我朋友的。」楚楚漫不經心道，又恢復手上夾菜的動作。

她抬起頭，從他的臉上讀出某種隱匿的情緒，猜測道：「你該不會覺得我孤苦無依，不適應陌生環境，只有你知道我的名字，所以我才會對你另眼相看吧？」

楚楚思來想去，只能如此推測出他「交朋友」言論的源頭。

張嘉年沒有說話，卻用無聲表示肯定。

楚楚感到一陣荒謬，嘲笑道：「你的因果邏輯就是錯的。」

她才沒有張嘉年想得如此脆弱，就算她是書中世界唯一的異類，也從未感到孤獨。她的情感向來淺薄而隨意，從不在乎旁人的目光，更不在意有沒有朋友。

「正確的邏輯呢？」

「因為是另眼相看的人，所以才會告訴你名字。」楚楚輕飄飄道，「我早就跟你說過了，我沒有那麼閒。」

她沒有閒心將時間花在不重要的人身上，儘管他總以為她在開玩笑。

張嘉年腦海中的一切思緒，被她的話炸得稀爛。他努力尋找一百種理由，為她的話開脫，卻仍然控制不住自己劇烈的心跳，就連耳根都開始泛紅。

他在心裡告誡自己，她是開玩笑的，或者是無心之言，並不代表字面含義，然而強制冷靜的心理建設卻毫無作用。他完全沒辦法控制自己的遐想，長久的克制終於土崩瓦解。

楚楚見他良久無言、面露赧意，善解人意道：「你也可以當作我喝醉了，在胡亂說話。」

張嘉年看她雙眼澄澈透亮，他連自欺欺人都做不到，艱難道：「……您知道自己在說什麼嗎？」

「我不知道。」下一秒，她突然露出狡黠的笑意，挑釁道，「張總助那麼聰明，應該知道吧？」

張嘉年：「……」

第四章　功虧一簣

張嘉年在她的連番追擊下，差點喘不過氣。最終，他捂著亂跳的小心臟，硬著頭皮逃跑了。

因為燕晗居有嚴格門禁，所以張總助反向逃跑。

「你給我開門！」楚楚擰了擰反鎖的客房，她敲著房門，冷笑道，「這是我家，你還鎖門？」

她從未見過如此倡狂之人，居然把自己鎖在她家的客房！

門內傳來張嘉年發悶的聲音：「晚安，您也早點休息。」

楚楚：「好歹陪我洗完碗吧？丟我獨自收拾殘局，你還是人嗎！」

張嘉年：「您需要鍛鍊獨立動手的能力，不能光吃不幹活。」

楚楚心中憤憤，她收拾完碗筷，心道張嘉年明天也得出來，沒想到他第二天起得極早，居然偷偷跑掉了！

楚楚醒來時，便看到家事服務人員正在打掃，對方解釋道：「楚總，打擾了，張總助聯絡我今日上門。」

張嘉年打電話給家事服務，然後在其幫助下逃離燕晗居。他實在不知道該如何面對楚楚，乾脆選擇獨自靜靜，暫行緩兵之計。

楚楚心情欠佳，她本打算前往銀達投資興師問罪，不料桌上的手機卻突然亮起，來電人是楚彥印。她接起電話，沒好氣道：「喂，怎麼了？」

『妳馬上過來大宅解釋一下，這到底是怎麼回事！』楚彥印熟悉的暴怒之聲從聽筒內傳出，楚楚將手機移遠一點，等他咆哮完才拿回來。

她毫不留情地甩鍋：「你有事就找張嘉年吧，我不去大宅。」

楚楚才不會傻傻地跑去挨罵，更別說大宅離燕晗居那麼遠。楚彥印時不時就要劈頭蓋臉地罵她一頓，這誰扛得住？

『妳還敢跟我提嘉年？你們兩個昨晚在哪裡，在幹什麼！』楚彥印氣得頭痛欲裂，他早上突然收到新聞照片的時候，差點被氣暈。

有人爆料楚楚隱婚，還放出另一半的照片。照片上，兩人手牽手過馬路，儘管五官模糊不清，楚彥印卻立刻認出了當事人。

楚彥印當即壓下此事，但內心仍極為驚駭，立刻打電話給楚楚，想問清楚來龍去脈。

楚楚茫然道：「什麼也沒幹啊？」

他們就在同學聚會上聊天，然後回家吃飯，接著就各自休息，確實沒發生什麼事？

楚彥印：『聽妳的語氣還挺遺憾的？妳知不知道自己在做什麼！不要把妳的陋習帶進公司，隨便對周圍的人下手！』

楚楚大致聽懂了，問道：「你覺得我在泡張嘉年？」

楚彥印：『不然呢！』

她以前跟李泰河鬧得人盡皆知，這次更狠，直接對張嘉年下手。

楚楚不知道老楚從何產生臆想，乾脆懶洋洋道：「哦，我還沒泡到呢，你生什麼氣？」

楚彥印氣得發抖：『妳、妳還懂不懂羞恥，居然連半分反省都沒有！』

楚楚故意道：「爸，該反省的人是你，你要是派個歪瓜裂棗到我身邊，不就沒事了？」

「要怪就怪你挑人的眼光，誰叫你要用這種方式考驗人性？」

楚彥印：『……』

楚彥印正準備大罵，便聽見電話那頭傳出「滴滴」的聲音，楚楚把電話掛了。

楚楚覺得老楚的想像力過於豐富，她莫名感到不爽，明明什麼事情都沒做，卻被對方臭罵一頓，直接激起她的叛逆情緒。

她如果不做些什麼，似乎會對不起他這頓痛罵？

另一邊，楚彥印氣得太陽穴直跳，他決定出山捉拿楚楚，絕不允許她禍亂朝綱！她以前跟公司裡的明星瞎鬧，他勉強可以睜一隻眼閉一隻眼，但玩到公司裡，這算怎麼一回事？

兔子不吃窩邊草，玩歸玩，工作歸工作。楚彥印覺得孽子的行為太誇張，她貿然對張嘉年下手，只會鬧得兩人以後沒辦法共事。楚彥印無法眼睜睜地看著培養多年的張嘉年直接被毀掉，讓孽子掀翻他布好的棋局。

楚楚聽到自己的手機響個不停，最終不耐煩地把老楚封鎖。

她坐車抵達普新大廈，剛想前往銀達投資找張嘉年算帳時，卻被早已埋伏在附近的人員攔住。

楚董的祕書身著西裝，客氣地說道：「楚總，楚董想要見您一面，請上車吧。」

楚彥印打不通電話，立刻派人來抓楚楚，打算跟她面談。

楚楚斜了旁邊敞開的車門一眼，不滿道：「要是我不上車呢？」

楚董的祕書禮貌道：「那麼很抱歉，我們今天不能讓您進去。」

楚楚看著面前的祕書和一排保鏢，她沉默片刻，直接轉身回到自己的車上，說道：「不進去也沒關係，我又不是只有這一處地方。」

「司機大哥，麻煩前往辰星。」楚楚將車門一關，便對司機下達新地址。她不信楚彥印的人能在這裡守一天。

楚董的祕書萬萬沒想到，楚總不僅沒有掙扎，甚至直接扭頭離開。他面露難色，連忙道：「等等，您不再試試嗎？就這麼走了？不會花您太多時間的……」

「世上無難事，只要肯放棄。」楚楚坦然道，隨後把車窗關上。

祕書沒辦法動手將楚總從車裡拉出來，他只能眼睜睜地看著她的車子揚長而去，不知如何跟楚董交代。

楚楚抵達辰星影視，這次果然沒有人攔住她。她順利進入辦公室，夏笑笑便敲門彙報工作進度。

夏笑笑如今是辰星史上最年輕的總監，她憑藉強大的「女主角」光環和堅韌親和的性格，在公司內殺出一條血路。當然，這背後也少不了楚楚的扶持。

雖然公司暗地裡少不了眼紅議論，說夏笑笑喜歡拍老闆的馬屁，但她非但沒有被流言蜚語打倒，甚至引以為傲。

夏笑笑：我憑本事說的真心話，怎麼能算拍馬屁？

「楚總，《偶像之光》預計從下個月開始錄製，這是公司選出的練習生名單，還有後續跟鳳梨影視合作的經紀合約。」夏笑笑將早已整理好的資料取出，補充道，「如果您看過後覺得沒問題，我們就可以跟鳳梨簽訂合約。」

《偶像之光》是鳳梨影視自製的一檔選秀節目，節目篩選無數影視和經紀公司的藝人，從中挑選練習生組成男團出道。辰星影視作為目前最大的練習生培訓公司之一，自然是鳳梨影視的重點合作對象。

楚楚現在沒辦法緊盯著公司的每個專案，只會在最終環節把關。她隨意翻了翻資料，從中看到熟悉的面孔，感慨道：「咦，他怎麼有點眼熟？」

「這是齊瀾，您上次錄音時好像見過。」夏笑笑看了照片一眼，解釋道。

齊瀾被叫去幫忙編曲，協助〈流仙〉的錄音，跟楚總有一面之緣。

楚楚點點頭，便道：「如果你們覺得名單和條款沒問題，那就先這麼安排吧。」

夏笑笑為難道：「還有一件事要跟您商量，一帆也想參加《偶像之光》……」

陳一帆靠《胭脂骨》男二的角色大紅，一時間收穫無數粉絲，絕對是近期上升速度最快的新秀。陳一帆當然可以參加《偶像之光》，但相比其他粉絲數只有幾萬的練習生，擁有千萬級粉絲量的他，實在有些不倫不類。

楚楚面無表情地吐槽：「他這是什麼心態？職業選手吊打菜鳥？」

夏笑笑小聲道：「畢竟一帆的夢想是成為唱跳歌手……」

楚楚淡淡道：「他上節目實現夢想，而其他選手的夢想卻慘遭毒手。」

楚楚已經能預料到，要是陳一帆真的出現在節目上，新聞報導肯定會很精彩。他在投票環節必然會碾壓其他無名新人，引來一陣腥風血雨。

兩人正聊著，辦公室的門卻突然被人敲響。有人小心翼翼地探頭進來，握著手機彙報道：「楚總，楚董讓您過去一趟。」

楚楚沒想到老楚陰魂不散，居然還深入辰星內部，她一秒拒絕：「不去。」

傳話的人手足無措地握著手機，他聽了聽電話那頭的囑咐，小聲道：「楚總，實在抱歉，能麻煩您接一下電話嗎？」

楚楚望著傳話人懇求的眼神，她心知對方也很為難，最終不耐煩地接過手機，同時機智地將手機拿遠一些，說道：「喂？」

『妳馬上給我過來！別想拖延時間！』果不其然，楚彥印暴跳如雷的聲音從聽筒內傳出，他憑藉強大的音量，成功讓手機像打開了免持功能一樣。

夏笑笑等人立刻像鵪鶉一樣低下頭，假裝什麼都聽不見，無意捲入大小楚的爭鬥。夏笑笑心生猶豫，要不要現在聯絡張總助來幫忙？

「我不要，我現在很忙。」

楚楚說完，又想故技重施地掛斷電話，聽筒內卻傳出楚彥印勃然大怒的聲音。

『妳如果今天不把這件事情交代清楚，信不信我馬上停掉銀達的資金！』

楚彥印的威脅之言一出，立刻引發全場靜默的效果。夏笑笑眼見楚總眼神一暗，更是連大氣都不敢出。

另一頭，楚彥印半晌都沒聽到對面的回覆，以為楚楚肯定要投降了，正準備洋洋得意，卻聽對面突然傳來感慨聲。

「我尊敬的父親楚彥印先生，這都什麼年代了，能不能別用這種老土的手段來威脅我？」

他難道以為這是豪門狗血劇的情節？父母跳出來用幾百萬打臉女主角，或者凍結男主角的全部資金，迫使兩人進入貧困潦倒的生活？

楚楚靜默片刻，她竟被老楚毫無理智的話逗笑了，調侃道：「你現在停掉資金，公司照樣在印鈔，更何況你也沒資格停，這又不是偶像劇。」

楚彥印把錢投進銀達，居然還想撈回去？他又不是國家機器，這也不是霸總小說，想要讓某家公司完蛋，總得先問問相關機構同不同意！

楚楚不屑道：「你要是實在生氣，麻煩加把勁，別說什麼把資金停掉，不如直接把我搞到破產。我早就打算啃老了，你又不是不知道？」

楚彥印：『……』

楚楚：「你給句準話，今天能不能讓我破產？如果可以的話，我現在就直接下班。」

她不覺得被刪帳號或是清空遊戲幣，算是很嚴重的威脅，大不了她每天躺著吃水煮魚？

楚楚沒收到老楚的回覆，她看了手機一眼，發現楚彥印居然氣急敗壞地主動掛掉電話了。

她從容不迫地遞還手機，看向夏笑笑，問道：「我們剛才說到哪裡了？」

屋內的兩人在目睹楚總青春期的叛逆後，對她瞬間切換回工作狀態的速度甘拜下風。

〔恭喜您完成隱藏任務，「霸道總裁」光環已加強。〕

〔隱藏任務：公開擊敗「財神」光環人物一次。〕

〔恭喜您啟動新稱號「經濟命脈」。〕

〔經濟命脈：掌握世界經濟命脈的豪門，從不畏懼任何威脅。你的霸氣讓女主角大為佩服，獲得百分之五的金錢收益加成。〕

傳話人一溜煙地離開，屋裡只剩下楚楚和夏笑笑。夏笑笑旁聽完疾風驟雨，關切道：「您和董事長怎麼了？」

楚楚抱怨道：「不知道他犯什麼病，今天早上突然質問我是不是亂搞男女關係。」

夏笑笑想起網路上的小道消息，說道：「楚董是不是看到您隱婚的謠言，就信以為真了？」

昨晚，楚總隱婚的新聞一秒竄上搜尋排行榜，又被一秒撤下，而且是純粹的小道消息，連配圖都沒有。

原因是網友都不信，畢竟謠言實在太假。

小懷：『是的，楚總跟我隱婚多年，謝謝大家的祝福。』

忘我之尹：『現在得新聞媒體也太敷衍，什麼前因後果都沒有，就敢把消息放出來？這是年底衝業績，隨手散布假新聞？』

Daddy：『楚總是否極泰來，被抹黑多年終於無料可黑？』

眾人並不知道，新聞本來有配圖，卻被楚彥印果斷撤下，瞬間讓熱門新聞變成小浪花。

楚楚淡淡地答道：「應該吧，老年人就愛迷信網路謠言。」她覺得按照老楚的交友圈來看，誤信謠言很正常。

楚家大宅內，楚彥印面對棘手的楚楚無計可施，最終硬著頭皮聯絡張嘉年。他心知現在不宜刺激張嘉年，無奈身邊沒人能揣摩楚楚的心思，只能找上老搭檔。

「楚董，您找我？」

張嘉年敲門進屋，他的狀態同樣不好，昨夜輾轉反側無法入眠，腦海裡全是楚楚的酒後胡言。他今日早上不敢再問，逃一般地離開燕晗居，甚至產生請假的念頭，卻被楚董叫了過來。

張嘉年失魂落魄的樣子，更加印證楚彥印心中的猜想。楚彥印一時愧疚極深，隨意地問道：「嘉年，你最近在銀達的工作怎麼樣？」

張嘉年今天的反應有些遲鈍，他並未體會到楚董聊家常的態度，如往常般說道：「公司最近的營運狀況正常，本季度營收達到……」

「咳咳，我不是問公司的財務狀況，你覺得銀達的工作氣氛怎麼樣？」楚彥印意有所指道，「有沒有什麼不正之風？需要肅清的歪風邪氣？」

楚彥印現在摸不透張嘉年的態度，他知道楚楚荒唐至極，只是不確定她把人禍害到哪一步。張嘉年自幼是擅長隱忍的人，時常把自己的情緒強壓在內心，不會向外界洩露分毫。要不是這次新聞有配圖，楚彥印大概到現在都還不知道此事。

他細想一番，又覺得頗有道理，楚楚原本處處針對張嘉年，某天卻驟然轉性，顯然其中有不可告人的祕密。張嘉年很可能遭受騷擾許久，卻礙於情面無法說破，只能忍辱負重地繼續待在銀達。

張嘉年聽到楚董的問題，稍有些迷惑，遲疑道：「好像……沒有。」

楚彥印漫不經心道：「你今年也二十九了，沒考慮過成家立業的事情嗎？」

張嘉年心中微跳，他莫名心虛，不卑不亢道：「這種事情還是得看緣分。」

楚彥印注視張嘉年許久，只把對方盯得後背發毛。他沉默良久，終於和藹道：「這倒是，全都要看緣分。」

楚彥印靈光乍現，他突然覺得張嘉年跟楚家很有緣？

他當年幫助過那麼多人，怎麼就只有張嘉年能堅持奮鬥，並真正進入齊盛？

他當初派了那麼多總助過去，怎麼就只有張嘉年能堅守自己的崗位留在銀達？

冥冥之中，緣分妙不可言！

楚彥印在得知消息時當場大怒，原因在於他覺得楚楚是一時興起、隨便玩玩，便要毀掉他努力培養的種子選手。

但假如兩人能長久走下去，好像也可以？

楚彥印對楚楚看人的眼光嗤之以鼻，自從發生了「李泰河事件」後，他便看出自己的女兒毫無識人能力，她是迷戀華麗皮囊的草包。不過要是她這次能維持住對張嘉年的三分鐘熱度，未來似乎穩了？

楚董完全沒想過張嘉年會貪圖家產、藉機上位，一是他堅信自己的識人能力，張嘉年如果要謀財，早就可以離開；二是楚楚著實臭名遠揚，她除了有錢以外，完全一無是處。

現在唯一的難題，就是如何讓張嘉年眼瞎。

楚彥印思索片刻，往日嚴厲的鷹目也化為彎月，他和善地說道：「這種事情急不得，你現在正準備步入而立之年，還是要拚事業，多在公司坐坐。」

張嘉年捉摸不透楚董翻書般的變臉速度，卻還是老實地應聲：「好的。」

楚彥印看張嘉年答應，露出滿意的神色。他作為大集團的領導者，絕不會虧待努力貢獻的好員工。每個奮鬥的下屬都該獲得應有的報酬，比如收到公司的股權激勵和結婚對象。

楚彥印曾幫楚楚安排門當戶對的婚事，但事情的結果就是南彥東被打爆頭。於是他採用稍微和緩一些的手段，讓楚楚多見見同齡人，然後事情就變成石田輸掉時延股份，楚石兩家幾乎決裂。

楚彥印已經知道，楚家這輩子是不可能完成政治或商業聯姻了，將楚楚嫁入其他大家族，幾乎等同於將對方趕盡殺絕。她現在的名聲傳出去，基本上是聞風喪膽。

現在不求大富大貴，只求平安是福。

楚彥印想到這裡，語氣也越發和煦，跟張嘉年親切地聊了半小時，這才依依不捨地道別。

張嘉年在楚董如沐春風的態度下，一時有些彆扭和愧疚，想到自己的私心和隱瞞，更是陷入矛盾之中。

儘管楚董偶爾脾氣暴躁，但他對張嘉年長久以來的幫助卻沒有作假，更別提在工作經驗上毫無保留地傳授，可以說是亦師亦父的角色。

原書女配角對張嘉年最初的敵意，也跟楚董的另眼相看有關，大小楚交心的次數甚至遠低於楚董和張嘉年的交流，當然會惹女配角不滿。

楚彥印害怕自己態度過於明顯，產生反效果，便決定先對楚楚的行為睜一隻眼閉一隻眼。

張嘉年沒想到楚董只是跟他閒聊片刻，除了態度格外友善外，還真沒什麼要緊的事。坐在沙發邊的林明珠目送張嘉年離開，他前腳剛走，林明珠便立刻掏出手機，鬼鬼祟祟地彙報消息。

辰星影視內，楚楚的手機突然亮起。她抬眼看了一下，便隨手放到一邊，看向對面的陳一帆，問道：「聽說你想參加《偶像之光》？」

陳一帆跟楚總單獨面談，他有些緊張地咽了下口水，點頭道：「是的，希望您能給我這次機會。」

據說《偶像之光》會有相當精彩的舞臺配置，國內打歌節目極度匱乏，能提供給饒舌歌手的舞臺更是寥寥無幾，陳一帆不想放棄這個機會。他當然知道公司的顧慮，無非是自己的粉絲量和資源不匹配，《偶像之光》只是一檔網路綜藝，容易引發粉絲和其他選手的爭議，但他太想上臺了。

陳一帆是懷著滿腹說詞而來的，他想要打動楚總，說自己不在乎節目大小和錄製酬勞，只是想爭取能展現唱跳能力的平臺。

萬萬沒想到，楚總拒絕他的理由卻跟他想像的不一樣。

楚楚淡淡道：「但你因為長時間拍戲的關係，很久都沒有練習了，還有辦法上臺嗎？」

陳一帆：「……」

陳一帆本以為老闆會覺得他去選秀節目太可惜，沒想到她對節目沒意見，而是對自己的業務能力有意見？

楚楚深表懷疑，猶豫道：「雖然你的粉絲很多，但我們還是要看能力來評斷。畢竟也不能光看你的人氣，就讓你頂替掉其他人的位置吧？」

陳一帆被這話刺得格外羞愧，沒想到自己的人氣反被楚總當作走後門的工具。他趕忙擺手否認，說道：「我沒有這個意思……只是我聽說鳳梨影視不管多少人都收，沒有人數限制。」

辰星影視是鳳梨影視的合作大戶，照理來說，不管公司推薦多少練習生，應該都能通過初選。

楚楚一本正經道：「當然不是，任何事情都會經過考核篩選。你現在貿然上場，自然會影響到公司內的其他人。」

「我可以讓你去《偶像之光》，但你起碼要展現出能上節目的水準。」楚楚平靜道，「在你拍戲、接商業合作的時候，別人每天都在練習，你現在不一定還能維持第一。」

陳一帆沉默，他思索片刻，說道：「如果我在這個月的考核裡拿到第一，您可以讓我參加節目嗎？」

「不用強求第一，前三名就好。」楚楚主動放寬條件，補充道，「不過你應該知道，只要你沒拿到第一，就會被公司裡的人議論，上節目更是如此。你自帶粉絲還拿不到好成績，肯定會遭千夫所指。」

楚楚知道《偶像之光》肯定會爆紅，所以並沒有阻撓陳一帆的意思，但她心知流言蜚語足以擊垮人的心智。要是陳一帆參加節目，肯定會被輿論纏身。

陳一帆沒想到向來隨性的楚總，居然會特意提醒自己。他一時有些感動，忍不住道：「您以前遭受過很多議論，不是也走過來了嗎……」

楚楚身上的各類誹謗傳聞絕對遠超過陳一帆，既然老闆能挺過來，陳一帆堅信自己也可以。

楚楚聞言後默然，隨即斜了他一眼，直接道：「你能跟我比嗎？我憑本事下場嗆回去，你每次都得靠公司公關。」

陳一帆：「……」

楚楚：「公司分配給你的行銷費有限，你要是在節目上鬧出大新聞，超出我們的預算，記得要自己結清。」

陳一帆：「……好、好的。」

陳一帆發現楚總對自己上節目的態度開明，他本該感到高興，卻不知為何嘗到一絲淡淡的憂傷？

陳一帆為參加《偶像之光》，推掉目前的所有活動，重新投入練習，果然引發不小的議論。公司中，練習生覺得陳一帆搶占資源；網路上，粉絲們則覺得辰星對陳一帆過於苛刻。

雖然陳一帆有出面解釋過，卻只能暫時壓住內外夾擊的冷嘲熱諷。

鳳梨影視很重視《偶像之光》的製作，節目組非常看好辰星的練習生中肯定會有出道預備人選，同時還有自帶粉絲的陳一帆。節目組綜合考慮各種因素，便把《偶像之光》宣傳片的首個錄製地點選在辰星。

宣傳片的內容很簡單，節目組會先拍攝練習生部分學習、生活日常，作為開場的素材。同時，他們會錄製練習生的自我介紹、個人特技等短片，為每人分別製作介紹影片。

楚總也是代表辰星的重要人物之一，《偶像之光》節目組甚至提前聯絡辰星，希望楚總能夠在拍攝素材的當天露面。

楚楚作為合作方，當然沒辦法拒絕節目組的請求，但她面對工作人員，還是坦言道：「這不是拿我當道具擺拍嗎？」

工作人員架好器材，客氣地笑笑：「我們就是想看看辰星練習生的精神面貌，同時展現您對練習生們的影響。」

畢竟老闆會決定公司的氣質，他們在錄製宣傳影片的時候，也會拍攝各個經紀公司的情況。辰星顯然是財大氣粗的豪門貴族，練習室敞亮整潔，練習生數量龐大，跟其他經紀公司不一樣，這些對比都是真人秀節目中的矛盾和戲劇看點。

楚楚沒有辦法，只能百無聊賴地坐在練習室旁觀訓練，完成今日的擺拍。

節目組適時地拋出問題，想要蒐集一些素材：「請問您對哪位練習生的印象比較深刻呢？」

「都不深，等上完你們的節目後，我可能才會對一些人比較有印象。」楚楚誠實地答道。

工作人員硬著頭皮提醒：「楚總，其實我們現在也算錄製。」

楚楚試探道：「不然你把節目臺本給我看看？你想讓我怎麼回答？」

工作人員小聲道：「即便我們把臺本給您，您也不會照著念……」

《偶像之光》節目組又不傻，楚總上脫口秀節目都不念稿，會根據臺本走才有鬼！

楚楚佩服地看對方一眼，感慨道：「哎呦，你還挺聰明的？」

她發覺《偶像之光》節目組對自己頗為警惕，似乎早有準備。

工作人員振振有辭：「我們在來辰星之前，研究過您過往的節目和採訪，絕不會輕易掉入陷阱。」

除了楚總以外，節目組最感興趣的無疑是陳一帆，恨不得讓所有鏡頭圍著他轉。剩下的練習生自然沒有此類待遇，他們只得避開器材，頗為眼紅地看著陳一帆的專場秀。

然而，其他人很快便不再羡慕陳一帆的待遇，原因無他，楚總時不時就會對他進行刻薄攻擊，要求很高。

陳一帆在練舞中出現小失誤，楚總會刻薄；陳一帆在考核中排名第三，楚總會刻薄；陳一帆的演唱不穩，楚總還是會刻薄。

楚楚最終長嘆一聲，感慨道：「你還是去演戲吧，何必呢？」

陳一帆：「……」

其他練習生甚至懷疑楚總是帶著攝影組，故意對陳一帆進行公開處刑！

工作人員沒想到陳一帆在練習生群體中的身分如此低微，簡直被楚總 Diss 得抬不起頭。他們避開練習生們，小聲問道：「楚總，您這算是愛之深，責之切？」

楚楚：「不，我只是想讓賺錢機器回歸正軌。」

工作人員吐槽道：「……您會被陳一帆的粉絲痛斥的。」

楚楚：「那太好了，讓她們趕緊給錢，幫自己的偶像贖身。」

工作人員：「……」

工作人員：要是這段播出來的話，肯定會激化粉絲和經紀公司的矛盾。

「難道你希望我像你們一樣厚此薄彼，只圍著有人氣的練習生轉？」楚楚見工作人員不說話，說道，「練習生是等待旁人看法和評價的群體，宛如一張白紙。你們今天過來拍攝，很可能是他們第一次收獲外界回饋。如果節目只關注有人氣的選手，我想其他人會很失落。」

工作人員微微一愣，沒想到楚總不正經的外表下，竟然還有點正經？

「你們今天對陳一帆的過度關注，只會讓他在未來遭遇挫折時，被反彈得更凶。節目是一錘子買賣，但我做藝人經紀卻要長久經營，考慮到他們以後的事情。」楚楚語重心長道，她既不能讓陳一帆等練習生太不把自己當回事，也不能讓他們太把自己當回事。

節目組被說得有些愧疚，他們感受到楚總的用心，不由道：「所以您更注重對練習生的長期培訓？」

楚楚遲疑道：「說長期培訓也不太對……賺錢機器們的長期營運？」

工作人員：「……」

工作人員：從未見過如此著急幫公司蓋章「血汗工廠」的資本家老闆！

楚總說出這樣的言論，工作人員們頓時收斂許多，不再對陳一帆過多優待，適當將鏡頭轉向不出名的練習生。隨著節目組對辰星練習生的了解變多，他們漸漸發現楚總是公司中最格格不入的人物。

辰星的練習室裡瀰漫著夢想、拚命和汗水，然而大老闆每天嘴邊掛滿賺錢、吸引粉絲和商務，簡直形成魔幻現實主義般的鮮明對比。

節目組小聲道：「您不覺得此類言論不利於練習生們的身心健康嗎？」

楚楚：「我是讓他們提早知道社會的殘酷，從小打好預防針。」

節目組：「……」

《偶像之光》很早就開始做宣傳，不但陸續放出各家公司的練習生資料，同時公布首期官方宣傳片《練習的意義》，內容也詳細展現各類練習生的境遇。

『你覺得練習的意義是什麼？』

短片中，眾多青澀的練習生們面對節目組的提問，給出不同的解答。有人靦腆地笑笑：『實現夢想，站上舞臺？』

『想要透過練習出道，讓家人過上好日子。』

『用每一滴汗水為未來的自己鋪好路。』

形形色色的勵志回答讓宣傳片的氣氛變得激昂，然而短片畫風卻突然一轉，並傳來冷酷無情的女聲：『練習的意義就是學會適應失敗。』

畫面中，身穿高級訂製套裝的年輕女子站在練習室外，她注視著大汗淋漓的練習生們，漫不經心道：『你只有經過無數練習，才會真正意識到自己的平凡。你沒什麼與眾不同，只是一個平庸之輩。』

而一旁的工作人員則問道：『您的觀念會不會過於悲觀？』

楚楚扭頭看了鏡頭一眼，開口道：『這不是悲觀，只是陳述事實。市場和觀眾不可能為每個人的夢想買單，所以靠練習學會適應失敗，體會到自身的平凡，是練習生們必備的能力。』

『平凡並不可恥，因為只有平凡的人才能創造不平凡。』

《練習的意義》宣傳片最後以此句話作為結尾，金光閃閃的字體在轉場後化為《偶像之光》的Logo，同時註明節目開播日期及平臺。

宣傳片一釋出，便在網路上引發熱議。網友們除了討論各家練習生的顏值外，便是揪著金句頻發的楚總不放。

小黑鴨：『楚總未免也太現實了！』

可口不可樂：『本世紀最大騙局《練習的意義》，建議大家搭配鳳梨影視會員獨家宣傳片食用，某些老總正片裡講雞湯，卻在花絮裡的雞湯內下毒（doge.jpg）。』

花漾：『某影視老闆公開宣稱我司血汗工廠，偶像是賺錢機器，粉絲們還不管一下嗎？就算鳳梨影視只剪輯楚總溫柔的片段，也無法遮掩資本家的野心（doge.jpg）。』

帆然若夢：『陳一帆你醒醒！老闆都讓你去演戲了，就快去做賺錢機器啊！是要上節目實現哪門子的夢想？』

大番橙：『本事業粉要被偶像活活氣死，本以為是公司冷凍藝人，結果是為了完成夢想？對不起，我再也不罵公司了，請楚總直接撕票，粉絲們不贖人。』

獨自美麗：『我發現這支影片很有趣，大公司老闆說藝人是賺錢機器，小公司老闆跟藝人談夢想，這是真實紀錄片嗎？』

小池：『看到辰星的設備和場地，我想做您的賺錢機器@楚楚。』

宣傳片的播出正好澆滅陳一帆粉絲的怒火，她們在不久前還嚷嚷著公司不公對待陳一帆，讓他上冷門節目。然而，短片放出後，陳一帆的粉絲們產生跟楚楚同樣的疑惑，陳一帆是失智了嗎？

「陳一帆撕票」、「請陳一帆做賺錢機器」等關鍵字，莫名其妙登上了搜尋排行榜，在前十名各自擁有位置。

練習室內，陳一帆才剛完成今日的練習。他在休息時百無聊賴地翻看社群軟體，卻看到如此離奇的搜尋排行榜。

陳一帆：我什麼時候被綁票了？

陳一帆看了半天，也沒搞懂來龍去脈，最後發了一則貼文。

陳一帆：『（黑人問號.jpg）。』

他的貼文才剛發出，便被無數粉絲的留言占領。

帆的迷妹：『老闆說得對，聽你老闆的。』

一一七：『哥哥，想開一點，做賺錢機器其實也挺開心的（可愛.jpg）。』

千帆過盡：『親愛的，我理解你的夢想，但你才剛步入社會，還是要對公司和老闆負責的，還是聽從老闆的建議，好好地去演戲吧？』

陳一帆看著留言區，心情頗為複雜：「……」

陳一帆：我的粉絲都背叛我！

陳一帆頓時悲從中來，內心湧上一團不服氣的火焰，便更加積極地投入到練習中，努力遺忘粉絲們的臨陣倒戈。

辰星影視內，楚楚正坐在辦公室裡查資料，她在搜尋引擎裡輸入「如何跟下屬搞好關係」、「如何跟下屬修復關係」等，期盼能找到有用的答案。

張嘉年最近猶如避風頭的鴕鳥，完全不敢跟她打照面。楚楚不由心生愧疚，儘管她還沒搞懂自己錯在哪裡，但還是考慮進行彌補，修復跟小朋友的關係。

網頁果然跳出相關問題，下方僅有一則回答，相當簡單暴力。

問答小達人：『你是上司，你怕個屁。』

楚楚當即失望，打算關掉網頁，她剛想點擊叉叉，卻突然瞟到一旁的延伸問題。

提問：『如何追求下屬？』

提問：『如何優雅地追求新晉下屬？』

楚楚摸了摸下巴，她感覺此類問題也算有借鑑作用，便隨手點開一看。果不其然，這些問題下面的回答瞬間豐富起來。

博學才子：『在工作上多關心他，讓他感受到你的工作能力，私下噓寒問暖，讓他有安全感，自然水到渠成。』

橡皮筋：『用錢。』

無聊超人：『不要在公開場合特殊對待他，會讓他有壓力，畢竟人言可畏。』

小費：『給予對方工作上的指導，他會感謝你的，之後再找時機約他出去。』

楚楚看完後有點沮喪，她已經把黑卡送給張嘉年，顯然用錢是沒用的。

然而，她在金融方面的工作能力不及張總助，他又對影視產業興趣不大，這要怎麼進行工作指導？私下相約更困難，畢竟張總助假日也在加班。

夏笑笑進屋時，便看到楚總對著電腦唉聲嘆氣。她熱心地想為老闆排憂解難，詢問道：「楚總，您怎麼了？」

楚楚回過神，她望著夏笑笑頭頂的「女主角」光環，覺得對方應該還算有主意，便虛心地請教：「假如妳跟朋友產生矛盾，通常會怎麼和解？」

夏笑笑微微一愣，沒想到楚總會提出這種問題，遲疑道：「送一些親手做的小點心？寫卡片跟他道歉？」

夏笑笑眼見楚總露出微妙的表情，語氣稍顯無奈：「好像不太適合您？您和對方是因為何種原因產生矛盾呢？」

「其實不算矛盾，就是突然開始躲我……」楚楚猶豫道，「其實我也不知道他躲我的原因。」

夏笑笑看著楚總煩惱的樣子，脫口而出道：「是對您而言很重要的人嗎？」

楚楚點頭：「是我在這個世界最重要的朋友。」

夏笑笑看著楚總頗為認真地回答，恍然大悟：「難道是異性朋友？」

楚楚：「是啊？怎麼了？」

夏笑笑像是摸到真相，她緊張得滿臉通紅：「您、您是不是喜歡他？」

楚總都不知道實際原因，便想跟對方緩和關係，重要程度不言而喻！

楚楚不耐煩地斜了她一眼，覺得夏笑笑在說廢話，坦言道：「當然啊，畢竟是最重要的朋友。」

夏笑笑：「……」

夏笑笑：怎麼感覺哪裡不太對？

夏笑笑耐住性子，磕磕絆絆地問道：「您是超越性別的喜歡，還是帶有性別的喜歡呢？」

楚楚疑惑道：「這兩者有差別嗎？」

「字面上有差別。」夏笑笑臉紅如蘋果，小聲道，「……您是帶有性的喜歡嗎？」

楚楚聞言後驚愕不已，望著面前的人，訝異道：「沒想到妳還會開車！」

夏笑笑頓感羞愧，慌張地擺手：「您、您不要誤會，我也是從小說和漫畫中汲取到知識的！」

夏笑笑如同驚慌失措的小白兔，只差恐慌地跳來跳去，好自證清白。

楚楚義正辭嚴道：「我如此光明磊落、正直坦蕩之人，行事向來落落大方……」

夏笑笑慚愧地低下頭。

楚楚大聲道：「當然會有這種齷齪的心思！」

夏笑笑：「……」

楚楚也想對張總助保持純友誼的態度，問題是張總助的顏值不允許啊！

她上次坐飛機被貼臉的時候，就意識到這點，沒想到如今被夏笑笑當場戳破，立刻陷入深深地自我厭惡：「唉，我真不是人……」

夏笑笑見楚總失魂落魄，善解人意地安慰道：「這是人之常情，您不用感到失落，說不定是件好事？」

楚楚擺擺手，嘆氣道：「妳不懂，我當初答應做他爸爸，現在是扯上人倫問題了……」

她居然感情變質，簡直愧為人父。

夏笑笑：「？」

夏笑笑：這究竟是何等複雜曲折的故事？

楚楚看破自己齷齪的私心後，心情非但沒有放鬆，反而變得更加沉重且憂傷。

夏笑笑看楚總撐著腦袋陷入深思，鼓勵道：「既然如此，您為什麼不好好地跟對方談一談呢？」

「怎麼談？」楚楚淡淡道，「說想睡他？」

夏笑笑的臉龐瞬間漲紅，趕忙制止道：「當、當然不是！我剛才只是打個比方而已，請您不要光想著這件事……可以先培養好感情基礎，再慢慢交往！」

楚楚面對未知的區塊，一頭霧水道：「該怎麼培養感情基礎？」

楚楚作為母胎單身狗，完全不曉得如今的年輕人如何談感情，立刻向軍師夏笑笑請教。兩個毫無實戰經驗的菜鳥熱烈地討論起來。

夏笑笑也沒談過戀愛，她只能憑藉想像力，試探地說道：「您可以包下整個遊樂園，邀請他去玩？晚上在樓頂放煙火？一起看午夜場電影？」

楚楚吐槽道：「……妳果然是言情小說的女主角。」

這些橋段和套路完全出自原書《巨星的惹火嬌妻》，根本是夏笑笑和李泰河經歷的情感事件。

楚楚回憶著小說的原劇情，補充道：「我是不是還能邀請他去米其林餐廳用餐？在海外五星級酒店的總統套房看日出？包下最昂貴的海底隧道看表演？」

夏笑笑：「是、是的。」

「……」楚楚頹廢地癱在桌子上，嘀咕道，「好累，不如算了吧。」

她光是想到複雜的劇情和場景設置，便感到身心俱疲，不然自我刪除這段記憶，假裝什麼事都沒發生過？

夏笑笑振振有辭：「不行，您不能逃避，否則一定會後悔的！快打起精神來！」

楚楚：「起精神來是誰？」

夏笑笑：「……」

銀達投資內，張嘉年眉頭一皺，發現事情並不單純。他因為楚楚的酒後胡言，下意識跟她拉開距離，避免自己再被她的隨心之語動搖。

她的無心之舉常讓他潰不成軍，令他痛恨自己匱乏的自制力。

張嘉年刻意躲避楚楚的行為，自然沒有逃過對方的法眼，這讓他心裡很不是滋味。人想要強行壓抑自己的本能，忽略最關注的人，實在是一件考驗毅力的事情。

即便兩人玩躲貓貓玩了一週，張嘉年仍然無時無刻地在接收她的消息。

今天是「楚總跟陳一帆面談一小時」，明天是「楚總對第一名的練習生齊瀾很滿意」，後天是「楚總旁觀練習生訓練」。

張嘉年有些心煩意亂，連帶對《偶像之光》印象極差，在心中做出定論。

張嘉年：這種消費粉絲經濟的節目是不會長久的。

然而，嶄新的一週開始，事情卻發生轉機。楚楚居然準時抵達公司，還難得全副武裝，從衣著到妝容都極度得體。

她順道經過張嘉年的辦公室，主動笑著問候道：「早安。」

「……早安。」張嘉年心中一跳，他遲疑片刻後終於應聲。他本來害怕楚楚再說些什麼，沒想到她只是簡單地問好，便前往自己的辦公室，並沒有往日接連的小動作。

楚楚回到自己的辦公室，她在轉椅上愉快地轉了一圈，滿意地點點頭。

日常噓寒問暖，達成。

楚楚今日早起，她剛坐下沒多久，便忍不住打了個哈欠，想要委頓地趴在桌上，辦公室門外卻響起敲門聲，張嘉年推門進來，慣常地彙報道：「楚總，您有空出席上午的例會嗎？」

楚楚在他開門的瞬間挺直身子，她雙手交握、正襟危坐，立刻擺出談判的架勢，鄭重而深沉道：「有空。」

張嘉年眼看著她從萎靡的小蝦米，瞬間變臉成職場菁英，心情頗為微妙：「……好的。」

張嘉年總覺得到處都透著一股古怪，要知道楚楚平時最討厭無趣的例會，更不喜歡準時上班。他很多時候都需要三催四請，她才會慢悠悠地過來，開始處理每日的事務。她的工作狀態跟辰星較貼近，並不太習慣銀達的節奏。

楚楚看他轉身離開後，立刻鬆懈地癱回椅子裡，對照條件幫自己打勾。

展現自己的工作能力，達成。

楚楚思考片刻後，想起自己之前給過張嘉年黑卡，又打了個勾。

用錢，達成。

她看著整理出的項目頗為滿足，任務進度顯然推進得很快，已經高效率地完成好幾項了。

銀達投資會議室內。

「笑影文化已經準備進行下一輪融資，正在跟幾家基金接觸，現在就看本輪的融資金額……」

例會上，楚楚聽著眾人的彙報，贊同地連連點頭。

大家看到難得出席的楚總似乎心情不錯，也都鬆了一口氣。近期的例會都是由張總助主持，員工們都快忘記在會議上被楚總支配的恐懼。雖然他們不知道楚總今日突然出席的原因，但好在老闆沒有不滿意的地方。

張嘉年看她全程聚精會神，一時頗感意外，主動問道：「楚總還有想要叮囑的嗎？」

楚楚面對張嘉年，又轉換回深沉穩重的總裁臉，讚許道：「張總助剛才說得很好，我沒有想補充的內容。」

張嘉年：「……」

張嘉年：她是不是私下闖了大禍，否則今天怎麼會如此奇怪？

稱讚對方的工作能力，達成。

下午，楚楚和張嘉年要前往齊盛電影，跟姚興等高管商量接下來的規劃。楚董的休假還沒結束，楚楚起碼要監督齊盛電影正常運轉至老楚回來為止。

車輛停在公司門口，張嘉年像往常一樣要上前開門，卻被楚楚攔住。楚楚搶先一步，她主動拉開車門，露出滿分的笑容：「我自己來就好。」

降低距離感，達成。

楚楚牢記知識要點，降低兩人間的距離感至關重要，總讓張嘉年幫忙開車門，只會加劇他的上下關係意識。

張嘉年看著她從容不迫地開門上車，全程禮賢下士、親和禮貌，不由眼神一暗，不知為何心裡有點不舒服。他的眼睛如同醞釀著風暴的深淵，最後又強壓住情緒，沉默地坐上副駕駛座。

楚楚今天在後座極度端莊安靜，她既沒有哼小調，也不開玩笑，簡直乖得出奇。

然而張嘉年更感到窒息般的壓抑，總有一種突然失去什麼的感覺。

她變得大方客氣、彬彬有禮，像是一個完美的老闆，卻不再需要他。

她不會再耍賴、鬧脾氣，不會再吐露怪誕有趣的言論，不會再強迫他答應無足輕重的小事，不會再說動搖人心、曖昧不清的話。

他們順利保持適當的距離，她用對待其他人的方式來對待他，甚至更禮貌周全，完全封閉自己的本性。

張嘉年突然感到一陣失落，他現在才發覺，自己遠沒有想像中的大度和寬容。曾經擁有的特權突然被沒收，巨大的落差感足以將任何人擊潰。

她最近遇到了什麼事？她是不是有別的小朋友了？

張嘉年想起缺失的上週，心情更加低沉。

齊盛電影的會議室內，眾人齊聚一堂，討論該如何應對文化娛樂三巨頭的競爭。胡達慶指揮文化娛樂三巨頭兵分兩路，對辰星影視和齊盛電影發起挑戰，前者是在內容製作上對抗，後者則是搶奪線上票務市場。

「他們的手段很厲害，按照現在的趨勢，市場占有率會繼續走高……」姚興無奈地說道。

隨著線上購票的興起，線上票務服務是齊盛電影重要的營收管道。齊盛票務本身起步較早，文化娛樂三巨頭為了追趕齊盛的進度，推廣自己的線上票務系統，用低價吸引觀眾，大打價格戰。

由於文化娛樂三巨頭的財大氣粗，不少小型票務平臺不斷被擠壓消失，逐步進入兩家相爭的時代。姚興同樣憂心忡忡，如果是良性競爭的話還好，就怕對方搞惡性競爭，雙方都傷敵一千，自損八百。

楚楚問道：「他們最近還在搞低價票？」

姚興點頭道：「是的，我們也做出類似的方案，但很難抑制對方的增長。」

楚楚若有所思，直接道：「我們打價格戰也沒用，他們最多是試水玩票，搞砸之後還能跑，我們卻得長期經營。」

文化娛樂三巨頭垮就垮了，但齊盛電影深耕多年，總不能隨隨便便就被拖垮。胡達慶顯然是氪金玩家，一路只知道花錢變強，完全不計得失地投入，只為搶奪市場。

眾人討論良久，一時沒有適合的應對方法。楚楚揉了揉疲憊的太陽穴，說道：「我會再想想這件事的，先不要馬上跟對方拚價格。」

散會後，張嘉年見楚楚面露疲倦，主動關心道：「您是不是累了？不如將晚上去辰星的會議推掉吧？」

楚楚聽到他的關切之詞，一掃疲乏的神色，她立刻裝模作樣起來，鄭重而深沉道：「沒事，工作重要。」

楚楚警惕地想：絕不能留下怠忽職守、懶散頹廢的印象。

張嘉年陷入無言，他面對自律而完美的老闆，總有種被阻擋在外的感覺。

兩人正收拾東西準備離開，楚楚放在桌上的手機螢幕卻突然亮起。

張嘉年不經意地一掃，卻看到意料之外的傳送人——齊瀾。

齊瀾，辰星影視的練習生，本月考核第一名，曾經幫忙過〈流仙〉錄製。

他們什麼時候交換聯絡方式的？堅持去辰星只是為了開會嗎？

張嘉年突然如墜冰窟、難以呼吸，只覺得心尖被針扎破，湧上滿滿的酸楚。他向來沉穩鎮定，頭一次嘗到忌妒的滋味。

他僵立在原地，眼看楚楚旁若無人地拿起手機，自然地回覆訊息。他總感覺她嘴角掛著笑意，又好似只是眼花。

張嘉年的理智有些崩潰，再也擺不出平日溫和有禮的態度。

「您今天對我格外冷淡呢。」他的眼眸裡像是有烏雲在翻動，氤氳著難以言喻的情緒。

楚楚：「？」

楚楚：不可能！我今天明明認真攻略了！

第五章　做我的女人

楚楚認為自己的計畫萬無一失，她絕不承認攻略失敗，索性展露完美的笑容，硬著頭皮問道：「你怎麼會有這種感覺？」

她如此頻繁地獻殷勤，哪裡有半分冷淡？

張嘉年看到楚楚的營業式笑容更覺得刺眼，她以前都不會在自己面前假笑。他嘗到舌尖蔓延的苦澀，沉聲問道：「您還在氣上週的事情嗎？」

他上週躲著不見對方，她向來睚眥必報，所以用這種方式表達不滿？

張嘉年垂下眼，語氣有些低落：「對不起，上週是我沒控制好情緒，以後不會了。」所以請妳不要再這樣。

他原本想透過躲避來冷卻情緒，沒想到卻引來更糟糕的效果。

他發覺自己完全不能接受客氣疏離的楚楚，僅只有一天都難以忍受。他感受到隨時被取代的可能性，渾身的血液都逐漸變得冰冷。

楚楚的笑容越發僵硬，遲疑道：「你覺得我在生氣？」

她實在不理解張嘉年的腦迴路，不知道他從哪裡得出的結論？

張嘉年沒有回答，但他用沉默表達肯定的態度。

楚楚瞬間有種對牛彈琴的感覺，她強撐一整天的努力居然付之東流！

楚楚立即褪下剛才的僵笑，她只覺得身心俱疲，沒好氣道：「哦，那你準備怎麼補償我？」

她費心攻略一天，最終進度為零，沒有比這個還要更傷人的事情。

張嘉年看楚楚逐漸恢復以往的樣子，心裡鬆了口氣。他抿抿唇，試探地問道：「您需要什麼補償？」

楚楚看他還沒開竅的樣子，在心底翻了個白眼，故意刁難道：「親親抱抱舉高高，你看我們之間的交情選一個吧。」

張嘉年：「……」

張嘉年站在空蕩蕩的會議室內，他一時不敢確定，面露猶豫：「……在、在這裡？」

雖然會議室內沒有別人，但這好歹是在公司，著實過於大膽。儘管她的言行舉止向來離奇，可能跟常人的思維不一樣，但傳出去也有損她的名聲，實在不太好。

楚楚理直氣壯地道德綁架，淡淡道：「道歉完都不主動示好，你真是完全不在乎我們的友誼。」

張嘉年一時騎虎難下、左右為難，他最終硬著頭皮上前，伸出紳士般的雙手，稍微抱了抱她，緊張得手心都冒汗。楚楚順勢伸手緊抱他一下，像是強行擼貓的犯罪嫌疑人。她成功揩油後，不要臉道：「好，這次就原諒你吧。」

肢體接觸，達成。

楚楚覺得自己有點卑劣，但空手而歸實在非她作風，誰叫他這麼好騙。

張嘉年覺得自己有點卑劣，但遭遇冷落實在難以忍受，而且她很好哄。

兩人在各懷鬼胎中達成和解，終於結束躲貓貓的日子。

楚楚強行裝模作樣一天，如今鬆懈下來，一時有些得意忘形。她恢復平常的模樣後直接道：「我該怎麼做才不算冷淡呢？」

她察覺兩人的邏輯不太相符，決定直接向攻略對象請教攻略技巧。

張嘉年頓時語塞，半天都答不出來。他總不能說她搞職場性騷擾，看起來不算冷淡？

張嘉年：「您像平常一樣就好。」

楚楚：「那你親親我。」

張嘉年：「……」

張嘉年：很好，看來是完全恢復正常了。

楚楚見張嘉年面無表情、毫無反應，頓時感到氣餒。

她心道自己的初始好感度到底有多低？才能讓對方如此淡定且麻木？

楚楚哪知道自己像是《狼來了》故事裡的小孩，前期把話說得太絕，直接讓張總助產生免疫力屏障。他難以分清她的玩笑話和真心話，索性都視為玩笑話，從而避免產生不必要的誤會。

張嘉年見楚楚變回往日的模樣，心情輕鬆不少。此時卻突然收到手機的提示，點開才看到她傳過來的音樂檔。

楚楚乘勝追擊，得寸進尺道：「趕緊下載這個檔案，然後把它設為鈴聲。」

「這是什麼？」張嘉年一邊詢問，一邊聽話地按下下載。

楚楚點開音樂，傳出〈流仙〉對唱版的旋律。她晃了晃手機，振振有辭道：「上次錄製的〈流仙〉，我請齊灝製作鈴聲版，他剛剛傳給我的。」

當然，齊灝為了幫Rap段落修音，熬夜到頭髮快掉光。

張嘉年瞬間明白，怪不得她和齊灝有聯絡，居然還有這種事？

他的情緒明快起來，糊裡糊塗地設置完鈴聲，才後知後覺道：「……您的鈴聲也是這個？」

楚楚綻放燦爛的笑容：「是啊，見證我們友情的信物，有什麼問題嗎？」

張嘉年：「……沒有。」

同款鈴聲，達成。

楚楚完全不覺得「以友誼之名，行苟且之事」有任何問題，她接連成功兩次，厚臉皮地得心應手起來。兩人重歸於好，卻變得比過去還要密不可分，主要表現在楚楚總是跟進跟出，寸步不離張總助。

銀達辦公室內，張嘉年面對電腦抬起頭，他看向坐在一旁的楚楚，為難道：「其實您可以去忙，我暫時不會離開？」

她都不待在自己的屋裡，反而坐在他的辦公室裡處理事務，似乎又走向另一個極端。

楚楚眨眨眼，頗有邏輯道：「但我們上週見面的次數很少，不應該補上嗎？」

張嘉年難以反駁，他默默地做完一項工作，起身往屋外走。楚楚見狀，立刻放下手中的資料，站起來想要跟上。

張嘉年停下腳步，冷靜地提醒：「您不能去男廁。」

「哦……」楚楚這才坐回去，無趣地嘖了一聲。

張嘉年覺得，如果生在古代，他如此影響太子辦公，肯定會直接被拖出去砍頭。

《偶像之光》將首期宣傳片放出後，又陸陸續續釋出導師名單。而中心導師最為重要，外傳是由當紅明星擔任。楚楚早就知道中心導師是誰，所以並不關注官方帳號上的消息，然而真正的中心導師出現後，辰星卻陷入一團混亂。

鳳梨影視居然臨時換人，讓李泰河擔任中心導師！

「楚總，我實在沒辦法接受，絕對不能讓陳一帆參加節目……」經紀部和宣傳部的員工瞬間陷入混亂，誰不知道李泰河和陳一帆有無數新仇舊恨，鬧得天翻地覆。

宣傳部每天強壓的負評都來自李泰河的粉絲。李泰河從辰星出走，陳一帆又是辰星上升期的新人，兩人同上一檔節目，直接預訂搜尋排行榜前十名的位置，這對陳一帆的前途是致命打擊。

夏笑笑擔憂地打量楚總的神色一眼，只見她若有所思，一言不發。

其他人見狀，認為老闆也被氣瘋，憤憤地提議：「楚總，我們再聯絡一下鳳梨影視，《偶像之光》必須給我們一個交代。前期根本沒打招呼，這是想踩著我們上位？」

「嗯……」楚楚撓了撓頭，真心誠意地問道，「李泰河現在這麼慘？只能上網路綜藝節目？」

眾人：「……」

楚楚滿臉疑惑：「對不起，我是真的不了解他的後續發展，他已經要靠綜藝來穩固粉絲群體了？」

楚楚千算萬算，也沒算到李泰河會做《偶像之光》的中心導師。畢竟原書將男主角的演技和前途，吹捧得直接飛上天，一路朝著國際影帝的路狂衝，字裡行間推崇男主角的清新脫俗，號稱絕不淪落到做綜藝。

《偶像之光》的模式就算有爆紅的潛力在，但說到底只是一檔網路綜藝節目，並未紅遍大江南北。李泰河不去拍戲，又八百年沒唱歌跳舞，跑來做中心導師，到底有多缺錢？

「楚總，新視界不是資源型公司，只有商務比較厲害。李泰河前兩部戲都沒起水花，能維持住目前的粉絲群體，已經很不容易。」

「也不是誰都能像我們當初一樣，任由他挑資源……」有人低頭嘀咕，又在其他人警告的眼神中隱去音量，畢竟當初往李泰河身上砸資源的人就是楚總。

楚楚大度道：「他要做導師就做，不過是圈子裡碰上前同事，有什麼大不了的？」

其他人猶豫道：「那要是陳一帆和李泰河在節目裡碰上呢？」

「相遇不可怕，誰醜誰尷尬。」楚楚平靜道，「讓陳一帆最近捯飭得好看一點，別在節目上丟人。」

練習室門口，陳一帆被經紀人叫出來，接收老闆最新下達的任務。

「你最近不要熬夜練習，注意早睡早起貼面膜，該做的保養都別少！你上節目會跟李泰河對上，別到時候在鏡頭前的狀態太差……」

陳一帆：「？」

陳一帆：「但我要比賽啊，不熬夜練習怎麼提高實力？」

經紀人：「平常心就好，讓他們來比賽，你來比美。」

陳一帆：「……」

陳一帆：簡直是可忍，孰不可忍！我要是沒拿到第一名，都咽不下這口氣！

他不知道自己的圓夢之旅為何如此坎坷，不但粉絲臨陣倒戈，就連工作人員都開始帶他走上花瓶之路，實在是世風日下、人心不古！

《偶像之光》終於開始錄製，練習生們組隊進入封閉環境訓練。陳一帆心懷積攢的怒氣值，一頭栽進節目，發誓要拿出點成績。

《偶像之光》錄製的第一天，李泰河坐在保姆車內，望著窗外的風景，一時有些恍神。他都不知道有多久沒見過夏笑笑，本想等事業穩定再去找她，然而離開辰星後卻事事不順。

李泰河先是陷入天價違約金糾紛，後來進入新視界影視，接到電視劇《游離者》後想東山再起，該劇的收視率卻被《胭脂骨》吊打。最諷刺的是，《胭脂骨》居然是夏笑笑經手的專案。

李泰河突然想起，夏笑笑當初在泉竹軒對楚楚百般包庇。他原想立穩腳跟，向夏笑笑證明楚楚的不學無術、紈褲無能，不料辰星如今卻一飛沖天，同時經營多個不錯的專案，其他業務也遍地開花。

「泰河，你錄製節目的時候放輕鬆，辰星送來好多練習生，小心被節目組惡意剪輯。」

經紀人放心不下，出聲叮囑。

他其實不太願意讓李泰河上節目，更想讓他走演員路線。李泰河有時候很固執，在綜藝節目上不一定討喜，但最近實在沒有適合他的戲劇，總得考慮生計。

李泰河應道：「我知道，我還沒無聊到遷怒小孩。」

李泰河看不慣的人只有楚楚，跟其他人又無冤無仇，誰會跟練習生過不去？

保姆車停在攝影棚旁的停車場，李泰河在眾人簇擁中下車，他才剛走兩步，卻發現另一側的人群。楚楚和夏笑笑正並肩交談，像是在認真地探討著什麼。夏笑笑的神色並不輕鬆，似乎有些為難，彷彿被楚楚的威壓震懾。

「泰河，你在看什麼？」經紀人見李泰河停下腳步，他扭頭查看，等他看清來人，立刻叫道，「趕快走，趕快走！被人拍到又是一則新聞！」

經紀人：怎麼偏偏遇上最大的死對頭！要是被記者發現，大概會被網友們的口水淹死。

遠處，楚楚和夏笑笑站在車邊，不知發生什麼爭執。楚楚面無表情地拉開車門，強行將夏笑笑拽上車。夏笑笑掙扎無果，奮力逃竄卻失敗。最後，她的身影被猛地關上的車門擋住了。

李泰河看到這幕心裡一跳，預感楚楚會對夏笑笑不利，說道：「你們先走，我馬上回來！」

經紀人看他往楚總車輛的方向走，大驚失色：「你瘋啦！我靠，你再上搜尋排行榜，我就不管你了！」

經紀人望著李泰河奮不顧身的背影，不由氣得跳腳，最終還是跟上。

車內，夏笑笑被楚總強勢拉上後座，她只能怯怯地蜷縮成一團，無奈道：「楚總，我真的不知道，我也沒追過人……」

夏笑笑現在才明白，祕書姐姐們為何從不接觸老闆的私生活，公私攪和在一起，實在令人絕望。楚總自從上次被她看穿心意，便欽點她為自己的戀愛軍師，逼她出謀劃策。

天地良心，夏笑笑同樣是母胎單身，單身狗如何幫助單身狗？

楚楚冷臉道：「妳上次不是說得頭頭是道嗎？年輕人怎麼能逃避問題？這可是妳跟我說的，逃避會後悔！」

夏笑笑像一隻畏畏縮縮的小白兔，她面露苦色：「不然您找一個比我更聰明的人問問？我確實也沒經驗？」

楚楚眉毛一挑，問道：「妳覺得誰比妳更聰明？」

夏笑笑試探道：「張總助？」

楚楚：「……」

夏笑笑縱觀公司上下所有員工，張總助確實是最聰明的人。

楚楚大為氣惱，怒道：「我要妳有什麼用！」

夏笑笑：（委屈地吃手手.jpg）。

車窗突然響起敲擊聲，車上的兩人同時一愣。楚楚看清窗外的李泰河，她緩緩打開車窗，淡淡道：「有事嗎？車窗如果被你摸花，你可得付洗車錢。」

李泰河被她噎了一句，隨即正義凜然道：「放她下車！堂堂大老闆當街擄人，恐怕不妥吧？」

楚楚翻了個白眼，心知李泰河被害妄想症發作。她根本不理男主角，直接道：「夏笑笑，妳覺得不妥嗎？」

夏笑笑低下頭小聲道：「妥。」

夏笑笑剛被楚總痛斥沒用，現在哪敢跟老闆頂嘴？她已經不是剛離開校園的畢業生，算是有點資歷的社畜，知道不能當眾讓老闆難堪。

李泰河沒想到自己的維護不被領情，他有些黯然神傷，卻還是強撐道：「是妳逼她這麼說的！」

「泰河，別說了！」經紀人及時趕到，他看了車內的楚總一眼，強裝客氣道，「楚總，打擾了。」

「確實很打擾。」楚楚摸出自己的墨鏡，她裝模作樣地戴上，慢悠悠道，「李泰河，你最好盡快搞清你我的身分差距。我想要帶走誰，還需要你過問？」

李泰河冷笑道：「妳能有什麼身分！」

她不過是靠爸的草包，除了投好胎以外，完全一無是處。

經紀人看不慣自家藝人作死，規勸道：「別說了……」

楚楚趾高氣揚道：「你已經過氣，而我是當紅明星，粉絲數比我還少的人，就別跑來蹭熱度了。」

李泰河：「……」

經紀人本以為楚總會說起兩人的家境或財富差距，最後竟然比粉絲數？最可恥的是，李泰河確實輸得一敗塗地。圈外人楚楚不但粉絲數量多，知名度還遠超過藝人李泰河。

「司機大哥，開車。」楚楚見李泰河想要破口大罵，毫不留情地關上車窗後，推了推臉上的墨鏡。

楚楚坐豪車揚長而去，成功讓李泰河聞豪車的廢氣。

〔恭喜您完成隱藏任務，「霸道總裁」光環已加強。〕

〔隱藏任務：強行帶走「女主角」光環人物一次。〕

〔恭喜您啟動新稱號「強取豪奪」。〕

﹝強取豪奪：強勢奪愛的霸道總裁，囚牢監禁是必殺技能。當你做出符合稱號的行為時，相關人物好感度雙倍加成。﹞

夏笑笑望了望車後的李泰河，佩服地露出星星眼：「楚總，您剛才好厲害，有種將地球踩在腳下的氣勢！」

夏笑笑不知道該如何形容，反正老闆就是霸氣外露、不怒自威。

楚楚毫不客氣地吐槽道：「我謝謝妳哦，不過誰都能把地球踩在腳下，除非地心引力消失。」

楚楚：垃圾系統毀我青春，不但沒辦法刷攻略對象的好感度，還一天到晚刷女主角的！

夏笑笑鼓勵道：「您向對方展現出這一面，說不定能打動他？」

楚楚：「妳以為誰都是言情小說女主角？喜歡霸道總裁囚禁愛？」

張嘉年又不是白痴，而且現在是法制社會，她搞監禁是想坐牢嗎？

楚楚無神地撐著下巴，她思索片刻，又回過神來，突然想起這是書中世界，很多事情不講邏輯。奇怪的聲音剛才說的是，相關人物好感度雙倍加成，好像沒提到「僅限女主角」？

也就是說，不管對誰進行強取豪奪都可以囉？

楚楚回想起自己拿到的古怪稱號，「經濟命脈」由於目前賺錢太快，感覺並不強烈，「邪魅狂狷」本身就沒什麼用，「魚塘塘主」對玩遊戲有小小加成。依此類推，「強取豪奪」應該會有點效果的？

她不免有些糾結，一邊內心蠢蠢欲動，一邊感覺自己像是在作弊。小朋友跟書中的其他人物不一樣，他是獨一無二的，她怎麼能走這種歪門邪道刷好感度！

楚楚正義地想著，隨即打開手機搜尋符合「強取豪奪」稱號的行為。

總裁嬌妻初次嘗歡？惡魔首席放開我？逃跑新娘有虐有肉？

楚楚望著頁面上紛雜的內容，覺得自己腦子進水，居然會產生如此離奇的想法。

銀達辦公室內，雖然已經是下班時間，但張嘉年仍在低頭處理龐雜的工作。他聽到敲門聲，抬頭看到楚楚進來，疑惑道：「您有什麼吩咐？」

楚楚頗感緊張地咽了咽，反手悄悄地扭上門鎖。她看張嘉年眉目清俊、神色柔和，儀表堂堂地坐在桌前。楚楚更覺慚愧，硬著頭皮乾咳兩聲：「咳咳……」

張嘉年關切道：「您嗓子不舒服嗎？是不是感冒了？」

張嘉年看她在屋裡轉來轉去，乾脆取出抽屜內的備用藥，起身遞給她：「您要是難受的話就先吃藥，或是我現在聯絡胡醫生，您早點回去休息？」

窗外已經天黑，她要是身體不適，應該趕緊請胡醫生上門看看，然後早些入眠。

楚楚趕忙制止他的慈父心，她坐在椅子上，拍了拍旁邊的位置，說道：「不用，我想跟你聊聊。」

張嘉年聞言有些困惑，不過他還是乖乖地走過去，坐到她身邊：「您說吧。」

儘管楚楚曾對夏笑笑做過愚蠢的霸總行為，但當初是奇怪的聲音相逼。如今面對張嘉年清澈的眼眸，她實在說不出口。

楚楚糾結良久，還是忍不住想試試稱號。

她後悔當初給他黑卡的時候太過武斷，導致缺失重要道具，畢竟霸總甩錢包養才屬於「強取豪奪」的正常運作。

楚楚遲疑道：「我能現在存個檔嗎？」

張嘉年滿臉茫然，卻還是好脾氣道：「您要怎麼存檔？」

楚楚：「如果我等等說錯話，就會讀取現在的時間點。你假裝什麼事情都沒發生過，我們什麼都沒聊。」

張嘉年心道她的存檔方式未免太隨便，勉強答道：「我盡量？」

張嘉年：我又不是金魚，難道只有七秒的記憶？

楚楚得到他的保證後鬆了口氣，她注視著對方的眼睛，用極為認真的語氣，孤注一擲地開口。

「做我的女人吧。」

「……」

楚楚說完後，緊張地觀察著張嘉年的表情，不願錯過一絲一毫。她心知自己的舉動過於白痴，但抱著「寧肯錯殺，不能錯放」的想法，還是硬著頭皮說出口。

夢想還是要有的，萬一見鬼了呢？

辦公室的空氣快要凝滯，兩人一度無言。

楚楚最終沮喪地倒回椅子裡，長嘆一聲：「我是不是該重新讀檔？」

楚楚：要是我再相信主世界的鬼話，就從普新大廈跳下去！

果然，人不能有僥倖心理，這絕對是她近來最大的污點！

楚楚：強取豪奪都是屁，文明和諧最重要。

張嘉年沉默良久，他看到她隱約抓狂的神色，忍不住誠懇地發問：「您是專程來……逗我笑的？」

張嘉年：對不起，雖然她剛才的表情很嚴肅，但實在有點好笑。

就連平常過於厚臉皮的楚楚，此刻都感到一絲尷尬，麻木道：「我選擇讀檔，請你刪除剛才那段。」

張嘉年看她緊繃著臉，假裝一本正經的樣子，眼裡流露出一絲笑意，坦白道：「稍微有點困難，畢竟您的發言實在……挺厲害的。」

楚楚雙手交握著癱在椅子上，自暴自棄道：「別說了，我死了。」

她現在恨不得鑽進地縫裡安息。

張嘉年比她還要平和，他擺出科學的態度，客觀地討論起來：「我想知道您原本打算如何實現？」

張嘉年搞不懂她怎麼會有如此離奇的言論，便真心誠意地發表疑惑，難道他有哪裡透露出女扮男裝的跡象？

楚楚面無表情道：「……你觸及到我未知的領域。」

「您總不能改變人的生理結構？」

「……這當然不用。」楚楚哀求道，「求你忘了吧，說好的讀檔呢？」

她只是按照小說套路抄答案，實際操作過程當然一片空白。她總不能告訴對方，她有個稱號叫「強取豪奪」，異想天開地想試試，最後搞砸了吧？

「所以只是言語概念上的形容，並不用做出生理上的變化？」張嘉年捂著下巴思索片刻，沉吟道，「您可以不用讀檔。」

楚楚：「？」

張嘉年擺出專業的職場態度，有條有理道：「既然是您的要求，雖然實際執行的難度很高，但我願意嘗試一下，盡量克服困難。」

楚楚：「？」

她聽到如此端正的語氣，差點以為自己讓他去搞重大的IPO專案。

張嘉年：「我沒有相關經驗，所以前一個月暫定為試用期。等試用期結束時，您可以考核評分，再判斷我適不適合這份工作。」

楚楚：「……什麼工作？」

張嘉年：「做您的女人。」

楚楚：「……？」

楚楚不敢相信，這算攻略成功，還是稱號的作用！

她內心萬分驚駭，她一直以為自己的小朋友，是書中世界唯一的正常人，原來他也難以逃離可怕的光環毒害，主世界稱號果真神擋殺神，佛擋殺佛？

張嘉年完全不知道楚楚的小心思，他的想法很簡單。楚楚現在對他的影響力過大，已經嚴重動搖他正常的心理狀態。張嘉年過去可以強壓著情緒，但最近明顯感到力不從心，索性由著她的古怪發言順水推舟。

他是人，是人就有缺陷，必須正視自己的私心與瑕疵，他或許找到了適當表達自己的契機。

張嘉年善解人意道：「您覺得試用期有問題嗎？」

楚楚：「沒有，張總助向來按規章做事。」

而且居然連做愚蠢的事情都一板一眼。

張嘉年平和道：「既然如此，試用期就從現在開始，我會履行自己的工作職責。」

「希望您能體諒我的工作，在我的試用期內潔身自愛，盡量跟異性保持適當的距離，避免產生不必要的誤會，畢竟作為您的女人，我還是抱有適當的自尊心。」

楚楚吐槽道：「……你還挺認真的？」

「以後除了工作，我還會監督您的生活，包括作息、飲食、生活習慣等多方面，請您嚴格控制碳酸、油炸、辛辣等食品的攝取量，養成多喝水的好習慣，也要早睡早起，定期進行鍛鍊。」張嘉年溫和道，「您這半年內完全沒有運動，今後我會在週末督促您完成。」

楚楚：「等等，你的工作職責好像不是這些吧？」

反正她是沒見過有哪本小說裡，「做我的女人」的具體工作內容是這些！

張嘉年：「您覺得哪裡有問題？」

楚楚：「我總覺得你是想當我爸爸。」

她聽到這些內容，感覺自己跟被嚴格管教的小學生沒有任何差別。

張嘉年莫名有點心虛，像是被戳破心思，他義正辭嚴道：「您的感覺錯了。」

兩人莫名其妙地達成實習協議，都默契地沒有向其他人透露張總助的新工作。

另一邊，《偶像之光》錄製現場，李泰河坐在導師陣容的正中央，開始幫練習生們進行分班評定。導師們會根據練習生的表演，將他們分為A、B、C、D等。

大螢幕上出現辰星影視的Logo，頓時引發全場熱議。其他導師小心地打量李泰河的神色，見他巋然不動，這才默默收回視線。李泰河早就猜到，他參加節目會出現這種情況，所以他繃緊臉色，盡量不露波瀾。

人生如戲，全靠演技。

後臺裡，齊瀾看陳一帆狀態不太好，關心道：「你還好吧？我看你最近都沒有好好休息？」

陳一帆最近不管不顧地拚命練習，幾乎天天熬夜，如今面色十分難看。齊瀾不知道他為何如此怒氣沖沖，一時還有點尷尬，畢竟他在公司裡的考核是第一，莫非是因此刺激到陳一帆？

陳一帆擺擺手：「沒事，調整一下就好。」

陳一帆其實猜到齊瀾的顧慮，他對齊瀾沒有敵意，但又不好解釋自己的怒氣值是老闆和粉絲帶來的。

辰星影視的練習生在加油打氣後閃亮登場，八個青春活力、容貌俊美的少年一出現，便形成亮麗的風景。李泰河握著麥克風，為避免落人口舌，微微低頭避而不見，直接道：「請開始表演。」

音樂一響，練習生們立刻全副武裝地準備表演，換上正經的表情。

陳一帆由於近一週的瘋狂訓練，肌肉狀態確實不佳，再加上他比旁人擁有更多商演活動，精神狀態也比較差。大概是怕什麼來什麼，他竟然因此跳錯一個舞步，好在齊瀾走位及時彌補。

陳一帆臉色發白，他強撐著精神跳完整場，在心中暗自懊惱，關鍵時刻居然出錯了！

辰星練習生完成表演後，全都氣喘吁吁，靜靜地等待導師們的評定。齊瀾私下安撫地拍了拍陳一帆，害怕他得失心太重。陳一帆最近的努力，其他人都看在眼裡，暗地裡的冷嘲熱諷也變少，大家的關係還算可以。

導師們商議後，李泰河對著鏡頭，宣布評定結果：「辰星影視練習生評級A等……陳一帆。」

陳一帆露出詫異的神色，他原本鬆了一口氣，卻發現A等僅有自己一人，齊瀾不在名單內。

「B等，齊瀾、林博宇，C等……」

場上眾人都有點訝異，有人小聲嘀咕道：「齊瀾也挺厲害的，只拿到B而已嗎？」

李泰河平靜地宣布完評定結果後，陳一帆卻被場上的目光刺得渾身不舒服。他拿到A等非但沒有高興，反倒像是被人硬生生地賞了一個耳光，突然想起楚總當初說的話。

她說：「我不能光看你的人氣，就讓你頂替掉其他人的位置吧？」

陳一帆此時才明白，就算非他本願，他的存在確實會影響到別人。

「老師，我覺得評定結果有問題。」陳一帆乾脆地開口，看向坐在前排的導師們。

陳一帆的話立刻引來一片譁然，李泰河皺眉道：「你的評定是A，還有什麼問題？」

陳一帆說道：「我覺得自己不配到A班，齊瀾剛才的表演比我更好。」

齊瀾聞言後面露訝異，他聽到結果確實有點失望，卻沒想到陳一帆居然會跳出為自己打抱不平。齊瀾比陳一帆的性子更圓滑，他朝對方微微搖頭，示意陳一帆別再說話。

李泰河：「導師們有自己的評定方式，對每個人的各方面做出公正評價……」

陳一帆忽略對方的官腔，直接道：「請問評定方式是什麼？」

李泰河語塞片刻，心中暗自惱火，這人該不會是楚楚派來砸場子的吧？

李泰河哪裡能立刻講清楚評定方式，一時半會兒回答不上來。實際上分班都是有劇本策劃的，節目組要求幫陳一帆保送到A，同時辰星不能有雙A，這算是真人秀矛盾點的設置。

陳一帆看導師們答不上來，他爭論半天也產生脾氣，簡單暴力道：「您的回答讓我懷疑節目的專業度和公正性。」

《偶像之光》節目組萬萬沒想到，他們根本不用刻意設置矛盾，陳一帆就幫首期節目搞出熱度。

「李泰河和陳一帆嗆聲」榮登搜尋排行榜，引來一群瘋狂粉絲們的脣槍舌戰。

玻璃瓶：『節目組你完蛋了，是不搞李泰河會死嗎？垃圾節目果然就有垃圾選手，跟前輩這樣講話，有夠沒禮貌！』

夏亞：『你家的偶像唱跳都差，現在被人戳穿後氣急敗壞啦？誰看不出節目組打壓辰星，不敢給雙A是怕搶風頭。辰星練習生有一半都能保送到A，為保其他公司的人，真是下了血本。』

帆船硝子：『這什麼破節目，連出道名單都搞黑箱，還不如回去做楚總的賺錢機器，好歹楚總是直接把「想賺錢」寫在臉上，不像垃圾節目組還搞這種下三濫的手段。』

印章：『齊瀾最後到底是A還是B，你們是想裝聾作啞？@偶像之光。』

網路上的輿論聲討越來越厲害，《偶像之光》節目組沒辦法坐視不理。他們聯絡辰星影視，想要讓公司出面跟陳一帆溝通，管理他的言行舉止，同時發公告幫助節目組壓下現在的風聲。

辰星會議室內，有人當即不滿：「我們為什麼要幫節目洗白？他們本來就是打壓齊瀾保出道位，要是我們發聲，粉絲肯定會更生氣。」

《偶像之光》最後的出道名額，都是跟各家經紀公司商議好的，基本能雨露均沾。辰星練習生素質遠超越其他公司，很可能占據大量出道位。節目組會透過鏡頭盡量控制選手人氣，只讓一到兩名辰星練習生出道，避免出道組被辰星全滅。

雖然道理大家都懂，但辰星經紀部的姐姐們還是氣不過，都是用心培養的孩子，誰能容許厚此薄彼？

「我們現在不幫節目發公告，他們就會惡意剪輯，到時候更慘……」

辰星的會議風格比較活躍，沒有銀達的嚴肅死板，搞影視的人同樣個性較為大膽，眾人便激烈地討論起來。

片刻後，他們發現大老闆久久無言，這才看向玩手機的楚總，詢問道：「楚總，您覺得我們有必要發公告嗎？」

發公告是維護節目組的面子，算是雙方和好，保證後面的合作；不發公告是為了選邊站的粉絲，剛好還能養養死忠粉，有利後續代言銷量。

楚楚聞言後抬頭，她將手機放到一邊，坦然道：「我剛才已經發了。」

眾人：「？」

《偶像之光》節目組左等右等，都沒等到辰星影視的公告，反倒等來楚總的公告。

楚楚：『真人秀節目都有劇本設計，大家未免也太認真？』

雲淡彩：『反正都是賺錢機器，大家未免也太認真？』

盒裡盒外：『真有骨氣就別上《偶像之光》，你以為鳳梨影視會理你？有夠愚蠢的。』

膠帶追星狗：『老闆，妳說真話不怕被鳳梨影視追殺啊？孩子們還在他們手上，會被刪鏡頭的。』

River：『上節目請遵守節目組的規矩，公開Diss合作方，不如直接退賽？』

楚楚：『沒有規矩，就不怕被追殺。快上微眼APP觀看練習室花絮，一起Pick練習生們吧@微眼短影音帶您享受《偶像之光》辰星八子練習室花絮。』

YBSS：『我靠，遭遇黑幕就直接做出個影音平臺？直接跪了。』

小蘑菇朵朵：『UI做得比你好看，操作頁面也清晰，滾出來挨打@鳳梨影視。』

靴靴：『臺幣玩家思路：你敢罵我，我氪金虐你。』

《偶像之光》節目組滿臉茫然地按下連結，發現楚總趁機推出一款短影音APP，將辰星練習生過去的影片剪輯後上傳，光明正大地跟正片節目搶流量？

《偶像之光》突然發現楚總猶如脫韁的野馬，他們肯定拉不住了，只能請上頭的人出面。畢竟微眼短影音是實打實地影響節目流量，不少辰星粉絲都跑去看微眼的影片，點閱率節節攀高。

橘子：『沒想到微眼上的練習室短片，包裝得還不錯，不比《偶像之光》還要差。』

大煙：『辰星以前做過綜藝，本來就很專業。畢竟辰星練習生是豪門貴公子，不努力出道就要回去繼承家業演戲，做賺錢機器。』

鳳梨影視的人看情況不對，終於坐不住。節目組已經沒資格再摻和進來，只能派鳳梨影視內負責綜藝的高管李渡出面。

「楚總，您這樣可能不太合適？」李渡出面調和，客氣地說道，「《偶像之光》還在播出中，辰星現在放出太多舊影片，可能不利於節目後續的安排……」

楚楚鎮定道：「我們考慮到這一點，所以專門挑選出短影片放出，您覺得哪裡不太合適呢？」

潛臺詞是，辰星沒幫練習生們剪出紀錄片，已經夠給面子了，怎麼還要求這麼多？

李渡頓時啞然，他硬著頭皮戳破真相：「根據我們的後臺資料顯示，微眼短影音會對節目造成分流……」

楚楚當然知道此事，她最近正為微眼APP新增使用者的數量感到高興。但她現在面對鳳梨影視卻開始裝傻，驚訝道：「怎麼會？我們的短影音只有三分鐘，怎麼能跟三小時的節目搶流量？」

李渡道：「資料是這樣顯示的……」

楚楚無辜道：「您可不能亂說，張口就說我們搶流量，畢竟點閱率的身上也沒寫任何人的名字，對吧？」

李渡：「……」

鳳梨影視的綜藝部門很氣，《偶像之光》也很氣。節目組只要在最新一期幫辰星搞出惡意剪輯，微眼短影音第二天就會上傳辰星練習生的影片洗白。隨著粉絲們的湧入，不少新使用者也開始自行上傳影片，她們會放上一些偶像的推薦剪輯。

微眼短影音的應用定位和鳳梨影視不同，它是由微夜科技研發，美其名曰自己是社群軟體。鳳梨影視想告微夜科技惡性競爭，但師出無名，想告辰星洩密侵權，然而練習室的影音版權確實是人家的。

鳳梨影視內部召開緊急會議，探討下一步的規劃。這已經不是簡單的節目矛盾，隱隱上升到平臺層面，很可能會影響鳳梨和辰星後面的合作。

李渡彙報道：「我跟楚總溝通過，她似乎不打算撤下影片。雖然話沒說得太絕，但她應該是想替自家藝人打抱不平……」

眾人一時愁眉不展，辰星影視未來的好劇很多，要是真的撕破臉，雙方都不好受。

「老李，我覺得你根本就沒理解楚總的意思。她是商人，也是老闆，不存在替員工討要公正的說法。她自己都公開說過真人秀有劇本，就證明並不在乎這些。」另一個高管王麟突然出聲道。

王麟是鳳梨影視內部負責影視板塊的高管，曾經洽談過《胭脂骨》的點閱率收益協議，手邊還有其他跟辰星合作的大劇，算是辰星影視的老熟人。他跟楚總及辰星接觸較多，還是比較理解對方思考模式。

李渡面露不解：「那真正的原因是什麼？因為節目導師有李泰河？」

王麟恨鐵不成鋼道：「因為她要賺錢，她要靠影片給微眼流量！」

王麟覺得自己的同事實在太笨，楚總的經營思維就是「一切朝錢看」，她才不在乎節目有沒有李泰河，不在乎節目公正與否，她最關心的是如何將藝人及產品變現為真金白銀。

就算節目不公正，有人氣的練習生在回到辰星後，照樣可以出道。王麟很清楚，楚總現在是想推廣微眼APP，完全不把節目裡的小打小鬧放在心上。

李渡：「但她想和我們搶流量，不就是想引起衝突……」

王麟：「搶流量就算是引起衝突？微眼的定位是短影音，明顯不是我們目前的競爭對手。我們的對手是其他網路影音平臺，為什麼不能促成雙贏局面，非要跟辰星耗損？」

鳳梨影視如今正在努力擴展會員和廣告業務，王麟剛從《胭脂骨》上看到一絲點閱率收入的希望，絕不允許李渡等人把關係搞砸了。要是他們跟辰星撕破臉，以後王麟和影視部門同事該去哪裡收劇？

李渡怎麼可能不知道王麟的心思，恨不得朝對方大吼：你有考慮過綜藝部門的感受嗎？沒有，你只在乎你自己！

微眼搶走的流量來自《偶像之光》，完全不影響王麟和影視部，他當然能說風涼話！

有人替李渡說話：「但這樣下去，《偶像之光》就沒辦法做了，這好歹是內部評定S級的節目……」

辰星和鳳梨如今硬碰硬，說不定辰星最後都不願商討出道位，豈不是鬧成笑談。

王麟提議道：「我有個主意，既然微眼想要流量，乾脆把花絮影音都給他們。別只上傳辰星的，乾脆連其他公司的也一併上傳。」

李渡暗自惱火，心道他該不會是辰星的臥底吧？《偶像之光》非但沒撤下辰星的影片，還要將正式花絮拱手讓出？

王麟：「我出面跟楚總聊聊，看能不能讓微眼冠名節目，直接把非官方做成官方，說出去也好聽，你們後期再剪輯一下。」

王麟的心思頗為活泛，微眼只放辰星舊影片，那肯定是跟鳳梨打擂臺，但只要成為冠名商，豈不是一切都名正言順？鳳梨影視和節目化解輿論危機，拿到冠名廣告費，辰星和微眼成功穩定粉絲情緒，還收割新流量，簡直皆大歡喜。

唯一美中不足的是，這樣操作像是將李泰河祭天，大概會被李粉罵死。

鳳梨影視最後投票表決，多數同意王麟的提議，派遣他作為議和者跟辰星聯絡。

沒有永遠的敵人，只有永遠的金錢。

楚楚聽聞王麟的想法大喜，實際上她也覺得單靠辰星練習生的流量還不夠。微眼作為剛推出的APP，必然會燒掉一大筆行銷廣告費。

照理來說，《偶像之光》是不可能接受此類產品冠名的，因為微眼和鳳梨同為影音平臺，不管影片是長是短，都有相互摩擦的地方。鳳梨這次也是沒辦法，事情鬧到這一步，不冠名就撕破臉，冠名好歹有錢拿。

楚楚心領王麟的好意，該給的冠名費也到位，雙方算是正式和解，還舉辦盛大的發布會。當天會場不但聚集龐大的媒體記者，鳳梨、微眼和《偶像之光》的重要人員也紛紛出席。

高管們掛著虛偽的營業笑容，各自握手寒暄，最後宣布鳳梨和微眼達成戰略合作，微眼將冠名S級綜藝節目《偶像之光》。粉絲們未來可以在微眼APP上為練習生助力，觀看各類新鮮出爐的花絮、直拍等。

此消息一出，立刻引來全場譁然，讓網路上的所有謠言不攻自破，算是正式宣告鳳梨和辰星的關係回暖。雖然發布會上沒有辰星的工作人員，但誰都知道辰星和微眼是一家人，全是楚總的企業。

有記者立刻提出異議，提問道：「雙方的合作會不會影響到《偶像之光》最終的出道位？節目組將如何保證，除了辰星以外練習生的公正性？」

李渡發現最近《偶像之光》和「公正」這個詞槓上了，他擦了擦額頭的汗，委婉地說道：「我們肯定是按照練習生的水準和粉絲人氣等多方面考慮，根據最終投票決定出道位，不會被太多外界因素影響……」

李渡雖然叫李渡，但他的解釋顯然沒什麼力度，得不到記者們的認可。

「記者朋友們肯定覺得這句話很虛假。」楚楚索性攤手，大大咧咧道，「大家放心，不是還有李泰河嗎？就讓他來守護《偶像之光》的公正性！」

這句話聽起來既幽默又諷刺，差點讓底下的記者笑出聲。如今事情發展到這一步，最開始導火線就是「陳一帆李泰河嗆聲」，兩人因為評定的公正性問題，在節目上展開交鋒。

「楚總，您對陳一帆公開在節目上對導師說話沒分寸的行為，有什麼看法？」

這是網路上爭議最大的一點，李泰河的粉絲覺得陳一帆非常沒禮貌，陳一帆的粉絲覺得李泰河不會唱跳，沒資格當導師，雙方各執一詞。

楚楚遺憾道：「真的很抱歉，我自己平時說話也很沒分寸，好像沒資格就這點評價別人？」

記者：「……」

記者：妳還挺有自知之明的？

「陳一帆和李泰河的粉絲為此在網路上吵得很凶，您作為辰星的老闆，如今又是《偶像之光》的合作冠名商，沒有想說的話嗎？」

「成年人可以自由表達言論，並對自己的言行負責。就算我是他老闆，也無權干涉藝人表達自己的權力。」楚楚平靜道，「不過我還是想提醒陳一帆的粉絲，吵架就吵架，不要騙我的粉絲下水打群架，否則視為倒貼。」

最近總有人妄圖讓楚楚和陳一帆的粉絲同仇敵愾，一致對外打擊李泰河的粉絲，然而楚楚並不買單。她可是老闆，為什麼還要幫陳一帆控制輿論？照理來說，應該要讓陳一帆代替她下場吵架才對！

記者：「？」

記者：妳根本不在乎自己的藝人，妳只在乎妳自己！

微眼冠名《偶像之光》，簡直打臉當初叫囂辰星退賽的黑粉群體。然而，網友們很快就發現楚總並沒有拉偏架的意思，反而展開無差別攻擊，對陳李兩家持群嘲態度。

潛水夫：『我來劃重點，楚總的意思是，她是老闆最厲害，員工粉絲要幫她吵架，但不能讓她的粉絲幫員工吵架，就是如此雙標（doge.jpg）。』

抹茶拿鐵：『資本家憑什麼幫賺錢機器說話？』

楚總今日破產了嗎：『霸道總裁，線上寵粉？』

帆帆的小迷妹：『好的老闆，只要給戲演，妳就是爸爸。』

小巾凡：『好的爸爸，都怪他在節目上亂說話，我們也不想吵架。』

麻雀：『陳一帆的粉絲有點骨氣好嗎？這就跪在地上了？』

綠綠：『上一個有骨氣的《偶像之光》如今被打斷腿，淪為冠名節目，還不如痛快一點，自己跪下。』

《偶像之光》被微眼冠名後，又陸續搞出升A段的套路劇本，風評逐漸好轉。觀眾們的忘性很大，就算嘴上罵著不看節目，到最後還是會為了自己的偶像去看。唯一的改變就是，不少在正片中沒姓名的練習生，在微眼上反倒有露臉的機會。

微眼的演算法很科學，反倒讓幾個小公司的練習生殺出重圍。他們在正片的鏡頭寥寥無幾，靠短影片圈了一些粉，投票排名居然逆襲。

楚楚沒那麼小心眼，像鳳梨一樣只推有關係的藝人。在她看來，微眼ＡＰＰ只有擁有成熟而讓人信服的演算法，才能長久地活下去，這比在短時間內曝光辰星藝人更重要。

週末，燕晗居內的私人健身會館正被人包場。

楚楚行騙多年，終於踢到鐵板，撞上了史詩級詐騙犯張嘉年。她敢打包票，現在的局面跟她想像的攻略結果完全不一樣。

「楚總，您不能只仰臥，不起坐。」張嘉年看她攤在器材上，宛如一條鹹魚，鐵面無私地說道。

楚楚平躺在器材上，遲遲沒有起身，她望著窗外的白雲，悠悠道：「你看這朵雲它又白又軟，就像這個天又透又藍……」

張嘉年：「……您一共才做了十個。」

楚楚：「我過去一整年都沒做十個，今天做了一年的量，你還有什麼不滿意？」

張嘉年吐槽道：「修士的體質不是都很好嗎？」

楚楚頗富邏輯，振振有辭：「修士都是御劍飛仙，誰會靠小跑著修煉啊？沒了劍，大家都是廢物！」

張嘉年：「……」

楚楚覺得自己嚴重受騙，她就算沒吃過豬肉，也見過豬跑，誰家的攻略對象會盯著鍛鍊？誰家的霸總小嬌妻會泡在健身房？她懷疑自己根本沒有攻略成功，還遭遇變相管制，原本的休息時間也被管理。

張總助過去只在工作方面督促她上進，現在還在生活方面進行監督，覆蓋面更廣。

張嘉年看了時間一眼，提醒道：「您已經休息很長一段時間，該做下一組了。胡醫生說您現在處於亞健康[10]狀態，需要堅持進行適當的鍛鍊。」

胡醫生那邊的醫護人員在體檢時，發現楚總近期體質下降，顯然跟不良的生活習慣和缺乏鍛鍊有關。張嘉年得知情況，當然不能任由老闆荒廢運動，立刻將此事安排到行程裡。

在張嘉年的理解中，「做她的女人」跟攻略沒有任何關係，不管是哪個正常人，都不會把這種話當作告白。畢竟她以前還說要做他的爸爸，此類愚蠢的言論前科過多。他當時順著她的胡話說下去，一是想藉機督促她改善生活狀態，二是想平靜自己的心態。

在缺失的一週中，他感到自己的心態極差，不但疑神疑鬼，而且焦慮不安。在她消失的時間內，他的注意力完全沒辦法集中，簡直是草木皆兵般地胡思亂想，只有兩人重新和好，狀態才安穩下來。

張嘉年如今在工作外定期督促她，也是出於自己的私心，由此避免兩人長時間沒有交

10 亞健康：指人處於健康和疾病之間的一種臨界狀態。

流，導致他出現失衡的情況。

楚楚躺在器材上，宛如死魚般一動不動，她突然道：「你在試用期還對我用敬稱？老是用『您』，不用『妳』，是想把我放在心上？」

上「你」下「心」，可不就是「您」？

張嘉年微微一愣，在反應過來後抿了抿唇，強撐著不露出赧意，艱難地改口：「您、妳轉移話題也沒用，訓練還沒結束……」

楚楚吐槽道：「我覺得自己像是遭遇仙人跳，做我的女人和做我的教練一樣嗎？你的實習工作絕對是詐騙級別，名字聽起來很有噱頭，卻和實際內容是兩碼子事！」

這種感覺就像是書名聽起來很色情，結果全文內容清水，讓點進來的讀者氣憤不已，我褲子都脫了，你給我看這個？

張嘉年平和道：「請您……請妳先起坐，再去想跳的事。」

楚楚在張嘉年的逼迫下，不情不願地又做了一組仰臥起坐後，說什麼也不肯動，只想躺著當鹹魚。張嘉年無奈地嘆氣，他朝她伸出手，溫和地提議：「我拉著妳，好歹再做一組？」

楚楚看到他修長乾淨的手指，視線再往上便是肌肉線條流暢的手臂，這才鬼迷心竅地握住他的手，藉著對方的力氣又做了幾個。

張嘉年感覺她的手又軟又小，他都不敢使勁，硬撐著沒露出異樣的神色，視線飄向一邊。

張總助雖然常年坐辦公室，但定期鍛鍊從來沒少過。他穿著適合運動的休閒裝，身材並不顯單薄，明顯有在進行嚴格管理。張嘉年的手掌有力而溫暖，拉起她時毫不費力……饒是如此，楚楚也只多做半組，便頹廢地倒回原地。

「夠了，你用美色也沒用了！」楚楚自暴自棄地攤著，叫道，「我今天就是死，死在外面，從這裡跳下去，也不要再多做一個！」

張嘉年：「……」

張嘉年：讓她好好鍛鍊，簡直比賺一百億還難。

「好吧，那妳先休息一會兒。」張嘉年心知冰凍三尺非一日之寒，想要讓楚楚馬上變成體育健將也不太可能，只能先培養她喜歡鍛鍊的習慣。

上班族如果不堅持運動，很容易就會出現職業病，尤其是常年熬夜的人群。他才不會承認近距離接觸容易讓自己失態，逃避般地走上跑步機，彷彿想靠跑步甩脫剛才的心猿意馬。

張嘉年的菁英式生活態度和楚董一脈相承，兩人都是即便工作再忙，也會堅持鍛鍊派。即使睡眠時間很少，每天都要堅持跑步，週末還要定期訓練，以此保持飽滿的精神狀態。

張嘉年沒有再陪楚楚摸魚，進度驟然加快不少，他熟門熟路地完成常規訓練，回來時發現她還躺在器材上裝鹹魚，跟他離開時一模一樣。他剛運動完，身上還覆著一層薄薄的細汗，伸手想拉她起來，說道：「去洗澡吧。」

楚楚被他拉著卻嵬然不動，像是一條死死黏在砧板上的魚，拉都拉不起來。

她本來躺著閉目養神，聞言後便睜眼，面色古怪道：「你要洗就自己去，不用跟我彙報，我不去。」

楚楚現在渾身都痛，別說洗澡，她連動都不想動。

張嘉年凝眉：「妳也要洗。」

健身房內有淋浴的地方，以便運動者在大汗淋漓後清洗，不至於狼狽而渾身是汗地離開，出門還是清爽的狀態。

楚楚嘖嘖道：「你是小學生嗎？還要我陪你洗？」

又不是小學生，還要結伴去廁所。

張嘉年：「……」

楚楚：「如果你哭著求我，我就考慮考慮。」

張嘉年看她洋洋得意的表情，他忍不住捏了她的臉蛋，教育道：「能不能好好說話？」

她在鍛鍊時裝死得徹底，現在嘴巴倒是說個不停。

楚楚被他掐著臉，含糊不清地嘀咕：「騙子，詐欺犯，仙人跳……」

楚楚：我要去告你！

張嘉年見她仍不服氣，還在不滿地碎碎念，他又伸手捏了她另一邊的臉，沉聲道：「洗不洗？」

楚楚大為氣惱：「不洗！有本事你幫我洗，反正我不動！」

張嘉年聽到如此露骨的話，他瞬間漲紅臉，氣得半天沒說出話來：「妳、妳……」

楚楚哼了一聲，安然地閉上眼，打算繼續裝死。

張嘉年從脖頸到耳根都在發紅，他頗有點惱羞成怒的意味，說道：「那妳晚上自己煮魚。」

楚楚瞬間翻身而起，恭敬道：「張總，請問浴室在哪邊？」

她現在還能有一口氣，全靠晚上的水煮魚撐著。

楚楚最終被張總助強壓著洗澡，當然是分別到男女浴室各洗各的。兩人鍛鍊完，結伴從健身房出來。楚楚只感覺自己飄飄欲仙，恨不得立刻飛升，渾身都使不出力氣。

回家時，家政服務人員已經提前按照要求將冰箱塞滿。張嘉年打開冰箱，便看到色彩鮮豔、琳琅滿目的食材。他默默地拿出需要的食材，開始完成料理的準備階段。

楚楚好奇地探頭查看，總覺得冰箱裡少了一點東西，疑惑道：「我的快樂呢？」

「什麼快樂？」

「可樂啊。」

「健身後不能喝碳酸飲料，長期飲用此類飲料也不好。」張嘉年慢條斯理地補充，「包括妳在公司點的奶茶……妳都是以王青的名義訂的吧？」

楚楚莫名心虛，硬著頭皮道：「你又不是我爸，不能控管我的零食自由權！」

張嘉年露出營業式笑容，立刻換上敬稱：「您需要我跟楚董打聲招呼，再來管控您嗎？」

楚楚：怒氣值加一加一加一……

楚楚的心情在餐桌上稍微和緩，張嘉年今天沒再用現成的魚片，而是直接料理一整條魚。宛如凝脂的魚片被滾燙的油一潑便微微翹起，各類配料在高溫的刺激下散發出誘人的香氣，挑逗著味蕾和神經。清亮的湯汁下還藏匿著爽口的青菜，在魚片下半遮半掩。

楚楚見狀食指大動，興高采烈地搭配著飽滿可口的白米飯享用起水煮魚，對其他菜品視而不見。張嘉年默默地將一盤青菜推給她，像是在進行暗示，然而楚楚佯裝看不到的樣子。

張嘉年將素炒三絲又推過去一點，提醒道：「不能只吃魚。」

楚楚盯著眼前的素炒三絲，嫩莖萵苣絲、馬鈴薯絲、胡蘿蔔絲被炒在一起，可說是色香味俱全，但她還是本能地排斥胡蘿蔔，振振有辭道：「水煮魚下面也有蔬菜。」

張嘉年：「只吃那樣還不夠。」

楚楚：「……我好像突然理解阿姨討厭你的原因，她今天去哪裡了？」

張雅芳可是無辣不歡的人，要是張嘉年敢逼迫她吃青菜，肯定會被按在砧板上。

「社區召集退休老人們郊外採摘。」張嘉年回答完，淡淡道，「轉移完話題也要吃菜。」

楚楚撇撇嘴，假裝挑了幾根嫩莖萵苣絲和馬鈴薯絲來吃。張嘉年看不下去，乾脆夾了一堆飽含胡蘿蔔絲的素炒三絲，放入她的碗裡，鎮定道：「胡蘿蔔是最具營養價值的蔬菜之一。」

楚楚氣不過，她憤憤地吃下胡蘿蔔絲，雖然味道甜甜的很美味，然而身體還是本能地排斥。

不管味道有多好，只要是胡蘿蔔就不行！那是小孩子最討厭的食物，沒有之一！

楚楚：怒氣值加十加十加十……

飯後，兩人簡單地收拾清洗完碗筷，楚楚終於得以鬆口氣。她今天被張嘉年押著「認真生活」一天，如今身心俱疲，偷偷窩到電視前，靠著墊子打遊戲。

楚楚從來不看電視，閒置的超大液晶顯示器便成了她的遊戲機螢幕。有錢的好處就是遊戲卡能堆成小山，可以隨便蒐集完全套。張嘉年偶爾會陪她玩，但他現在看到蹲坐在地板、臉快貼到螢幕上的楚楚，不禁皺眉道：「別靠螢幕那麼近。」

楚楚全神貫注地盯著螢幕，敷衍地應道：「哦。」

張嘉年看她嘴上應聲，實際卻毫無動作，又道：「坐到沙發上玩，不然對眼睛不好。」

楚楚依然沒動，認真地打著遊戲：「嗯。」

張嘉年看她沉迷遊戲，對外界的聲音置若罔聞，索性上前拍了拍她的肩膀。蹲坐在軟墊上的楚楚毫無反應，他伸手抓住遙控器，直接保存遊戲進度，再次重複道：「往後坐。」

楚楚：「……」

楚楚：怒氣值加一百加一百加一百……

楚楚默默地站起身，正當張嘉年以為她要乖乖地坐回沙發上，自己卻猝不及防地被對方壓進軟墊裡。他為保存遊戲進度，是半蹲在楚楚旁邊，對她的舉動毫無準備，順著慣性倒了下去。

厚厚的軟墊順利接住張嘉年，完全沒讓他摔傷。楚楚則面無表情地將他壓住，她果斷地翻身騎上，陰森森地說道：「我忍你很久了……」

要不是怕他不煮魚，她可沒辦法忍到現在！

楚楚：是可忍，孰不可忍！鹹魚的日子過成活魚，簡直是對鹹魚最大的侮辱！

張嘉年看她騎坐上來，一時震驚不已，又不敢把她直接推翻在地，語氣難得露出一絲惱意：「妳下去！」

她雖然平時嘴上混帳話不斷，卻從未有過如此大膽的舉動。

「你閉嘴。」楚楚毫不留情地捏住他的脖子，感受到手中溫熱的皮膚和跳動的脈搏，冷笑道，「今天把我當成小學生在管，你還敢繼續囂張？」

「……」張嘉年望著騎在自己身上的小學生，暗道不知道是誰太囂張！

他一邊掙扎著試圖起身，一邊爭辯道：「這是我的工作職責……」

「既然你已經行使完職責，現在也該履行義務。」

張嘉年正感到茫然，心道自己有什麼義務，便被她大力地壓回軟墊，同時感覺到嘴唇上明顯的痛意和血腥味，隨之而來的，是一股帶著檸檬香氣的味道。

她在飯後吃了檸檬糖，舌尖上還有酸甜的餘味。

當他反應過來，詫異地發現對方在做什麼的時候，渾身的血液快要燒乾，大腦像是瞬間炸開，胸腔內的心臟都要抑制不住地跳出。她的舌尖很軟，像是魯莽的幼貓，笨拙而討好地舔舐著他的傷口。

這是一個淺淺的吻，卻讓他如同洩氣的皮球，連掙扎的力氣都逐漸喪失，只能僵直地一動不動，任由她將自己嘴邊的血漬舔去。

楚楚騎在他身上，眼看著他嘴邊又浮出一抹鮮紅，顯然是咬破了。她尷尬地撓撓頭，滿懷歉意道：「對不起？我好像有點過分？」

她只是想親他一下，沒想到自己不小心咬破對方，舔了舔好像也沒用，完全沒辦法止血。

張嘉年的思緒極度凌亂，他像是處在當機邊緣，冷著臉擦去嘴角的血絲，低沉而沙啞道：「……不許再開這種玩笑。」

她的舉動已經突破底線，超過「朋友」的範圍，根本不允許他有自欺的空間。他覺得有必要進行警示，不能完全放縱她莽撞的行為，致使兩人都墜入深淵。

楚楚沉默片刻，看他神色陰鬱，她完全沒察覺到危險，反而湊上前親了他的臉龐。

張嘉年：「……」

楚楚理直氣壯地挑釁：「憑什麼？你有義務被我這樣那樣……」

楚楚還沒說完，下一刻便被翻身的張嘉年壓住。

他渾身宛如火焰，差點把她灼傷。她只感覺他的氣息將自己徹底包裹，溫熱而曖昧的吐息恨不得鑽進她的耳朵，引來一陣陣顫慄。周圍全是男性荷爾蒙的醉人味道，他的聲音很輕，滿含著情欲，悄聲問道：「有義務怎麼樣？」

他的語氣跟平常完全不一樣，像是深淵裡誘人的魔鬼。

楚楚察覺到對方身體異樣的變化，她瞬間怕了，只差就地躺平求饒，連連叫道：「大俠，我錯了，有事好商量！」

她現在才發現鍛鍊的重要性，別看張嘉年平時好脾氣地任打任鬧，在關鍵時刻壓住她卻毫不費勁，她連逃跑的機會都沒有！

楚楚見他紋絲不動，趕忙好言相勸道：「張總，快注意人設，您的偶像包袱！不能隨便黑化，您是有涵養的人！」

她聽到對方輕輕地嗤笑，還有緊跟在後的威脅：「還敢鬧嗎？」

楚楚最受不了這種挑釁相激，雖然她此時身處險境，但心中還是有些不服，便想逞口舌之快，嘀咕道：「憑什麼不能鬧，你不是我的女、男朋友嗎？雖然還在試用期……」

楚楚最終還是在張嘉年的死亡凝視下改口，不敢說起「我的女人論」。她心道，君子報仇、十年不晚，現在自己忍辱負重，遲早有一天能東山再起！

張嘉年聞言卻震驚不已，內心捲起驚濤駭浪，久久僵立在原地。

楚楚像是想起什麼，強調道：「對，你還在試用期，小心我幫你打負評！」

張嘉年：「……」

張嘉年真想敲開她的腦袋，看看其中的構造，事情到底是怎麼發展成這一步的！

他想警告她別性騷擾，結果她說自己是合法的？

楚楚看他滿面寒霜地起身，一言不發地走向廁所，全程大氣都不敢出。她失去桎梏，復盤剛才的戰局，意識到鍛鍊還挺重要的。

如果她以後想打贏張嘉年，大概得痛下決心好好鍛鍊。

楚楚作為鹹魚界王者，認為這跟讓她當場暴斃沒什麼兩樣，更別說張總助自制力驚人，大概訓練得比她更刻苦。她摸了摸下巴，如果自身能力不行，果然還是得靠外物？

楚楚打開手機，打算看看手銬、電擊棒等物品能不能網購。

廁所內，張嘉年洗了個冷水，才讓全身的燥氣降溫。他冷靜下來，察覺兩人的想法和溝通出現偏差，一時不知該喜該悲。他因為對楚楚的調侃及調戲產生麻痺性，竟搞出如此大的烏龍，簡直無法收場。

但、她、也、喜、歡、我。

張嘉年看著鏡中自己抑制不住而翹起的嘴角，頓時眼神一沉，又用冷水洗了把臉，再用物理方式降溫。他晃了晃腦袋，想要恢復平時敏捷的思考速度，反而把頭甩得更暈。

這是不行的。

他想起楚彥印的規劃，內心極度苦澀，他肯定不行。

他是來報恩，不是來報仇的。

張嘉年從廁所出來，正好撞上握著手機的楚楚。他緩過神來，臉色瞬間有些不自然，不敢跟她視線接觸。

楚楚比他更不自然，試探性地問道：「……這麼快？」

張嘉年微微一愣，等他明白過來，簡直在黑化的邊緣，語氣略顯陰鬱地解釋：「……我、只、是、洗、臉。」

楚楚：「……哦。」

張嘉年：「……」

他剛才的心理建設瞬間被她氣到土崩瓦解，簡直想把小屁孩吊起來打。在他一本正經思考未來的時候，她怎麼總能從離奇的角度打破氣氛！

楚楚看他臉色不佳，暫時不敢再招惹平日溫文爾雅的張總助。她發現兔子急了也咬人，為避免被對方咬死，乾脆老實地窩在沙發上看手機。

張嘉年看她渾然不知的樣子，內心越發矛盾而煎熬。要是現在說破真相的話，是不是就再也沒機會了？

如果他跟楚楚說清楚，這只是一場誤會，便算是澈底撇清關係，或許以後連留在銀達的機會都沒有。齊盛和銀達距離過遠，兩人的工作都很繁忙，更不可能再有交集。相遇也只剩尷尬，沒辦法像過去那般自然地交往。

假使她大度地將他留在銀達，將一切當作沒發生過，繼續共事生活……他自己心裡也過不去。

他沒辦法欺騙自己的感覺。

他有著卑劣的私心，但想到未來的坎坷，又覺得不該讓她深陷進去，長痛不如短痛。現在跟她說清楚，然後主動遞出辭呈，果斷地離開齊盛和銀達。

張嘉年的理智和高尚占據上風，他下定決心後，望著茫然無知的楚楚，又不知從何開口。她正低頭看手機，他索性從輕鬆和緩的話題切入，問道：「您在看什麼？」

螢幕上的畫面似乎相當絢麗，還夾雜著激烈的音樂。

楚楚翹著腳，懶洋洋道：「我在看練習生的表演舞臺……」

《偶像之光》釋出最新的表演舞臺，他們還真被捯飭得人模人樣，在舞臺上光彩四射。

張嘉年安靜片刻，瞬間將剛才複雜沉重的內心戲拋在腦後。他的表情變得黯淡，語氣頗涼，陰陽怪氣道：「我就坐在這裡，您還要看他們？」

他心裡的醋意翻滾，頓時被忌妒蒙蔽心智，決定做個卑鄙小人，將高尚一詞澈底刪除。

楚楚：「……」

楚楚感受到他嚇人的氣場，立刻將手機丟到一旁，不敢再刺激這棵日產好幾公斤檸檬的檸檬樹。

楚楚嚴重懷疑，張嘉年每個月都會有生理期，否則情緒怎麼會如此不穩定？他的脾氣向來都很好，即便有所腹誹都會露出營業笑容，如果不是生理期的話，實在沒辦法解釋現在的異常。

她思及小朋友過去對自己的照顧，本著包容和體貼的態度，決定近兩天投桃報李，暫時不跟他計較。

楚楚在心中讚嘆自己：我真是優秀的男朋友和父親，堪稱業界楷模。

她丟掉手機，陷入無所事事的焦慮，茫然道：「那我們要不要幹點什麼？」

張嘉年看她如此果斷地拋開手機，瀕臨黑化的氣場瞬間得以平復。他聞言後眼神微閃，又想起自己的實習工作，遲疑道：「……您想幹點什麼？」

天色已晚，孤男寡女，兩人剛才還差點擦槍走火。

楚楚果決道：「來打遊戲吧。」

張嘉年：「……好。」

於是，兩人愉快地打起遊戲，度過健康而輕鬆的週六。

第六章　交換身分

週日，楚楚本來計畫要跟張嘉年去看張雅芳女士，不料卻突然收到楚彥印的傳喚。張嘉年得知消息同樣萬分詫異，要知道楚董過去約楚楚見面，必然會提前跟他打招呼，這次卻是異常地做個別通知。

儘管因為楚楚不回訊息的行為，楚彥印最終還是讓張嘉年又提醒她一次，但流程上有點不一樣。

張嘉年內心有些矛盾，在遭遇昨日的暴擊後，他還沒做好馬上見楚董的準備。他乾脆徵求楚楚的意見，詢問道：「您想去嗎？」

「去吧，不然他又要嘮叨。」楚楚低頭玩著手機，懶洋洋道，「老楚早上剛跑完五公里，還能想著約見面，如此精力旺盛也是少見。」

張嘉年本來還在糾結，卻被她的話轉移注意力，疑惑道：「您怎麼知道楚董早上在跑步？」

楚彥印最近遵照醫生的囑咐在靜養，如果他能跑五公里，證明已經恢復得差不多了。張嘉年了解楚彥印的生活習慣，但他覺得楚楚顯然沒有這個心，她恐怕連楚董愛吃什麼菜都不知道。

楚楚退出跟林明珠的聊天頁面，淡淡道：「我是他的貼心小寶貝啊。」

張嘉年：「……」

張嘉年：這句話簡直可以入圍本年度十大謊言。

楚家大宅內，楚彥印確實感到神清氣爽。他最近休息得不錯，甚至在家裡有些閒得發慌，正是想重回崗位大展身手的時候。楚董想起不孝女的未來，乾脆直接邀請楚楚和張嘉年小聚，打算用家庭氣氛薰陶、培養兩人感情。

當然，楚彥印不會承認，他還有讓楚楚提前停止監國的意思。

奇蹟影業本季度的虧損沒有擴大，不合時宜的龐大專案被終止後，公司得以減輕負擔。同時，《贏戰》在海外不斷拓展，促使《贏戰》電影版招募投資商變得更容易。製作人高嵐清已經跟多家資金和影視公司洽談合作，簽訂籌備階段的合約，讓本季度有所進帳。

長期以來的大麻煩被解決，楚彥印一時也沒藉口讓楚楚走。

餐桌上，楚楚、張嘉年、楚彥印和林明珠齊聚一堂，四人各懷鬼胎地用餐。張嘉年和林明珠心底都有想隱瞞的事情，基本上全程零發言，桌上只有楚楚和楚彥印的交談。

楚彥印身著家居服，卻不減威嚴的氣場。他慢悠悠地喝著湯，狀似無心地寒暄：「妳最近把公司管理得怎麼樣了？對齊盛電影的業務熟悉嗎？」

楚楚吃了一塊彈性十足的蝦仁，直接道：「妳昨天不是剛跟姚興通過電話，知道公司最近的情況，還需要我複述一遍嗎？」

姚興私底下會向楚彥印打小報告，不過楚楚都是睜一隻眼閉一隻眼。

「……」楚彥印聞言後瞪大雙眼，脫口而出道，「妳怎麼知道！」

奇蹟影業最近沒問題，楚彥印當然要從齊盛電影入手，嘗試勸退楚楚，為此便提前詢問姚興近況。他理解楚楚知道兩人私下的交流，但不可能連哪天都知道吧？

林明珠嚇得渾身是汗，快要將頭埋進碗裡。她暗自懊惱，心想楚楚怎麼完全不考慮間諜工作的難度，上來就要自爆！

楚楚抬眼望向對面，不知是在看楚彥印，還是林明珠，問道：「你想知道原因？」

林明珠氣得咬牙，以為楚楚要直接揭穿自己，撕毀聯盟協議。她緊握住拳頭，掐到連指甲都快陷進肉裡。

楚彥印鷹目一瞇：「說吧，妳從哪裡知道的？」

楚楚坦然道：「我最近一心問道，修得一些奇門異術，其中便有千里眼、順風耳，藉此得知父親的生活消息。如果父親對此感興趣，只要贊助我些許修道經費，我便將此傳授於您，父女親情價只要四十億，買不了吃虧上當……」

張嘉年、林明珠：「……」

林明珠暗暗鬆了口氣，張嘉年卻覺得修士梗難以讓人信服。

楚彥印大怒：「一派胡言！妳這是詐騙！」

楚楚聞言後睜大眼，她佩服地拍拍手，詫異道：「居然被你看穿了，不愧是楚董！」

楚彥印見她把自己當猴子耍，氣得半天沒說出話來，他臉色漲紅，顫顫巍巍地指著楚楚道：「妳、妳……」

張嘉年看楚彥印神色不對，考慮到楚董的身體狀況，出言規勸道：「楚總，楚董最近還在休養……」

楚楚眨眨眼，她剛露出稍顯愧疚的表情，突然又眉頭緊皺，痛苦地捂住自己的胸口，倒在桌上發出微弱的呻吟聲。

其他幾人被這一幕嚇壞了，驚得原本憤怒不已的楚彥印都站起身。張嘉年看她臉色發白、額頭是汗，心裡咯噔一下，趕忙上前查看，驚慌道：「您沒事吧！」

楚楚的額頭抵著桌面，她控制不住地痙攣抽搐，彷彿在極力隱忍疼痛。

張嘉年緊張得想直接把她抱到沙發上，楚彥印同樣錯愕不已，叫道：「快叫醫生過來！」

「這到底是怎麼回事！胡醫生最近不是才剛檢查完？」

楚彥印瞬間失去理智，就連林明珠臉上都顯露慌色。

張嘉年的手才剛碰到楚楚的肩膀，便見她猛地坐直身子，一掃剛才的虛弱無力。她大大咧咧地又夾了一塊蝦仁，雲淡風輕道：「我的演技很逼真吧。」

楚楚平靜道：「老年人不要用身體狀況來嚇我，否則年輕人會當場表演猝死給你看。」

楚彥印在商業界縱橫多年，是穩穩的老油條，現在被她嗆幾句就要氣到暈厥，這絕對是史詩級老人的詐騙法。

眾人：「……」

楚彥印勃然大怒，想要衝上前吊打死小孩，吼道：「嘉年，你別攔著我！我今天就要打死這個不孝女！」

「楚董，您還在休養，不宜情緒波動過大……」張嘉年苦口婆心地勸道，感慨楚楚真是皮得無法無天，什麼禍都敢闖。

楚楚作為罪魁禍首，不但沒有半分忐忑，反而悠哉地調侃道：「不過我真沒想到，你還挺關心我的，剛才的驚慌不似作假。」

楚彥印努力平息怒火，口不擇言道：「要是我以後再關心妳，我就直接去死！」

楚楚理直氣壯道：「如果按照這個邏輯來看，打從我出生以來，你就死得挺澈底的。」

張嘉年深吸一口氣，打算現在就打電話給胡醫生，通知他前來搶救楚董。

「胡說八道！」楚彥印太陽穴直跳，暴怒道，「妳從小到大根本沒受過任何委屈，就連創業的錢都是我出的，妳居然還有臉說這種話！」

「唉，如果你覺得給錢就是父愛，那倒也無所謂……」楚楚嘀咕道。她懶得跟楚彥印爭辯，生而不養是一回事，生而不會養又是另一回事。說到底，她又不是原書女配角，沒必要急著解決父女問題。

楚楚冷靜道：「齊盛電影那邊我沒辦法馬上還給你，好歹等到三月之約結束。現在文化娛樂三巨頭的攻勢很猛，單靠燒錢也沒用。」

楚彥印看她猛然正經起來，還戳破自己的心思，不由微微一愣，錯愕道：「妳……」

「你們商業界老油條的思維，我不懂。」楚楚聳聳肩，「不過在文化娛樂產業上，你最好還是聽我的建議，不要外行指導內行。」

楚彥印的氣勢瞬間弱了不少，但他還是冷哼道：「妳算什麼內行？」

「你從來都沒打算了解我，自然永遠覺得我是外行。」楚楚慢條斯理道，又露出略帶嘲諷的笑容，「今天約我的目的，不就是想說這件事？本來電話就能說清楚，倒是浪費楚董寶貴的時間了。」

楚楚突然覺得有點沒意思，她從以前到現在，都只能從楚彥印這裡獲得負面評價。對方將她看成徹頭徹尾的敗家子，難怪原書女配角不喜歡回家。

楚彥印注視著她，眼神複雜而深不可測。他的嘴唇動了動，想要進行解釋，最後只吐出一句：「既然妳對公司有主意，我就等著看最後的結果。」

張嘉年露出為難的神色，他不明白這對父女為什麼會走到這一步。

這場家宴不歡而散。

兩人臨走前，楚彥印看向楚楚，終於忍不住問道：「……那妳覺得父愛是什麼樣的？」

楚楚一直以來過於荒唐，楚彥印承認有時不會考慮到她細膩的情緒，只將她當作胡鬧的小孩。即便旁人在楚彥印面前誇讚她的能力，他還是會懷疑對方在暗諷自己，誰讓楚楚紈褲的形象深植人心？

錢當然沒辦法解決所有問題，他或許真的失職，卻毫無彌補之計，只能口是心非地說出引發更激烈的矛盾話語。

楚楚沒想到古板的老楚會自責反思，她停下腳步，意外地看向他：「你真的想知道？」

「對。」楚彥印答道。

楚楚：「我們交換身分一週，我來當爸爸，告訴你真正的父愛。」

楚彥印：「……」

楚彥印：孽子！

車輛緩緩啟動，駛離楚家大宅。

張嘉年暗道自己手快，直接把楚楚塞進汽車後座，避免她遭遇楚董的一陣毒打。他坐在副駕駛座，感覺自己應該幫楚董說兩句話，語重心長道：「其實楚董還是很關心您的。」

楚楚吐槽道：「這句話從我們剛認識的時候，你就說過了。」

如果不是車上還有司機，她都想大倒苦水，明明做出這麼多成績，老楚還習慣性裝瞎，更妄圖在關鍵時刻剝奪權力，這算哪門子的爸爸！

張嘉年沉默片刻，說道：「楚董一直記得您喜歡吃蝦仁，所以每次都會吩咐廚師準備，以前還總跟我說起此事。」

楚楚和原書女配角意外都喜歡吃蝦仁，這件事只有張嘉年知道。

楚楚本人還是頭一次聽說此事，她抿了抿唇，語氣緩和不少：「……他怎麼跟你說的？」

莫非老楚其實很關心原書女配角？

但他為什麼至今沒發現自己和她的差別？

張嘉年溫聲道：「您兩、三歲時只愛吃蝦仁，楚董一直記到現在。」

楚楚面露古怪：「兩、三歲？那我現在愛吃什麼，他知道嗎？」

張嘉年沒想到她會提出這個問題，竟然無言以對。

楚楚當即冷笑：「都已經過去二十幾年了！如果我是個牆頭草的追星狗，偶像都能換一打！」

這算什麼關心，說不定原書女配角早就不喜歡吃蝦仁。

張嘉年：「……」

張嘉年深感無奈，他心知楚楚並不是完全忽略楚董的感受，只是表達的方式有誤。用她自己的話來講，她沒有那麼閒，不會在無關緊要的人身上花費時間。然而，楚董同樣是不善言辭之人，才會屢屢被楚楚的言語激怒，致使父女互嗆至今。

小屁孩和大老闆的腦迴路完全不同，導致一直以來都沒辦法正常溝通。

下車後，張嘉年見四下無人，才遲疑地向楚楚發問：「……您過去的父親是什麼樣的人呢？」

張嘉年沒辦法再勸的另一個原因，就是他知道她不是真正的楚楚，確實沒理由逼她跟楚董搞好關係。但他覺得如果能找到參照對象，或許可以從中發現解決問題的辦法。

楚楚隨口道：「我不知道。」

張嘉年一愣，面露詫異。

楚楚瞟他一眼，大大咧咧道：「我沒跟你說過嗎？我父母早亡，所以都沒印象。」

張嘉年一時不知該說什麼，愧疚道：「對不起，我不知道您……」

「沒關係，這又不是什麼大事。」楚楚看他露出複雜而憐惜的眼神，當即吐槽道，「別用那種奇怪的眼神看我，我還有其他親人，父母雙亡又不代表很慘……」

她甚至覺得現在這樣也好，因為沒有家人，所以就不用擔心原本的生活。她可以無拘無束、自由自在，即便她從那個世界消失，也不會影響到其他人。

如果擁有父母，自然就會產生血親的約束，很難真正分清兩者的關係，要是碰到不合格的監護人，似乎會遇到更多麻煩。

張嘉年好奇道：「那您小時候是跟誰一起生活的？」

「我奶奶。」楚楚露出懷念的神色，好像回憶起童年的快樂生活，又慢悠悠道，「但她已經走了。」

楚楚從未提起過，其實她奶奶的性格跟張雅芳有點像，都是風風火火的性子。奶奶從來不會被困在過去的痛苦中，她會以坦然而輕鬆的態度邁過一道道坎，雖然學歷不高，但她有自己的處世方法。

楚楚見張嘉年臉上再次浮現心疼的表情，立刻補充道：「這叫做喜喪，請別亂腦補。」

楚楚的性格跟奶奶很像，包括她對死亡的認知與理解。每天努力開心地活著，但也沒必要恐懼死亡。奶奶在世時，從不避諱談及後事，甚至連「喜喪」的概念都是她告訴楚楚的，她是個豁達的老人。

張嘉年看她語氣輕鬆，確實沒有半分傷感，心裡也軟下來，問道：「妳們感情很好？」

楚楚點點頭：「是啊，在我三歲的時候，她有一次不小心摔下樓梯，嚇得我哇哇大哭。她問我哭什麼，我說怕她走了，沒人能煮飯給我吃。」

張嘉年聽著前面還算溫馨的故事，殊不知瞬間轉換畫風，頗感無語地說道：「……後來呢？」

楚楚：「後來她說我們互換身分一週，她當孫女，我當奶奶，叫我煮飯給她吃，體會什麼叫做『奶奶的愛』。」

張嘉年：很好，果然是家學淵源、一脈相承。

張嘉年：「……您不會覺得自己對奶奶說的話有些殘忍嗎？」

楚楚：「還好吧？她也說過如果我不聽話，就把我丟到雪地裡凍死，要是沒有我，就不會耽誤她打麻將之類的，但總歸還是一家人。」

張嘉年：「……」

張嘉年突然覺得，他透過家人採訪，沒找到緩和大小楚關係的方法，卻莫名了解楚楚和張雅芳聊得來的原因。這簡直就像是張雅芳會說的話啊。

張嘉年感覺推動父女和解之事任重道遠，想讓兩人處在同一個頻道非常困難。他思索片刻，問道：「您是對楚董有所不滿嗎？」

「談不上不滿。」楚楚想了想，又答道，「但我以後大概不會想要小孩，不像我奶奶那麼強，大概不是合格的監護人。」

張嘉年若有所思，他突然讀懂父女倆的癥結與矛盾，一時陷入沉默。對於楚楚來說，如果她沒能力和時間好好養育子女，便不會嘗試為人父母。

楚楚見張嘉年不語，誤解對方的默然，她撓撓頭，遲疑道：「但如果你真的很喜歡小孩，我現在也可以開始學習如何做好父母？」

張嘉年一愣，在反應過來後耳根泛紅，惱羞成怒道：「您想太多了！」

楚楚嘖嘖道：「老闆總要深謀遠慮，你記得提前告訴我，別讓我毫無準備，那就太遲了。」

張嘉年：為什麼這話聽起來像是我能生孩子一樣？

既然楚楚已經知道，楚彥印想要加快拿回齊盛電影的步伐，便不敢再耽誤，週一就向姚興等高管公布自己的計畫。

會議室內，楚楚坐在會議桌邊，讓張嘉年配合播放簡報，闡述道：「我打算透過帳號互通的方式，將各個平臺的使用者打通，刺激齊盛電影線上票務的增長……」

「目前齊盛旗下的APP數量繁多，卻沒有統一的帳號，導致使用者的註冊繁瑣、操作麻煩。以齊盛電影目前的狀況來看，很難再擴大使用者量，但將其他平臺的已有帳戶匯入，便能讓怕麻煩的使用者，有意識地使用齊盛票務……」

「光界的遊戲和微眼那邊由我負責，但齊盛集團內的其他ＡＰＰ，則需要由姚總溝通，必要時還會請楚董出面。」楚楚有條有理地彙報完，抬眼望向姚興，補充道，「各平臺的帳戶互通，不但能增加線上票務，甚至可以影響集團未來的發展。」

楚楚這段時間查閱了不少資料，也諮詢張嘉年集團內的情況，才產出這份提案。實際上，她覺得等微眼再發展一段時間，實施起來會更有力。楚楚沒有否決微夜ＣＥＯ劉賢對於「社群軟體」的堅持，便是看中未來龐大的使用者群。

如果她手上握有一款國民級社群軟體，擁有豐富的使用者量，帳戶合併後便能在任何領域產生奇效。可惜微眼還沒發展到那步，她和老楚的三月之約就要結束，只能硬著頭皮先靠光界。

姚興聽完後心動不已，然而他又面露難色，說道：「楚總，您的想法很好，但實際執行起來有很多困難……」

雖然大家同是齊盛產業，但憑什麼幫忙帳戶互通？齊盛內部各有小團體，只是現在礙於楚彥印的強勢，沒有顯露水面。姚興沒有如此大的面子說動各懷鬼胎的小頭目們，就連楚彥印來處理都會有些棘手。

楚楚臉上並未露出失望的神色，反而漫不經心道：「沒關係，我理解，大集團都愛忙著內鬥。」

畢竟是實業起家的老牌集團，內部架構非常複雜，很多改革沒辦法立刻實施，大概都要考慮自身利益搞政治鬥爭。

「那就先從光界的遊戲和微眼入手，單靠這兩家的使用者量也足夠，可以再做一些跨平臺合作。」楚楚淡淡道，「文化娛樂三巨頭聯合投入的資金有限，一旦花錢超過上限，三家很快就會瓦解。」

她早就想到齊盛的APP有可能沒辦法配合，便不抱太大希望，提前跟梁禪和劉賢聯絡好。光界和微夜都是銀達占股較高的企業，關係自然密切，加上CEO們的年紀都不算大，合作溝通也容易。

姚興沒想到楚總如此大方，要知道風靡全國的《贏戰》受到無數玩家追捧，使用者的活躍量很高，現在合作對齊盛票務有利無害。

散會後，張嘉年還有其他財報上的事務，便先行離開。楚楚和姚興結伴坐電梯下樓，姚興難得有跟楚總單獨聊天的機會，忍不住道：「我很意外您願意讓三家帳戶互通。」

齊盛APP沒辦法加入，現在光靠光界和微眼帶領，對楚總也沒有太大的作用。

楚楚古怪地看他一眼，說道：「我的三個月任期就要結束，總不能拿出一份不及格的成績單。」

這件事要怪胡達慶，要不是他非在此時跑出來燒錢競爭，楚楚不會被逼到這種地步。她也是倒楣，在這段期間碰上最大的對手，齊盛電影本來也不用燒錢，偏偏她趕上了。網路公司燒錢競爭是常態，然而她和老楚有約在先，必須要在三個月內做出盈利，否則不但打賭失敗，甚至還會被老楚嘲諷到死。

老楚當初喊「妳行妳上」，要是她失敗了，豈不是當場打臉？

姚興猶豫地吐露真心話：「我還以為您只是想……賺錢。」

而且是往自己的金庫塞錢，誰叫她剝削奇蹟影業的往事歷歷在目？

楚楚倒沒生氣，誠實道：「我是想賺錢，不過還是面子更重要。」

姚興：「？」

他不知道大小楚私下的對峙，所以不太理解此話。

電梯終於抵達一樓，楚楚率先邁出電梯門，回頭跟姚興道別：「姚總不用送，我從下個月開始就不會再過來了，張嘉年會將本季度財報的剩餘事務處理掉。」

姚興聞言，怔怔道：「好的，您路上小心。」

楚楚懶洋洋地擺擺手，算是跟他告別，便大步往外走去，奔赴下一家公司。姚興看她的言行舉止，其實並不像印象中的大家閨秀，但又偶爾給人信服的感覺，有點像年輕的楚董。

「她真的什麼都不要？」楚彥印聽姚興彙報完，神色莫名道，「該不會有後手吧？」

楚楚將光界和微眼的帳戶拱手相讓卻沒開條件，絕對是破天荒的舉動。

『楚董，其實我覺得小楚總並不像您想的那樣，現在齊盛票務面對都慶的競爭，她是知道輕重緩急的。』姚興的聲音從電話中傳來，他還是出言幫楚總說兩句好話。

「好，我知道了。」楚彥印沉默片刻，沉聲道，「你先去跟集團內老油條談談看，能說動幾家是幾家，要是不夠配合，我再出面。」

齊盛集團內同樣有網路公司，只是持股的主要資方都是元老級別。楚楚都能呼朋喚友撐場面，要是楚董叫不動人，豈不是很沒面子！

『好的。』姚興了然地應道，他今日在會議上不敢把話說絕，便是要等楚董的決策。

楚彥印掛斷電話，在屋裡徘徊一圈，他在下個月就要回歸集團工作，停止休養的日子。然而，那天家宴過後，孽子的影子像是尚未散去，越來越多人替她說話。

看來她是真的變了。楚彥印心想。

楚彥印剩餘的休息時間不多，他獨自思考許久，最終還是打電話給張嘉年，對方幾乎是秒接。

『楚董，您有什麼吩咐？』

『你把電話給她，我有話跟她說。』

張嘉年轉頭看向楚楚的辦公室，強壓內心的詫異，回覆道：『好的，您稍等。』

他直接前往總裁辦，將手機遞給疑惑的楚楚。她有點茫然，最終還是接過電話，問道：『有事嗎？』

她明明還沒處理完齊盛電影本季度的財報，難道姚興跑去告狀了？

楚彥印冷哼道：『妳不是想互換父女身分？我只有下週有空，妳最好抓緊時間。』

既然她信誓旦旦地說真正的父愛，他就看看她能搞什麼鬼！

楚楚：『！』

楚楚沒想到思想古板的楚彥印居然會答應，畢竟她上次說到這件事的時候差點被打，一時內心震驚不已。不過她好歹是當過奶奶的人，心情便快速平靜下來，鎮定道：『好的，乖女兒。』

既然已經互換身分，她就是爸爸，楚彥印是女兒，沒什麼問題。

楚彥印頓時語塞，強調道：『下週才開始，妳別得寸進尺！』

楚楚：『我只是想先讓你熟悉一下身分，以免到時候覺得彆扭。』

楚彥印心道，她當起爸爸來，怎麼都不會覺得彆扭！

楚彥印嗤笑道：『好，我倒要看看，妳有什麼本事……』

楚楚：『爸爸不會讓你失望的。』

楚彥印：『……』

雙方又聊了幾句，楚楚才掛斷電話，她沉思片刻，抬眼看向張嘉年，真誠地說道：「對不起，你突然要當媽媽了。」

張嘉年：「？」

楚楚：「我知道這件事情很難，但我們得從現在開始學習，下禮拜就要正式入職。」

張嘉年：「？」

張嘉年萬分不解，僅僅一通電話的功夫，他怎麼就好像跟不上時代的腳步？

「我要立刻了解老楚的……不對，我女兒的生日、口味、愛好、成長歷程和交友情況，讓他度過愉快而充實的一週。」楚楚接到任務，瞬間燃起滿腔鬥志，又問道，「對了，我卡裡還有多少錢？他有沒有喜歡燒錢的愛好？」

楚楚道聽塗說過一些育兒指南，據說養兒育女是極度花錢的事情，小孩從小到大不知道要報名多少才藝班、補習班。雖然楚彥印的學習生涯已過，但他必然還有愛好，很可能是開銷很高的類型。

張嘉年的思緒有些淩亂，不懂她為何稱楚董為女兒。他抓住問題的重點，緩緩答道：「楚董的生日是十月二十三日，口味偏清淡，愛好是下象棋，學歷……比較曲折，您問這些是要做什麼？」

楚彥印早年在農村生活，後來靠自學進入大學，畢業後被別人介紹工作，最後鼓起勇氣創業，將齊盛從小做到大。他的學歷擺在今天，肯定是不夠看的，畢竟銀達人人都是常春藤，但他是那個時代殺出來的勇夫。

楚楚懷著初為人父的喜悅，考慮的事情也雜七雜八。她突然道：「對了，你跟雅芳阿姨打聲招呼，下週跟我一起搬進大宅。」

張嘉年震驚不已，當即推辭道：「這不好吧……」

張嘉年面露難色，他在燕晗居的客房過夜，已經處於目前的心理接受底線，現在卻要他登堂入室楚家大宅？他從以前就極少留在大宅，更別提現在的狀態，這是唯恐生活不夠刺激？

楚楚不滿道：「你是怎麼當媽媽的，只有一週時間，都不願陪在孩子身邊！」

張嘉年：「……」

張嘉年：「不如先問一下楚董的意見？」

楚楚：「好，那你打電話跟他說，我們下週入住的事情。」

張嘉年握著手機，他原本抱持著楚董會直接拒絕的僥倖心態，沒想到對方卻一口答應。

楚彥印甚至對張嘉年陪同入住大宅的舉動，表達高度讚賞，並表明他很快就會回集團工作，兩人正好聊到公司的事務。

都說到這個份上了，張嘉年也沒有逃避的理由，誰叫董事長聲稱有正經事要聊？

楚楚和張嘉年要在大宅留宿一週的消息，讓楚彥印相當滿意。雖然他對楚楚口頭占便宜的事耿耿於懷，但他最近連看個新聞都能哼起小調，顯然心情不錯。林明珠得知情況卻極度為難，要知道她已經很久沒跟楚楚住在同一個屋簷下。

儘管楚楚和林明珠暫時有著同盟協議，但眼看父女倆的相處模式產生轉變，林明珠也產生一絲焦慮。首要的問題就是，房間該如何安排布置。

原書女配角離家的時候，將屋裡的東西砸得粉碎，聲稱絕不再回大宅。就算林明珠想特意收拾一下，都挑不出楚楚的東西，然而冷冰冰的客房配置顯然不太合理，大概會遭到楚彥印埋怨。

說曹操，曹操就到。林明珠還在苦惱，楚彥印便背著手來檢查工作。

「房間安排得如何？」楚彥印上樓打量，他見傭人們正在鋪床，吩咐道，「嘉年也要留宿，把他安排在隔壁吧。」

林明珠詫異道：「我本來想安排嘉年去你的隔壁……」

楚彥印沒好氣道：「去我隔壁幹嘛？我們有什麼好聊的？」好不容易的大好時光，當然是孩子的事情更重要。

林明珠暗自腹誹：你們明明每次都聊得最多！

楚彥印像是突然想到什麼，又道：「對了，她不是最喜歡喝妳燉的湯？趕緊去準備一下吧。」

林明珠聽到熟悉的燉湯梗，只想崩潰地掀桌，然而她面上還是委婉地乾笑道：「好的，放心吧。」

林明珠：這後媽做得跟社畜沒什麼差別，每天戰戰兢兢、如履薄冰！

如果楚楚不回大宅，林明珠便可以坦蕩蕩地擼狗和喝下午茶，如今楚楚要回來住一週，林明珠起碼得把表面功夫做好，才不至於被楚彥印問責。

父女互換身分的日子很快就來臨了，楚楚和張嘉年乘車抵達楚家大宅。她看到前來迎接的楚彥印和林明珠，詢問道：「是不是我踏進這個家門，就算正式開始？」

楚彥印點點頭，沉聲道：「對。」

四人一同走進屋內，楚楚才剛跨進門，便驟然轉換身分。她作為父親，負責地問道：「你最近的學習和工作狀況如何？」

楚彥印頭一次遭遇如此直接地問候，即便他閱人無數，平時被無數人圍著恭維，此時也有點招架不住。他敷衍道，「還好吧。」

楚楚正色道：「我聽說你朋友的南風集團本季度營收創新高，你的成績呢？」

齊盛集團本季度的增速持續減緩，這句話簡直是在楚彥印的心上開一個洞。他剛想大罵孽子，又想起互換身分的事情，強壓怒火地解釋：「這季度南風剛完成回款，所以才會有這個成績……」

潛臺詞是，南董是靠歪門邪道考高分的，不是真實的水準，不配做「別人家的小孩」！

楚楚語重心長道：「不要老是找藉口，你應該要從自己身上找問題，努力提升實力，而不是光做解釋。多看看別人的優點，別老是詆毀他人。」

楚彥印的臉色瞬間變得難看，眉頭直跳。

楚楚微微嘆息，教育道：「工作是為了你自己的未來打基礎，又不是為了別人。如果你在首富榜上的名次掉下來，出去也很沒面子，不是嗎？所以不要總想著在年會上唱歌，多做一些正經事，別讓名次下降。」

楚彥印：「……」

張嘉年見楚董處於發飆邊緣，完全不敢出聲。林明珠更是選擇性耳聾，假裝自己是室內花瓶。

楚楚看向楚彥印，她發現他眉毛直立、鷹目微瞇，似乎怒火正盛，無奈道：「生氣啦？你要是真的想搞文藝，不如出道去當歌手，關鍵是決定好自己的目標和夢想，然後努力堅持下去。」

楚彥印：好一個滿懷鼓勵、支持追夢的父親！

楚彥印還是不語，楚楚只得放軟語氣，最終勸道：「好啦，南董的營收再好也沒用，他都已經大腹便便，你還老當益壯，他比不過你！」

楚彥印聞言，這才稍微收斂冷臉，哼道：「廢話，他跑兩步都會喘。」

同年齡層的企業家裡，楚彥印堅信自己是其中體育成績最好，而且是歌聲最美妙的。他覺得楚楚太過分，居然在傷口上撒鹽，明明這次成績就不好，還要拿外人舉例來斥責他一通。她完全是養老鼠咬布袋，說出這種話，都不考慮老年人的心理健康。

「這是給你的。」楚楚進屋後，主動將手提袋遞給楚彥印，「一點小東西。」

暴躁的楚董從考試成績不佳的打擊中，終於找回一點尊嚴和顏面，勉為其難地接受楚楚的讓步與和解。他一邊接過包裝簡潔的禮物，一邊懷疑道：「不會是什麼嚇人的東西吧？」

楚彥印雖然是老年人，卻也深知年輕人的無聊，尤其送禮人是楚楚，實在不能放鬆警惕。

「我哪有那麼無聊？誰家的爸爸會送孩子嚇人的禮物？」

手提袋很小，張嘉年全程都沒注意到，不知楚楚是何時準備的。楚彥印將包裹的薄膜紙拆開，看到其中米黃色的方塊，不由微微愣神。

林明珠好奇地上前打量，她原本猜想是手錶或袖扣等小巧的物件，看清後卻詫異道：「這是什麼？」

「糖果。」楚彥印沉默片刻，他拿起其中破碎的一塊，頗感懷念地問道，「妳從哪裡弄來的？現在已經很少見了。」

楚楚帶來的是一種名為「叮叮糖」的麥芽糖，過去有不少人會在大街小巷內販賣。用鐵片製成的切糖器輕輕敲擊糖塊，將其擊碎成小塊時，糖果就會發出「叮——叮——」的聲音。這不像是年輕人會了解的東西，畢竟大城市裡沒什麼人會販賣。

楚彥印已經很久都沒接觸到這種廉價的糖果，既不是用新鮮昂貴的食材所作，也沒有過於複雜的製作工藝。他滿頭黑髮時，還曾拖著車賣過叮叮糖，如今他已頭髮花白，必須承認光陰走得太快。

楚彥印嘗了一塊，感慨道：「我以前還賣過這種糖果。」

楚楚淡淡道：「我知道。」

如果不是楚彥印曾在採訪中懷念過這種糖，她才懶得去找。

楚彥印聞言，扭頭看到她平靜的神色，一時百感交集，有種受寵若驚的感覺。他現在才發覺楚楚是認真的，她是做好準備來應對接下來的一週，下定決心要完成諾言。

他現在回想起來，雖然她嘴炮得離譜，但似乎每次都在全力以赴地完成約定。不管是百億目標，還是三個月的約定，再到現在的父女互換。她就像是要證明什麼，用開玩笑的態度，做不開玩笑的事情。

楚彥印一連吃了幾塊糖，想要平定自己內心的波瀾。楚楚見狀後果斷地上前，闔上包裹糖果的薄膜紙，嚴肅道：「吃吃吃，就只知道吃，成績差成這樣還天天吃！」

楚彥印：「……」

雖然楚楚教育埋怨的態度，讓新晉女兒楚彥印極為不爽，但他看在叮叮糖的份上，勉強還能忍受。四人很快便上桌吃飯，難得地度過安逸而溫馨的片刻，頭一次沒在餐桌上發生任何爭執。

楚彥印見對面的楚楚乖乖地低頭用餐，一時頗為感慨。他以前甚至認為這種時光是奢望，似乎從她懂得獨立思考開始，父女倆便爭吵不斷。兩人永遠都是話不投機半句多，可以從無數細枝末節上爆發矛盾，終於在林明珠之事上達到頂點。

楚楚正認真用餐，手機螢幕卻突然亮起，她看了一眼，對身邊的張嘉年道：「我們等等先處理一下微眼的事情。」

儘管現在是寶貴的父女互換時間，但楚楚也不能不務正業，該做的事情還是得做。她和張嘉年由於要回大宅，在路上還會耽誤時間，有些工作自然得挪到晚上。

張嘉年聞言，他先抬眼看了楚彥印的神色一眼，這才答道：「好的。」

張嘉年可沒忘記楚董說有正事要談，他突然跟兩位老闆處在同一個屋簷下，頓時感到分身乏術。

楚彥印不滿道：「怎麼？工作的事情還不能在我面前談？」

楚彥印看著她躲躲藏藏的態度就不爽，好像特意防著他一樣。他明明也很有經驗和閱歷，分析問題的能力不比他們差！

楚楚瞟他一眼，淡然道：「大人說話小孩別插嘴，吃完飯就趕快去寫作業。」

楚彥印：「……」

楚彥印咬牙道：「我飯後要跟嘉年談正事。」

楚楚說道：「先來後到，懂不懂？」

楚彥印振振有辭：「事情要分輕重緩急。」

楚楚望向楚彥印，嚴肅道：「永遠都是你的事情最重要嗎？你要搞清楚，我現在可是一家之主！」

楚彥印語塞片刻，他總覺得這話莫名熟悉，隨即辯駁道，「妳不能搞寡頭政治[11]！」

11　寡頭政治：一種政治形式，指大部分權力都掌握在部分的特權階級手上。

楚楚冷笑道：「你當爸爸的時候，天天搞寡頭政治，這叫風水輪流轉。」

楚彥印極度不服，最後兩人採用飯後battle的形式，爭奪張總助議事權。林明珠抱著貴賓犬可憐，她作為記分員，坐在象棋盤旁邊宣布：「比賽正式開始，我們採三戰兩勝的形式來決定最終的勝者。」

楚彥印鷹目一瞇，語氣頗為挑釁：「妳要跟我比下棋？恐怕會輸到脫褲吧。」

楚彥印還沒在象棋上輸過，下棋水準可以稱得上「殺遍齊盛高管，拳打各大集團」。

楚楚幽幽道：「別人只是放水而已，別囂張。」

楚楚猜到高管們的老油條套路，誰敢真的贏過老闆？楚彥印純粹是自我感覺良好，不知天高地厚。

兩人各自執棋，展開權力爭奪戰。

張嘉年旁觀一局，他看了時間一眼，內心不禁誕生吐槽：兩位老闆的正事肯定都不急，否則怎麼有閒心下棋？

父女倆還在熱火朝天地用象棋定勝負，張嘉年利用這段時間，索性先上樓漱洗。客房內，傭人們早就鋪好乾淨柔軟的床單和被褥，獨立衛浴內也放置好漱洗用具。晚風從小陽臺內吹入，讓人感覺愜意而輕柔。

張嘉年鎖好門，將窗簾隨手拉上，便換上浴袍去沐浴漱洗。蒸氣朦朧中，他褪去剛才餐桌上的拘束和不適，他現在待在楚家大宅，總有種做賊心虛的感覺。畢竟他還沒想好該如何跟楚董解釋，自己跟上司的不正當關係。

張嘉年沐浴完，他一邊擦拭溼答答的黑髮，一邊離開浴室，進屋便看到上司正趴在床上玩手機。她聽到聲音，還回頭看他一眼，評價道：「嘖，未免也裹得太緊了。」

張總助肯定有嚴重的偶像包袱，洗完澡還全身著裝，無一絲不妥，除了頭髮潮溼以外，幾乎看不出異樣。他穿著浴袍，頭髮還在滴水，震驚地站在原地。

張嘉年看著不速之客，下意識地左看右看，脫口而出道：「……妳怎麼在這裡？」

楚楚理直氣壯地反問：「這裡是我家，我怎麼不能在這裡？」

張嘉年：「……」

張嘉年看楚楚大大咧咧地躺在床上，一時無暇顧及她鳩占鵲巢的行為。他伸手試了試紋絲不動的房門握把，提出質疑：「我明明鎖門了？」

楚楚指了指窗簾縫隙後的小陽臺，自然道：「我從陽臺穿過來的，本來是想吹吹風，沒想到是相通的。」

張嘉年心道，他住在這裡實在太沒安全感，而且是來自父女倆的雙重威脅。

「楚董呢？」張嘉年想起兩人的對戰，忍不住問道。

「他被我的棋藝打擊，現在正坐在樓下復盤。」楚楚洋洋得意地揚起下巴，源源不斷地吹噓起來，「我作為父親，當然要好好地教他做人。」

張嘉年暗自吐槽：妳一看就不是多正經的父親。

屋裡突然多了一個人，張嘉年頗感侷促與不適，客氣地提議道：「您能先回自己的房間嗎？我等等再過去找您。」

楚楚無辜道：「為什麼？」

張嘉年有些氣惱，一字一句道：「我要換衣服。」

楚楚用手捂住眼睛，誠懇道：「我轉過去不就好了？」

張嘉年打死都不會相信她，她都能從陽臺穿過來，要是不做點什麼，豈不是白費力氣？

他露出營業式笑容，再次詢問道：「您願意移步到隔壁，稍等片刻嗎？」

楚楚耍無賴道：「你親親我，我就去隔壁。」

張嘉年聽到她的無恥之詞，他沉默片刻，隨即應聲道：「好。」

楚楚聞言，見他走過來，興高采烈地半探起身。她一邊等他彎下腰，一邊居高臨下道：「好吧，既然如此，我就勉為其難地考慮一下……」

張嘉年溫和地笑道：「您不用考慮了，待在這邊也可以。」

楚楚：「？」

正當楚楚感到疑惑時，下一秒眼前一黑，迎頭被柔軟的被子蒙住。張嘉年面無表情地捲起被褥，動作像是在裹春捲，直接把楚楚包得嚴嚴實實，就像是被封印的蠶蛹。

楚楚被鎖在被子裡，她一邊掙扎，一邊不滿地叫道：「你死定了！」

張嘉年憑藉高超的烹飪技能，完成大型春捲製作，為自己爭取到時間。

楚楚終於從被褥中掙脫，一時蓬頭垢面。她看著已光速換上衣服的張嘉年，感覺自己身為一家之主的尊嚴遭到挑釁。張嘉年拿起桌上的資料，正準備取出筆電，說道：「好了，這是微眼的資料……」

楚楚猛地跳下床鋪，她扯起被子的一角，涼颼颼道：「挑釁完就想走？」

她要是不讓他嘗嘗被裹春捲的滋味，他肯定會造反！

張嘉年瞟到她的眼神，瞬間明白對方想做什麼。他起身就想跑，卻還是被撲上來的楚楚壓倒，資料灑落一地，兩人又陷入熟悉的掙扎扭打。楚楚故技重施騎在他身上，她想扯被子將其蒙住，卻被張嘉年擋住抬起的手臂。

「你現在還是試用期，小心我幫你打負評！」楚楚威脅道。

張嘉年其實能掙脫出來，又怕不小心把她弄傷，他只能束手束腳地倒地防禦，盡量往旁邊躲。

楚楚眼看著就要成功，房門卻突然傳來鑰匙開鎖的聲音。楚彥印直接闖進來，看著眼前的一幕，勃然大怒道：「住手！妳在幹什麼！」

楚彥印在路過時聽到奇怪的響動，又捕捉到「死定」、「挑釁」、「實習」、「微眼」等關鍵字，接著就傳來碰撞扭打聲。他頓時大驚失色，想要進屋卻發現門被反鎖，更感大事不妙。

楚彥印是想讓兩人培養感情，提供打情罵俏的機會，絕不是打架互毆的機會！

他看著屋裡的場面痛心疾首，原本整理好的資料也飛得滿地都是，楚楚以仗勢欺人的態度想要毆打張嘉年，然而張嘉年卻礙於對方的身分，只能狼狽地閃躲，甚至沒辦法保全自己。

楚彥印怒火攻心，他原以為兩人有些小小的私情，現在才發現大錯特錯。當初的照片本就模糊不清，或許從頭到尾就是誤會一場，反而因此忽略張嘉年痛苦的隱忍，說不定這已經不是他第一次挨打。

誰叫楚楚是暴力常客，她以前打破南彥東的頭還不夠，現在又要對青年才俊下手！

楚楚和張嘉年還未分出勝負，正義使者楚彥印便突然闖入，三人一時陷入沉默。

楚彥印最先緩過神來，他怒氣沖沖地上前，猛地將楚楚拉起，再次厲聲道：「妳這是在幹什麼！」

楚楚被他扯住，疑惑道：「你幹嘛？」

楚彥印臉上的盛怒感染到眾人，張嘉年立刻起身，想要解釋道：「楚董，是我的問題，請別怪……」

「住嘴！」楚彥印怒道，「你是不是一直瞞著我！」

要不是他親眼目睹，張嘉年大概永遠不會說出被打的事情！

張嘉年的話被怒吼驟然打斷，他面色發白，臉上露出為難的神色。他本來想找機會以平和的方式跟楚董溝通，沒想到事情會在最糟糕的情況下被戳破。如果按照張嘉年的規劃進行，他希望能等自己稍有能力和成績後，再向楚董提出請求。

張嘉年現在不敢回應楚楚的情感，同樣是出於這種考慮。目前的他太過無力且弱小，甚至沒有跟楚董談論的籌碼，不足以對兩人的未來負責。

楚楚絕對是全場最狀況外的人，她看向楚彥印，晃了晃被扯住的手臂，問道：「你又在吼什麼？」

楚彥印咬牙斥責道：「我專程調過去的高管，就這樣被妳壓在地上打？」

楚楚從未動手打過張嘉年，此時平白遭受質問，不由一頭霧水：「？」

即便楚楚向來才思敏捷，此時都沒跟上楚彥印的節奏，她詫異道：「跟你有什麼關係？」

楚彥印氣急敗壞地指著她，顫聲道：「妳、妳……」

張嘉年眼看父女倆好不容易和緩的關係又要僵化，他深感不能無動於衷，站出來認真道：「楚董，我能跟您單獨聊聊嗎？」

楚彥印還想再教訓楚楚一頓，但對上張嘉年清泉般的眼眸，又不好一口回絕。他最後帶著張嘉年前往書房，同時甩下狠話：「妳給我等著，我等一下再回來跟妳算帳！」

楚楚嘀咕道：「臭小鬼，想造反啊……」

楚楚：還沒見過誰家的孩子，敢這樣跟爸爸說話的！

樓梯旁，林明珠握著楚彥印的手機，急匆匆地跑上樓。她正好錯過這場鬧劇，左右為難地看了看，只發現站在客房門口的楚楚。林明珠有些猶豫，不知該不該跟對方搭話，頗為顧慮地拿著手機。

「妳站在那裡做什麼？」楚楚大大方方地問道。

林明珠比了個「噓」的手勢，小聲道：「妳能不能別這麼高調！」

林明珠覺得自己的同盟太過張揚，這是深怕別人不知道她們兩個有聯絡？

楚楚當即挑眉：「我們又沒有私下偷情，我哪裡高調了？」

林明珠說不過她，扭頭問道：「妳爸呢？」

楚楚義正辭嚴地糾正：「是我女兒。」

林明珠語塞片刻，不跟她糾纏此問題：「……他在哪裡？」

「在書房談事。」楚楚聽林明珠握著的手機響個不停，猜到她的來意，問道，「誰打給他的？」

林明珠有些猶豫，最後還是誠實道：「姚興。」

「哦，那我可以接啊？」楚楚聽到熟人的名字，順理成章地接過手機，「我跟他說一聲，待會兒再打過來。」

林明珠想了想，最終沒有拒絕，畢竟她現在也不能擅闖書房讓楚彥印接電話。楚楚接通電話，自然道：「喂，姚總？」

『楚總？』姚興聽見楚楚的聲音一愣，他心中正有些疑惑，便得知楚彥印正在談事，讓他待會兒再打的消息。

姚興思索片刻，開口道：『其實跟您說也沒關係，是關於票務帳戶互通的事情。我私下跟齊盛那邊的幾家網路公司的負責人聯絡，但他們的意願都不強，就是想跟楚董彙報一下此事……』

楚楚奇怪道：「你不是在會議上說肯定沒戲，居然還私下聯絡了？」

姚興坦言道：『楚董得知您的主意，特意讓我去聯絡的。』

楚楚默然，沒想到老楚並不是時時刻刻都在添亂，還會在暗中推動事情發展。她疑惑道：「還有人敢不聽董事長的話？」

楚楚覺得齊盛集團肯定是管理太過渙散，有哪家公司敢跟老闆的意思反著來？

『這次是由我出面聯絡，並不是楚董親自下令……』姚興為難地解釋道，『而且董事長在做決策時，要考慮各個方面，這幾家公司都是由集團元老管理，即使是楚董也有顧忌……如果事情沒有成功，也請您別責怪楚董。』

楚楚心下了然，齊盛集團內有一群跟隨楚彥印打天下的人，如今他們各自成家立業、失去鬥志，自然開始為自己謀利，將集團內部弄得盤根錯節。楚彥印將元老們澈底逐出，只會讓人心寒，然而舊制已經在阻礙龐大集團的發展。

楚彥印當初安排楚楚外出創業，而沒有讓她從集團做起，也是有這方面的考量。齊盛集團的水太深，她一不小心就會著了道，被老狐狸們的車輪戰打垮。

「感覺他在集團裡混得挺慘的？」楚楚悠然道，別看有的人在家人模人樣，出去卻夾著尾巴做人，還得權衡各方勢力。

姚興有些茫然，他覺得楚董好像沒那麼慘，但考慮到家庭關係的和諧，還是出言幫楚彥印說話：『所以希望您能理解楚董，他有時也是身不由己。』

楚楚大度道：「好說，你把這幾家公司的名字告訴我。」她倒要看看，是哪些老油條在欺負她女兒。

姚興猶豫道：『……這不好吧。』

楚楚：「那我等等請張嘉年去查，反正結果都一樣。」

姚興一時無言，這些網路公司又不是沒對外公布，楚總如果有心要查，確實沒人攔得住。他老實地說出名字，簡單地介紹一下各家情況，同時補充道：『您還是跟楚董商量一下……』

「好的，沒問題。」楚楚答得痛快，然而姚興卻越發心虛，不知道她有沒有把這些話當一回事。

楚楚掛斷電話，旁聽的林明珠顯然有同樣的顧慮，謹慎地問道：「妳要幹什麼？」

「孩子們在學校吵鬧打架，家長自然要出面解決問題。」楚楚開始搜尋那幾家公司，查看它們的資料，「我幫老楚營造良好的學習與工作環境，應該沒什麼問題？」

林明珠驚叫道：「妳瘋啦？貿然跟他們硬碰硬，會影響到齊盛的股價！」

楚楚瞟她一眼，突然問道：「後媽，妳娘家的家境如何？」

林明珠狐疑道：「……妳問這個幹什麼？」

楚楚淡淡道：「如果齊盛破產的話，能不能請妳家幫忙一下，好歹我們也算是一家人。」

「？」林明珠斬釘截鐵道，「不怎麼樣！」

楚楚：「嘖，無情。」

林明珠斷然拒絕後，她的心思不由千迴百轉，試探地問道：「齊盛怎麼會破產？妳是在開玩笑吧？」

楚楚正埋頭看手機，敷衍道：「嗯，我開玩笑的。」

林明珠看她漫不經心，反而越發緊張：「妳是不是聽到什麼消息？不可能吧！雖然集團現在增收減速，但妳那邊不是做得不錯嗎？瘦死的駱駝比馬大？」

楚楚懶洋洋道：「銀達和齊盛的規模不同，妳沒學過馬克思主義哲學？部分不能決定整體，銀達好又不代表齊盛好。」

原書中龐大的齊盛集團會分崩離析，顯然是內外部矛盾的共同作用。現實中同等級的集團倒閉，會在生活中掀起一場巨浪。雖然小說透過渲染，將齊盛的失敗歸咎於惡毒女配角，但這明顯是不符合實際規範的，在商業界毫無建樹的小人物，怎麼會影響到集團的興衰呢？

林明珠臉上有些惶惶，喋喋不休道：「那要是真的破產怎麼辦？你們不能想想辦法嗎？」

楚楚：「破產就破產吧，這是正常的市場規律，盛極必衰是肯定的事。」

林明珠驚道：「這怎麼可以！那我們該怎麼辦？」

楚楚面露不耐：「妳可以改嫁，不然叫老楚賣叮叮糖養妳，難道破產就一定會餓死嗎？」

林明珠：「……」

林明珠：我怎麼覺得妳還挺希望破產的？

書房中，張嘉年糾結再三，終於決定開誠布公地找楚董談一談。他覺得藉由誤會繼續隱瞞下去，實在不是正人君子所為。

楚彥印顯然還沒消氣，質問道：「她是不是常常這麼做？你為什麼不跟我說！」

張嘉年在外衣著一絲不苟，談吐得體大方，背地裡卻被人壓在地上打，讓楚彥印深感自責。他甚至產生懷疑，當初將張嘉年調去銀達，是不是錯誤的決定？

「楚董，您誤會楚總了，有件事我一直沒告訴您……」張嘉年躊躇片刻，終於艱難地坦露真言，「我們在一起了。」

楚彥印：「！」

張嘉年看到對方震驚的神色，硬著頭皮道：「我知道您現在有很多顧慮，我也沒辦法馬上拿出實際成績，向您證明什麼。如果您沒辦法接受，請不要斥責楚總，她最近是真心想跟您打好關係，為此用心地在準備。」

張嘉年不忍看到父女關係因為誤會破裂，楚董總是在毫無了解的情況下將楚楚臭罵一頓，不斷激化出更深的矛盾。他不能因為一己之私，讓楚彥印對楚楚的印象變差。

楚彥印回想剛才的場面，瞬間驚愕不已：「你……」

楚彥印：該不會是受虐狂吧？

「不管您接下來如何安排我的去留，我都聽憑尊便，但我懇請您在這週內好好地跟楚總交流，她其實遠比您想得更優秀。」張嘉年發自內心地說道，她只是不善於表達，卻還是很用心在做事的。

楚彥印勉強從重磅消息中回過神，不鹹不淡道：「她確實挺優秀的。」

楚彥印：被壓著打的人，扭頭還誇她優秀，這洗腦能力真是一流！

楚彥印見張嘉年態度如此端正誠懇，轉瞬便猜中對方心中所想，不免產生惻隱之心。然而，楚董也沒辦法直接自爆，公開支持兩人的戀情，他索性擺起架子，乾咳兩聲道：「如果我反對，你接下來準備怎麼做？」

張嘉年平靜道：「請您給我一點時間證明，我可以對她的未來負責。」

楚彥印提醒道：「你就算脫離齊盛，想要單打獨鬥也不容易。」

張嘉年為齊盛苦心奉獻多年，他就算出去單幹，一時也很難跟齊盛集團撇清關係。他的人脈和關係都屬於齊盛，想要白手起家，不知道要花費多少年。

「你把她叫進來，我跟她單獨談談。」楚彥印不想在張嘉年面前露餡，裝模作樣道。

張嘉年面露猶豫，規勸道：「那您盡量跟楚總……和氣交流。」

父女倆每次見面都會吵架，張嘉年實在憂心單獨面談的和平程度。

楚彥印冷哼道：「我知道，不跟她一般見識！」

楚楚滿腦子都想著該如何跟齊盛的老油條們幹架，卻莫名其妙地被叫進書房。她回頭看見張嘉年退出房間並將門帶上，不禁疑惑道：「你要說什麼？」

楚彥印嚴肅道：「妳對未來有什麼打算？」

「？」楚楚誠實道，「沒什麼打算。」

楚彥印眉毛直立，怒道：「那妳打算什麼時候結婚生子！」

楚楚滿臉茫然：「我為什麼要結婚生子？」

楚彥印勃然大怒：「豈有此理，難道妳只是玩玩而已？」

「我玩什麼了？」楚楚一頭霧水，她見楚彥印又開始大吼大叫，隨即擺擺手道，「爸爸還有事情要忙，現在沒空跟你聊。」

楚楚覺得今日在家庭教育上花費的時間過多，她不但詢問楚彥印的學習、工作情況，還買糖給他吃，又陪他下棋，絕對是稱職的好父親。她本想在晚上跟張總助談談工作或戀愛，卻被老楚驟然打斷，今天未免也太充實？

「你早點睡吧，我要休息了。」楚楚打了個哈欠，抹了抹眼角的眼淚，「我明天還要早起回市區。」

楚家大宅距離市區太遠，她和張嘉年的通勤時間驟然增長。楚彥印看她一溜煙地跑掉，立刻邁步想追，竟沒來得及抓住她。楚彥印見她光速跑回屋裡，他鬱鬱地晃了晃握把，發現房門竟然被反鎖住。

「妳等著，我們明天再好好聊聊這個問題！」楚彥印心想，她明天也得出門，到時候還有機會堵住她。

但他沒料到，兩人隔天早早就出門了。

楚楚和張嘉年為了躲避塞車，只能提早出門。車內，張嘉年聽到她在後座接二連三的哈欠聲，忍不住問道：「您和楚董昨晚聊得……還好嗎？」

張嘉年不知兩人談論的結果，他昨夜輾轉反側，沒有好好休息。楚楚睏倦地揉了揉眼睛，說道：「我忘了，也沒聊到什麼重要的事情。」

張嘉年心生疑惑，難道楚董什麼都沒提起，這又是什麼意思？

正當他滿腹疑惑，突然又聽楚楚說道：「先別去銀達。」

司機和張嘉年皆有些詫異，張嘉年不禁問道：「您想去哪裡？」

「聯美資訊科技有限公司。」楚楚直接報上姚興口中的公司大名，打算上門踢館。

第七章　過來讓我看看

聯美購物的主要業務是線上外送、新零售、即時配送等，是由聯美資訊科技有限公司創立的線上購物平臺。它非常適合和齊盛票務一起搞帳戶互通，能提供使用者極大的便利。

風和日麗的上午，聯美CEO呂書像往常一樣，準時抵達公司，他跟公司的員工們開完早會後，便一頭栽進自己的辦公室。呂書看了日程一眼，發現今日沒有要緊的事情，便偷偷拿出平板，開始播放《哆啦A夢》。

呂書能夠擔任聯美的CEO，主要是靠關係，他的叔叔是齊盛的高管，在集團內深耕多年。呂書是閒散性子，他在畢業後被家人們推入集團，隨便熬了幾年資歷，順利成為公司的小頭目。

雖然他偶爾對網路公司的快節奏感到疲憊，卻又不知道自己脫離家人能做什麼。齊盛帶給呂書的社會地位不低，他便順其自然地混下去。

「咚咚——」

呂書聽見敲門聲，眼疾手快地將平板扣下，他轉回桌前，應道：「請進。」

「呂總，楚總突然來了。」祕書進來彙報。

呂書不免疑惑：「哪個楚總？」

祕書：「銀達投資的楚總。」

呂書臉上露出詫異的神色，他強壓滿腹的疑惑，一邊披上西裝，一邊嘀咕道：「沒聽說過她要來啊……」

這種重要的老闆在來訪都會提前預告，雖然楚總的主要業務跟聯美沒有任何關係，但呂書能混到現在不背鍋，靠的就是關係和眼力見兒，自然不可能把她當作普通的老闆。

呂書趕到門口時，果然看到楚總突然駕到，而且她只帶著一個人，完全不像其他老闆帶著一群跟班。呂書雖然心中奇怪，卻還是趕忙上前問候：「楚總，久仰大名，裡面請，路上還順利嗎？」

「呂總好，托您的福，挺順利的。」楚楚自如地跟他握手，同樣露出假惺惺的營業笑容。

兩人和煦地交談片刻，彷彿今日的見面是有約在先，雙方都拿出滿分的熱情與敷衍。張嘉年跟在楚楚身後，默默地按照要求拍了幾張照片，他不知道楚楚突然過來的原因，只能在心底期盼她別闖禍。

楚楚寒暄過後，裝模作樣地跟著呂書參觀了一下公司，等她走進辦公室內，便卸下客套的假面具，笑著道：「今天過來，主要是想聊聊帳號互通的事，姚興應該跟您說過吧。」

呂書聽到這話，頓時心下了然，柔和地婉拒道：「是，姚總前兩天有跟我提起過，只是聯美目前忙於應用更新，實在沒有人力投入這方面……」

「技術部分可以由我們來出力，呂總只需要派人配合就好。」楚楚說道，「帳戶互通對齊盛和聯美的推動效果最好，您應該是明白的。」

呂書當然知道，他參與帳戶互通是受益派，但礙於叔叔在集團的關係，聯美不能貿然選邊站。呂書敷衍地笑道：「現在的聯美確實不行，希望您能理解。」

楚楚想了想，終於好奇道：「嗯……我有個冒昧的問題想要請教您。」

呂書：「您說。」

楚楚：「背後有叔叔在管，您會覺得厭煩嗎？」

張嘉年沒料到她會直接戳破呂書的關係，他深吸一口氣，便發現對面的呂書更是如坐針氈。

呂書的神色僵硬片刻，又恢復正常，他誠實地答道：「偶爾。」

「那您背後有楚董管著，會覺得厭煩嗎？」呂書看她沒有繼續躲躲藏藏，索性反脣相稽。大家把話說清楚也挺好的，彼此都不用在虛偽上耗費力氣。

張嘉年聞言，他微微皺眉，淡淡地提醒道：「呂總，請注意您的措辭。」

呂書頗有些不服，吐槽道：「難道只允許她問我，而我不能問她？」

張嘉年冷靜而雙標地答道：「是的。」

呂書：「……」

楚楚坦然道：「我當然不會感覺厭煩，因為老楚管不住我。」

呂書乾脆任由她嘲諷，說道：「……很抱歉，我的叔叔管得住我，所以也請您別再為難我。」

呂書都把話說到這份上，他已經打算要裝死到底，不跟齊盛票務搞帳戶互通。

楚楚心生遺憾，她真誠地再次詢問道：「您不再考慮一下嗎？俗話說，寧可得罪君子，不可得罪小人。我可以提前告訴你，老楚和你叔叔都是君子，但我是百分之百的小人。」

呂書面對瘋狂抹黑自己的楚總：「？」

他小心翼翼地問道：「如果得罪您，會有什麼後果？」

楚楚摸了摸下巴，遲疑道：「商業界霸凌？」

呂書：妳以為妳是胖虎嗎？還要強迫大家聽妳的話！

呂書義正辭嚴地說道：「抱歉，楚總，我向來不吃威脅這一套。」

滿身傲骨的呂書將楚楚和張嘉年送走後，又悠然地坐回辦公室，繼續觀看《哆啦A夢》，完美地遵循叔叔所說「不選邊站」的教誨。

門外，楚楚向張嘉年伸出手，張嘉年便乖乖地將手機遞給她。他見她低頭檢查成果，不禁好奇道：「您剛才為什麼要讓我拍照？」

楚楚還沒進屋前，便吩咐張嘉年抽空拍幾張照片，著重展現她和聯美CEO呂書的友好會談。她覺得照片效果不錯，得意地答道：「行騙。」

張嘉年：「？」

楚楚：「你社群帳號的好友名單內，是不是有很多齊盛的高管？現在就去發一篇文，高度讚揚帳戶互通的益處和前景，然後把這些配圖上傳上去。」

張嘉年：「……但聯美拒絕帳戶互通啊？」

楚楚：「我們也沒說圖文相關啊。」

張嘉年：「……」

張嘉年：這果然是行騙無誤！

張嘉年沒有辦法，只得在她的逼迫下發文。他用自己平日理智客觀的語氣，將帳戶互通吹捧得天上少有，地下無雙，還附帶九張圖片，最後硬著頭皮上傳。

雖然文字裡完全沒提到聯美，只是描繪帳戶互通的優點，但配合圖片食用，顯然就是聯美同意帳戶互通的意思！

圖片中，楚楚和呂書假惺惺地相談甚歡，在別人眼裡就是達成合作，前景有利！

張嘉年的消息才剛釋出，便收到楚彥印的秒讚。

張嘉年無奈道：「我覺得楚董可能誤會了，他以為您單槍匹馬就說服聯美……」

張嘉年都不知道回到大宅後，該如何跟楚彥印解釋。楚董肯定是大喜過望，以為楚總靠一己之力解決難題，在老油條們中殺出重圍，卻沒料到眼見不一定為憑，這不是事實真相。

楚楚振振有辭：「雖然現在還沒說服，但說不定下班回家後就成功了。」

楚彥印為張嘉年秒讚，瞬間引來一群高管們的踴躍點讚和留言。原本還不願當出頭鳥的人，現在都跳出來說幾句，僵局直接被打破。

姚興：『齊盛APP的帳戶互通，必然能帶來光明的前景（讚.jpg）。』

陳祥濤：『楚總的眼光大膽敏銳，值得敬佩（讚.jpg）。』

羅禾遂：『聯美入局，共同出力（讚.jpg）。』

辦公室內，呂書正在辦公，卻突然接到叔叔的電話，他被劈頭蓋臉地一頓臭罵。

「你現在翅膀硬了，連我的話都不聽！我不是有跟你說過嗎，不要選邊站，不要配合，先婉言推辭！你現在直接答應帳戶互通，其他公司會怎麼看我們？我真的要被你氣死了！」

大家都咬著牙沒答應，想要爭取共同利益。現在聯美突然跳出來挺太子，簡直像班級裡拍老師馬屁的小孩，自然會被旁人看不起。這種事說不清誰對誰錯，只是一旦有人打破眾人維護的規矩，便會立刻陷入眾矢之的。

幾家網路公司都婉拒姚興，是想等待楚董出面，讓大老闆安撫眾人。既然配合集團做事，自然而然想聯合起來拿好處，得到楚董的許諾。

現在聯美跳出來破局，頓時讓剩下幾家公司的處境尷尬，有種落後的既視感。那種感覺就像是聯美都答應互通，你們幾家公司憑什麼談條件？

呂書面對叔叔的斥責，大感冤枉道：「我沒有答應帳戶互通啊！」

「你還敢狡辯！我都看到照片了，你這週末給我回家解釋清楚！」

呂書一頭霧水，他掛斷電話後查看截圖，才發現楚總玩了一套小把戲，她竟然靠文字遊戲讓其他人誤以為聯美答應帳戶互通，從而引發蝴蝶效應。

在呂書觀看《哆啦A夢》的期間，楚楚依靠時間差和資訊錯位，順利在一天內拿下兩家齊盛的網路公司。這兩家公司以為聯美同意，擔心自己落後，便簽約答應帳戶互通。

現在統一陣線被瓦解，就算聯美大喊自己沒參與帳戶互通也沒用，更別提楚董還親自點讚過貼文，如今再做解釋，豈不是直接打臉？呂書算是吃了個啞巴虧，還突然背了出頭鳥的黑鍋！

呂書滿肚子苦水無處可倒：去你的胖虎，怎麼還有小夫的心機？

楚楚在影視圈浸潤多年，她別的技能不敢說十拿九穩，但在吹牛和說大話這方面，有一定的水準。

圈內的人要是有一分本事，說出口便能吹成三分，但凡跟名人打過照面，四捨五入就能變成明星的摯友。此類套路的關鍵就是在表達時含糊其辭、遮遮掩掩，以此渲染自己的不凡之處，必要時刻還要讓聽眾自己猜測，更能展現自身的人脈廣、排場大。

雖然楚楚偶爾對這種行為不齒，卻無法否認招數確實管用，而且只要有人上當，後面的路就全打通了。

楚楚和張嘉年憑藉幾張照片，在一天內順利定下兩家公司，未來也會有源源不絕的新公司想要參與帳戶互通。這種事情就像滾雪球一樣，最初的那一下很困難，後期便會越滾越快、越滾越大。

張嘉年將手邊的檔案整理好後，無奈道：「您回去後要如何跟楚董解釋聯美的事？」張嘉年已經能想像到，楚彥印拉著她問東問西的樣子。

楚楚坦然道：「如果我等一下接到電話，今天就回大宅；要是沒接到電話，今天就去你家看阿姨。」

雖然她心中很有把握，但狡兔三窟，還是要多做準備，避免搞砸後被老楚問責。

張嘉年問道：「什麼電話？」

下一秒，便有人解答了張總助的疑惑。祕書長王青敲了敲門，不好意思地探頭進來，說道：「楚總，聯美的呂總打電話給您。」

楚楚感慨道：「看來今天得回大宅陪女兒。」

張嘉年：「……」

呂書在搞懂來龍去脈後極度崩潰，他跟叔叔商議一番，只能將錯就錯。然而，呂書想再次跟楚總取得聯絡卻不容易，他沒有楚總的私人號碼，只能透過官方管道，打電話到銀達的總裁辦。

楚楚悠然地接起電話：「喂？」

『楚總，您這麼做不好吧？』呂書聽到對方的聲音，立刻展開興師問罪。

「呂總，好人做好事，小人做壞事，這不是挺正常的嗎？」楚楚懶洋洋道，「我都提前打過招呼了，您應該有所準備。」

呂書：我哪能想到小人如此誠實？有哪個小人會自稱自己是小人？

呂書硬著頭皮問道：「……您到底想做什麼？」

楚楚鎮定道：「很簡單，聯美現在同意帳號互通，雙方建立友好的合作關係。」

呂書忍不住吐槽：「……這關係哪裡友好？」

呂書：完全就是強買強賣！

楚楚：「友好的老大和小弟關係。」

呂書：「……」

她話裡話外的語氣，就差直接說「不做小弟就等著被小團體霸凌吧」。

呂書沒有辦法，最終答應簽下不平等條約，兩人在下班前完成協定。楚楚頗為滿意，說道：「呂總也別裝可憐，本來就是皆大歡喜的好事，非得被你們搞得一波三折。」

帳號互通對於聯美來說並不吃虧，他們不過是因為組織幫派、黨同伐異而故意僵持，以此獲得更多私利。

呂書的情緒終於平定下來，他雖然還有點不服，卻又欽佩她的離奇手段，乾脆坦露真言：「您這種手段，只會在短期內有成效，絕不是長久之計。」

呂書此次是有所疏忽，沒料到太子的無恥程度，才會意外中招。如果集團內的元老們對她有所警惕，必然不會再犯同樣的錯誤。

「你可能誤會了，我跟老楚不太一樣，並不需要長久之計。老楚想做魚群的領導者，但我只想做一條清道夫。」

呂書正在思考楚總的比喻，便聽她語氣輕鬆地說出下一句。

「雖然清道夫會淨化水質，但它偶爾也會吞噬其他魚卵，讓原生魚類滅絕殆盡。」

如果有一天，她已經沒能力改變齊盛衰敗的走向，那就乾脆由她來推倒腐朽的帝國。

楚家大宅內，楚彥印對於楚楚處理事情的效率表達高度讚賞，特意請傭人將晚飯準備得隆重一些。張嘉年不忍說出事情的真相，只用沉默來成全美妙的誤會。在眾人等待用餐的期間內，張嘉年乾脆上樓休息，核對今天的工作完成情況。

屋內，張嘉年才剛脫下西裝外套，便聽到陽臺的響動，不由面帶疑惑地走過去。

張嘉年拉開通向小陽臺的門，瞟到腳邊的沙包，頓時明白怪聲的來源。他望向下方花園裡的楚楚，說道：「請您不要用東西砸窗戶。」

花園裡植被茂盛，嫩綠的葉子被微光映得發黃透亮，陽光賜予植物別樣的生命力。院子裡的滿樹繁花落下，化作滿地粉白的花瓣。楚楚穿著休閒裝，站在樹下朝他招手，喊道：「茱麗葉，要不要下來跟我玩？」

她簡直就像童年裡的鄰家小孩，滿懷期待地在樓下呼朋引伴。

張嘉年：我可沒見過如此幼稚的羅密歐，大概連莎士比亞的棺材板都要壓不住了。

然而，晚風拂在臉上輕柔又和緩，他的心境也變得平和，說道：「妳等一下。」

張嘉年換掉正裝，身著休閒服下樓，手裡還提著落在陽臺上的沙包，在花園裡跟楚楚會合。貴賓犬可憐看到他手中的沙包，興奮地汪了一聲，這顯然是牠心愛的玩具。

張嘉年隨手將小沙包丟給楚楚，貴賓犬的視線緊追著沙包，歡快地跳向她。楚楚接住沙包，手臂轉了兩圈，拚盡全力向遠方丟去。貴賓犬見狀，立刻朝她擲出的方向奔去，毛茸茸的身影也越來越小。

貴賓犬遠去後，張嘉年看著還留在她手中的沙包，吐槽道：「您這樣逗狗很惡劣。」

楚楚：「從小就得鍛鍊牠，不然牠踏入社會肯定會受騙。」

張嘉年：「……」

楚楚成功跟小朋友會合後，立刻過河拆橋地將小狗支開。兩人穿梭在花園內，順著鋪滿落花的小徑慢悠悠地走，享受黃昏的美好時光。

張嘉年眼看她開始手賤地摘葉子，突然道：「我昨天跟楚董談過了。」

「談什麼？」

「我們的事情。」張嘉年沉靜地答道，眼中卻有微光在閃。

楚楚聞言後停下腳步，不由恍然大悟，嘀咕道：「怪不得……」

她一直對老楚昨日的「玩玩而已論」抱持疑惑，原來還有前情提要。她在得知此事後，第一反應是進行發問：「那我今天從小陽臺過去，老楚還會突然推門進來嗎？」

楚楚對於昨天的失敗耿耿於懷，明明勝利近在眼前，老楚卻破門而入。

張嘉年本來想認真地跟她談談，卻突然被岔開話題，他古怪而警惕地問道：「……您為什麼不走正門？」

楚楚理直氣壯道：「因為刺激啊。」

張嘉年：「？」

他臉龐升溫，惱羞成怒道：「這哪裡刺激了？」

楚楚：「你猜。」

張嘉年：「……」

張嘉年強行整理思緒，忽略她的擦邊球發言，他重新回歸正題，說道：「如果接下來有任何變動……請您不要跟楚董計較，也不要怪他。」

張嘉年並不確定楚彥印接下來對自己的安排，他想替她提前打好預防針，避免如果事情真的發生，當場引爆楚楚。事情已經發展到這一步，他心知自己不好再做專業經理人，於情於理都不合適。以兩人目前的關係來看，甚至都不該在同一家公司共事。

「變動？」楚楚抬頭望向他，詫異道，「因為我們的事嗎？」

張嘉年沒有正面回答，語氣和緩道：「在正常情況下，工作崗位也會按週期變動。」

楚楚淡淡道：「他如果敢把你調走，我不會怪他，我會直接打他。」

張嘉年聽到她簡單暴力的回答，心平氣和地解釋：「其實根據公司的規章制度來看，我們也不該共事的……」

楚楚挑眉道：「你在跟我講道理？我們公司的規章制度，不是由我制定的嗎？明天上班我就去檢查有沒有這項，有的話我會立刻刪掉。」

張嘉年只是想打預防針，卻遭遇她一連串反問，莫名其妙被捲入辯論。他為難道：「但遵循常理……」

楚楚振振有辭：「我有在辦公室對你做過什麼嗎？還是你覺得我們會在公司發生什麼，所以沒辦法共事？不要說什麼遵循常理，成功人士都是不走尋常路的！」

張嘉年：「……」

張嘉年：好一個伶牙俐齒、獨斷專行的大老闆！

他面對楚楚有理說不清，乾脆抿了抿唇，破罐破摔地承認：「嗯，我覺得會發生什麼。」

楚楚微微一愣，疑惑道：「什麼？」

張嘉年深吸一口氣，直視她的眼睛，一字一句道：「我覺得我們會在公司裡發生什麼，所以沒辦法接受共事。」

說實話，她對他的影響力過強，輕易就能讓自己心神不寧，進而影響工作效率。如今他已經極度克制，遲遲不敢跨越那條線，卻已經壓不住偶爾悸動的心，以及想要親近的心情。

沒人能看著喜歡的人每天在眼前晃，還全天候地無動於衷，這是極具誘惑力的事情。她的一言一行都能擺布自己，讓他的心情跟隨著波瀾起伏。

楚楚看著張嘉年，一時陷入無言。

他的眼神認真而鄭重，眼裡像是只裝著她，浸滿溫潤的柔情。

楚楚遲疑片刻，終於開口道：「那你更不能走。」

她不知想到何處，視線心虛地飄到一邊，小聲道：「既然要追求刺激，那就貫徹到底。」

「……」

張嘉年好半天都沒說出話來。

他差點被楚楚的車速震暈，他原意的「發生什麼」是指感情影響工作，她卻直接踩下油門奔向「刺激」。

楚楚見他用高深莫測的眼神注視著自己，開口道：「你這是什麼眼神？難道你現在就想追求刺激？這不好吧？」

張嘉年：「……」

楚楚眨眨眼，頗為無奈地走上前：「真拿你沒辦法，如果你執意如此……」

張嘉年吐槽道：「我們一定要聊這個嗎……」

他話音未落，便被楚楚扯住領子，不由自主地低下頭，嘴唇碰到了柔軟的觸感。楚楚拽住張嘉年的衣領，像小動物進食般，先舔了舔，隨即深入地品嘗起來。她的吻輕巧而稚嫩，卻瞬間點燃他渾身的血液。

張嘉年的雙臂本來僵硬地懸空，最後還是緩緩地環住她，放任自己沉淪在黃昏的美夢中。他從未想過自己會如此不堪一擊，可以被一個淺嘗輒止的吻輕易擊碎。

晚風中，兩人真切地感受到彼此的溫度。

直到貴賓犬可憐咬住她的褲腳。

「汪！」貴賓犬見兩人終於分開，牠激動地朝楚楚叫了一聲，期盼地盯著她手中的沙包。

楚楚望著剛剛咬過自己褲腳的貴賓犬，面無表情道：「小兄弟，你是怎麼回事？」

懵懂無知的貴賓犬還在歡快地搖著尾巴，叫道：「汪！」

楚楚淡淡道：「我過完這週後，一定要搬出去，這屋裡的人和狗都沒眼力見兒。」

張嘉年看她頗為無語的表情，竟忍不住笑了。

兩人在院子裡轉了一會兒後，才回屋用餐。

桌上遍布佳餚，都是由當季的新鮮食材和時蔬烹調而成。然而，楚楚環視一圈，嘀咕道：「我想吃一點有味道的……」

這滿桌子的美食雖然很好，但口味都偏清淡，不符合她無辣不歡的食性。

楚彥印怒道：「這味道還不夠？嘉年喜歡吃清淡的，妳不知道？」

楚彥印誤以為她對張嘉年的口味一無所知，更印證心中的猜想，立刻跳出來打抱不平。他以良心發誓，自己是替天行道，並不是因為他和張嘉年的口味相似，才故意出言包庇。

楚楚對於老楚的說詞萬分茫然，強調道：「……我才是一家之主吧？」

她心道，這叫什麼交換父女身分？她還不如跟張嘉年互換家庭，看起來能活得更好。

飯過半旬，楚彥印開口問道：「我聽說妳今天跟聯美談判成功？」

張嘉年聽到預料中的話題，下意識地瞟她一眼。楚楚坦然道：「是啊。」

楚彥印沉聲道：「那妳接下來打算怎麼做？」

楚楚鎮定道：「打敗胡董，拿走四十億。」

胡達慶當初放出豪言，說文化娛樂三巨頭必然能堅持一年，並且跟楚楚定下四十億的約定，她至今可沒忘記。如今，楚楚接二連三地完成聯合，是時候挫一下對方的氣勢了。

楚彥印語重心長道：「妳年輕氣盛，還是要得饒人處且饒人……」

楚楚：「你能不能別裝得像個小大人一樣？我才是你爸爸。」

楚彥印：「妳正經一點，我是在教妳做人的道理，我吃過的鹽比妳走過的路還多……」

楚楚夾了一些青菜，回道：「這菜到嘴裡都快淡出個鳥來，我看你也沒吃過多少鹽。」

楚彥印盛怒，拍桌道：「粗俗！鄙陋！」

楚楚無辜道：「你居然說《水滸傳》裡的句子粗俗，你是不是看不起四大名著！」

書櫃裡堆滿名著的楚彥印：「……」

楚彥印不信邪，他面上強裝鎮定，私下卻偷偷用手機搜尋這句話，發現居然真是《水滸傳》裡的句子，出自魯智深。

雖然桌上的菜肴豐富隆重，但楚楚吃得並不多。張嘉年察覺到她的異常，不禁若有所思。

飯後，張嘉年借用大宅內的廚房和備好的食材，簡單地爆炒一盤辣子雞。他端著辣菜和米飯上樓，正準備去敲楚楚的門，卻正好在路上碰到楚彥印。

兩人一時都有些尷尬，張嘉年撞上嚴肅的楚董有點不知所措。畢竟楚彥印在餐桌上聲稱張嘉年喜食清淡，他現在卻私下幫楚楚做菜，還被對方撞見，總有種打臉楚董的感覺。而且楚彥印還沒對兩人的事情表態，張嘉年就在楚家肆意餵食小楚，顯然是在挑戰老楚的威嚴。

張嘉年怯怯地解釋道：「她晚上吃得比較少……」

楚彥印瞟他一眼，最後選擇睜一隻眼閉一隻眼，但仍小聲地埋怨：「你老是這樣寵著她，她會變得更不像話。」

張嘉年本以為楚董還會說點什麼，沒料到對方像是假裝沒看見，直接側身離開，並沒有出言阻攔。

張嘉年跟隨楚彥印多年，頭一次摸不清楚董的態度。

他老是覺得楚董沒有想像中的暴跳如雷，在得知兩人的情況後，也比他預料得還要冷靜，還有點恨鐵不成鋼？

楚楚在開門時，正好看到端著菜的張嘉年，差點熱淚盈眶，委屈道：「這個家也就只剩你還在乎我……」

楚家大宅的飲食當然是迎合楚彥印的口味，加上他最近還在休養，楚楚也不敢抱怨太多。她剛才一度想點外送，無奈楚家大宅距離市區太遠，配送時間極長，她可能會餓死在等待途中。此時的張嘉年就像是一場及時雨，拯救一條生命！

「快吃吧。」張嘉年看她還有力氣胡言亂語，感覺對方也不算太餓。

楚楚高高興興地吃起辣子雞，一改剛才餐桌上萎靡的狀態。她的口味偏重，需要辣菜下飯，否則沒什麼胃口。

張嘉年坦白道：「我剛才上樓時看到楚董……他什麼也沒說。」

楚楚興致勃勃地吃著飯，敷衍地點點頭，應聲道：「嗯，然後呢？」

張嘉年垂下眼：「我只是覺得有點奇怪。」

楚彥印昨天和今天波瀾不驚的態度，讓張嘉年越發糊塗。

楚楚直接道：「他從以前到現在都很奇怪。」

張嘉年：「……」

張嘉年感覺跟她雞同鴨講，此人的注意力已經完全放在食物上。他乾脆吞下自己的猜測，沒有說出口。

他總覺得，楚董像是樂觀其成？

齊盛電影內，負責線上票務的技術人員，正在完成更新前的最後工作，馬上就要推出帳號互通的新功能。楚楚乾淨利索地一掃齊盛所有的ＡＰＰ，透過拐騙的手段順利拔得頭籌，奪得各平臺的互通許可。

因為聯美是其中最大的勢力之一，呂書的失誤直接導致剩下的隊伍潰不成軍，只能紛紛響應號召。姚興眼看著帳號互通就要開通，心中按捺不住激動之情，卻也難免心生顧慮，勸道：「楚總，雖然您是好心，但日後您進入集團，恐怕會有點麻煩。」

楚楚得罪老油條們的既得利益，打破他們私下的小聯盟，難免被人懷恨在心。

楚楚反問道：「我為什麼要進入集團？」

姚興面露詫異，脫口而出：「可是您早晚都會介入齊盛……」

在姚興看來，楚董安排楚總管理齊盛電影只是第一步，她雖然性子有些荒唐，卻也有不少新想法，未來肯定會接手齊盛集團。如果她真的不懂經營，還會有專業經理人的存在，但她現在手下的銀達風生水起，將來必然不會只拘泥於小天地。

楚楚搖搖頭：「我才不要幫老楚打工，說出去多沒面子。」

正在幫楚董打工的姚興滿臉茫然，他遲疑道：「……其實還好吧？」

楚楚看他一眼：「那你覺得自己現在有面子嗎？」

姚興：我該怎麼回答這種問題？分分鐘都在失業邊緣瘋狂試探！

姚興沒有正面回答問題，反而岔開話題，循循善誘道：「您為什麼不想進入集團？說不定可以獲得更多收益？」

姚興看穿楚總的財迷本質，打算用較為柔和的手段來引導，沒想到對方並不買單。

「錢要賺多少才算多？」楚楚嘆氣道，「我好不容易快要完成百億目標，又要接新擔子？」

張嘉年最近才剛彙報完銀達的進帳，按照目前的發展態勢，她完成百億目標指日可待。

姚興心平氣和道：「或許有很多人都在羨慕您。」

楚楚：「有什麼好羨慕的？羨慕我可以跟一群成立幫派的老年人胡鬧？」

姚興：「……」

姚興：「您不進集團，是有其他的打算嗎？想繼續經營銀達？」

姚興看她志不在此，覺得楚總或許有其他遠大志向，便提出新的疑問。

楚楚坦言道：「我先賺四百億，然後等齊盛破產後，我就在家做一條鹹魚。」

姚興本來是替楚彥印過來探口風，但他感覺這些話實在沒辦法轉達，可能會加重董事長的病情。

齊盛票務終於跟各平臺的帳號互通成功，線上票務又合作搞出不少新活動，推動使用者們綁定自己的多個帳號。雖然剛開始的效果不大，但隨著通用帳戶的方便快捷，越來越多人都習慣在齊盛上訂票。

文化娛樂三巨頭看著死對頭的舉動，頓時有些坐不住。胡達慶有意推動三巨頭完成帳戶互通，卻讓另外兩家澈底陷入混亂，三家差點撕破臉。

都慶集團是文化娛樂三巨頭的領頭羊，屬於主要出資方，帝奇和築岩說白了就是拿錢幫人撐場面。現在帳戶互通觸及核心利益，帝奇和築岩立刻表現出強烈反抗，比齊盛內部的抗議還要激烈。

胡達慶沒有辦法，只能繼續投入資金，跟齊盛電影比燒錢力度。如果文化娛樂三巨頭在影視上投資報酬率較高，或許還有一爭之力。

胡達慶正在為燒錢而煩惱時，剛解決難題的楚楚同樣在煩惱。

楚楚和林明珠坐在長沙發上，她握著遙控器，看了看分別坐在兩側沙發上的男士們，問道：「你們這是什麼表情？」

張嘉年沉默不言，無聲地注視著她，緊盯著她手中的遙控器。

楚彥印則更加暴躁，直接道：「不准看！一群男人塗脂抹粉，在臺上唱歌跳舞，有什麼好看的！」

楚彥印此生最討厭這種小白臉藝人，尤其楚楚前科過多，絕對要在源頭上杜絕。

楚楚解釋道：「但這是《偶像之光》的決賽，節目裡有我司藝人，照理來說，我應該要去現場……」

「妳有必要親自出馬嗎！」楚彥印氣不打一處來，他轉念又心生一計，「不如我們舉手表決，看大家想不想看。」

楚楚投票「想看」，楚彥印投票「不看」，張嘉年則棄權，這樣也不能視為「能看」。

楚彥印大喜，揚眉吐氣地朝楚楚討要遙控器：「拿來吧。」

楚楚嘖了一聲，她剛想要遞出，卻聽見身邊慣常隱身的林明珠突然出聲。

林明珠一邊掩嘴，一邊小聲道：「咳……我想看……」

楚彥印：「？」

要想生活過得去，頭上總得沾點綠？

林明珠此言一出，不僅楚彥印瞪大雙眼，就連張嘉年都露出詫異的神色。林明珠被眾人盯著，她頗有點不好意思，遮掩地解釋起來：「閒著也是閒著……」

楚楚絕對是最快樂的，雖然她不知道後媽臨陣倒戈的原因，但目前的狀況無疑順從了她的心意。楚楚握著遙控器，哼著小調切換頻道，將手機畫面投放到電視上。

因為《偶像之光》是一檔網路綜藝節目，決賽又是直播，所以剛投放時還有點卡，但很快就穩定下來。楚家大宅內的螢幕比燕晗居的還要大，簡直有種在電影院看電影的感覺，他們可以清晰地看清練習生們的一舉一動。

自從螢幕上開始播放節目，兩位男士便有些悶悶不樂，全程沉默不言，他們看起來就像是複製貼上的父子倆。

楚楚以前看過此類節目，她倒沒有太多新鮮感，現在會看也只是抱持著視察工作的態度。然而，林明珠卻是雙眼放光、莫名興奮，緊緊地盯著電視。

李泰河的主持詞結束後，便是練習生們的群舞。熱烈的音樂伴隨大幅度的舞蹈動作，臺上的男孩們個個青春亮麗、帥氣逼人，毫無保留地釋放自己的魅力。站在前排的練習生是陳一帆和齊瀾，士別三日，刮目相待，他們在封閉的訓練之下成長極快，也是出道的熱門人選。

楚彥印陰陽怪氣道：「眼睛都要貼到螢幕上了。」

楚楚疑惑道：「我沒有啊？」

楚彥印勃然大怒：「……我沒說妳！」

林明珠激動地捂住臉，她看到螢幕上一閃而過的練習生，哼哼唧唧起來：「嗚嗚嗚齊瀾，媽媽在這裡……」

楚楚、張嘉年和楚彥印：「……」

楚楚萬萬沒想到，林明珠居然是真情實意地在追節目？難道後媽在楚家努力斂財，最後都把錢拿去養偶像？

兩名男士顯然震驚不已，尤其是楚彥印，他總覺得頭上莫名有點綠，半天都沒說出話來。

林明珠一邊看著節目，一邊忍不住拉了拉楚楚的衣服，熱切道：「你們是不是已經決定好出道名單了？究竟是哪些人啊？」

楚楚遲疑道：「我沒太關注這些事……」

辰星影視的練習生中，肯定會有出道人選，《偶像之光》也會提前跟各大公司商議合約細節，但這些瑣事都是下面的人在管，同時會根據練習生們的人氣和票數做出些許調整。

楚楚又沒掏錢幫自家練習生買票，再加上決賽直播期間，投票管道要到節目結束才會關閉，自然不清楚具體的出道名次。

林明珠不滿道：「妳不是老闆嗎？怎麼都不關心自家藝人？」

吸血鬼老闆楚楚坦然道：「我只要剝削他們就好，為什麼要關心？我又不是沒給薪水？」

林明珠：真是沒有人情味的企業文化！多麼赤裸裸的資本家嘴臉！

林明珠作為媽粉，想到自己的偶像被如此殘忍的老闆壓榨，頓時心生憐愛，掏出手機繼續花錢幫齊瀾投票。

練習生們跳完主題曲，又獻上極度誘惑性感的熱舞，讓男士們臉色發黑。帥氣的小鮮肉們拉起上衣，露出緊緻的腹肌，配合著頂胯的動作和魅惑的眼神，終於澈底引爆楚彥印。

楚彥印吼道：「世風日下，不堪入目，不准再看，給我關了！」

楚楚看他大驚小怪的樣子，嘀咕道：「有必要這樣嗎？這都什麼年代了……」

林明珠點頭附和：「是啊，是啊。」

張嘉年本來一語不發，他聽見楚楚出言反駁，涼涼地瞟她一眼，乾脆悄然離席，起身往樓上走。楚楚雖然覺得自己沒錯，卻不知為何心理壓力驟然加劇，莫名有些心虛。

張嘉年安靜地離開，並沒有驚動其他人。楚彥印的視線還在遙控器上，他伸手想要搶奪，說道：「快關了！」

林明珠一反往常的嬌柔婉約，竟振振有辭地解釋：「不是每首歌都是這種風格，也有積極向上的……」

如果是平常生活裡的瑣事，林明珠絕對不會跟楚彥印爭辯，畢竟她是有道德且有職業素養的豪門造作籠中鳥名媛，肯定不會跟錢過不去。但此事涉及偶像，林明珠便沒辦法坐視不管，她要為練習生們伸冤！

楚楚見張嘉年上樓時，她便有點坐不住了，此時更聽不進兩人的爭辯，乾脆將遙控器丟到林明珠的手裡，說道：「你們看吧。」

楚楚丟下沙發上還在爭執的兩人，渾然忘卻自己是提議要看節目的人。她引發家庭矛盾後便功成身退，偷偷地離開。

楚楚順著樓梯抵達客房門口，伸手握了握張嘉年的房門握把，發現紋絲不動。

他居然還鎖門！

楚楚頓時意識到問題的嚴重性，她進入自己的房間，打算從陽臺穿過去。發現小陽臺的門並沒有關，她心裡鬆了口氣，熟門熟路地穿過陽臺，鑽進隔壁房間。

張嘉年進屋後，他本來想靠工作平定一下混亂的情緒，然而卻越想越不爽，完全沒辦法進入處理公務的狀態。

好氣哦，好氣哦，好氣哦，重要的事情要想三遍！

張嘉年強迫自己盯著電腦上的財報，但腦海中卻不斷浮現她剛才看練習生腹肌的畫面，完全壓不住心中海浪般翻滾的負面情緒。即便他現在還在試用期，她也不能這麼做！

他鬱結良久，又開始陷入自我懷疑，是不是因為他過於克制，頻頻拒絕她的親近，才導致事情發展成這樣？

張嘉年小心翼翼地維護著兩人的感情，他原想解決完未來的所有難題，再循序漸進。但現在的情況卻是，她可以透過各種方式去看別人？

正當他煩悶不安地坐在桌前，抬眼便看到始作俑者從陽臺鑽進來，臉上還掛著討好的笑意。

她露出尷尬而不失禮貌的微笑，就差在臉上寫下「雖然不知道你為什麼生氣，但我還是先道歉吧，真拿你沒辦法」的欠揍表情，一時無聲勝有聲。

張嘉年看她主動找上門，原本波動的複雜情緒瞬間平息大半，但他還是抿了抿唇，口是心非道：「您怎麼來了？不是吵著要看節目嗎？」

楚楚不好說自己是憑藉強大的求生欲，特意上樓過來看看。即便她的性格再怎麼粗心大意，此時都感覺有點不對勁，張總助已經從「假笑男孩」榮升為「冷笑男孩」。

楚楚擺擺手，義正辭嚴道：「沒有，沒什麼好看的……」

張嘉年酸溜溜道：「腹肌不好看嗎？」

楚楚在他高壓的視線掃射下，大腦有些混亂，她的語氣吞吞吐吐，說道：「還好吧……」

她話音剛落，屋內的氣氛瞬間變得更加僵硬且冰冷，讓她察覺自己說了典型的錯誤回答。如果這是乙女向戀愛遊戲，她大概可以解鎖所有的BE結局。

張嘉年沉默片刻，他眼神一深，突然道：「我也有。」

楚楚：「？」

張嘉年看她滿臉茫然，補充道：「我有在鍛鍊。」

「哦，你是說腹肌……」楚楚恍然大悟，緊接著斷然道，「我不信。」

張嘉年：「……」

楚楚擺出科學的態度，認真地展開探討：「耳聽為虛，眼見為實，雖然你嘴上說有，但它實際上真的存在嗎？」

哲學家楚楚只差蹦出一連串專業術語，跟張嘉年深刻探討腹肌存在與否的話題。

她絕不是見色起意，而是在專業地探討哲學觀點！

張嘉年望著她，頓時猜出對方的小心思，他配合地問道：「……那我該怎麼做，您才會相信？」

果不其然，楚楚厚顏無恥地說道：「你把衣服撩起來，讓我檢查一下。」

張嘉年淡淡道：「好。」

楚楚：「！」

楚楚：（突然興奮.jpg）。

說實話，她從來沒見過張總助的肉體，此人向來衣著整齊，渾身一絲不苟，在健身房內穿短袖也只露出手臂，其餘的部分都被裹得嚴嚴實實。

就連他上次沐浴完也沒鬆懈，堅決不露脖子以下的部位。

張嘉年今天穿的是黑色襯衫，他鎮定地拉高衣襬，動作緩慢到讓楚楚誤以為是慢鏡頭。他由於長年累月地保持端莊的衣著，沒有曬過太多陽光，膚色猶如上好的暖玉，在深色襯衫下更加顯白。

雖然他平常文質彬彬，但衣料下隱藏的肌肉線條卻沒有半分作假，緊緻結實的漂亮腹肌映入眼簾，恰到好處而不失力量感。

楚楚被眼前的美景驚豔，一度快要暈厥，她哪能想到張總助如此容易中激將法，居然真的信守諾言！

張嘉年在經歷激烈思想的鬥爭後，抱著破罐破摔的心態，終於走上以色侍人的路線。他本來還有點不自在，但看她有些迷茫的樣子，頓時愉悅不少。

鬼迷心竅的楚楚最後鬼使神差地走上前，她鬼鬼祟祟地伸出手，以迅雷不及掩耳的速度，摸了一把漂亮的腹肌。她入手的感覺像是碰到暖玉，然而手下的肌肉又透著成熟男性的韌性。

張嘉年因為她的動作而渾身僵硬，用幽幽的眼神望著她。

楚楚咽了咽，她大言不慚道：「我就想驗證一下，萬一這是幻術呢？」

張嘉年：「……」

張嘉年被楚楚莽撞的舉動嚇了一跳，又聽到她滿分的理由，便面無表情地吐槽：「……這能是幻術嗎？」

楚楚無辜地眨眨眼：「我剛才只摸了一下，不太確定，你再讓我試試？」

張嘉年：「……」

她眼眸純粹、神情認真，要不是說出來的話極度無恥，看起來一派光風霽月。

「不行。」張嘉年乾脆地放下衣襬，開始整理衣著，略有點彆扭地說道。他在一時衝動過後，又恢復往常克己復禮的態度，重拾廉恥心。

「追求真理怎麼能半途而廢！」楚楚大義凜然道，她見張嘉年不再上當，又露出可憐兮兮的神情，「張總助，拜託您，做事總該有始有終？」

楚楚難得放軟音調，採取懷柔戰術，即便她是演戲，殺傷力也很強。張嘉年聞言後有些羞澀，他努力板起臉，低聲道：「妳好好說話……」

楚楚非但沒有收斂，反而越發倡狂，拉長聲音道：「張總助——」

「……」

張嘉年一時表情複雜，他內心糾結再三，最後還是拉起衣襬，同時將視線飄向一邊，無聲地做出讓步。

楚楚毫不客氣地上前摸了摸，她用指腹摩挲著流暢的肌肉線條，然後用手心感受他溫暖的身體。她摸了許久，雙手彷彿被黏住，直到受害人出聲提醒。

張嘉年哪受得了被她如此折磨，他眼神發沉，惱羞成怒道：「夠了！」

「哦……」楚楚這才意猶未盡地收回手，她露出乖巧的表情，但眼中得償所願的狡黠卻無法隱藏，像是偷腥成功的貓。

張嘉年意味深長地看了她一眼，隨即一言不發地起身。他步履匆匆，大步走進廁所，直接將門關上，發出俐落的聲響！

「嘖嘖，火氣也太大了吧……」楚楚感慨地嘀咕一句，她大搖大擺地占領張嘉年的座位，窩在椅子上看他的電腦。

筆電的螢幕亮起，示意使用者輸入密碼，楚楚在百無聊賴之下，嘗試進行破解。

她先將張嘉年的生日、手機號碼等資訊試了一遍，發現毫無效果。楚楚想了想，跑到隔壁拿過身分證，又把原書女配角的生日輸入進去。她沒告訴過張嘉年自己的生日，所以試試原書女配角的，發現密碼錯誤。

楚楚不信邪，接連嘗試張雅芳、楚彥印等人的資訊，密碼仍然錯誤。

楚楚有些不耐煩，最後隨手輸入一串密碼，她按下確認鍵，居然成功進入。螢幕上還是財報的資料圖，顯然張嘉年剛才沒來得及關掉。

她有點詫異，怔怔地望著財報出神，沒想到密碼竟是自己的真名拼音。

楚楚有些恍然，這個世界過於真實，以致於她偶爾會遺忘大家皆是書中人。

客廳內，楚彥印和林明珠的遙控器之爭早已結束。紆尊降貴的楚董終於勉為其難地開始收看節目，但他仍少不了惡言相向，望著螢幕上梨花帶雨的練習生，冷哼道：「男子漢大丈夫，哭哭啼啼像什麼樣子！」

林明珠充耳不聞，只要楚彥印沒吐槽齊瀾，一切都好說。她正熱切期盼著前三名出道位的公布。整場決賽的時間極長，每名出道練習生都要發表感言，一拖就是好幾個小時。

楚楚和張嘉年下樓時，節目正好在公布前兩名的練習生。

『獲得第二名的是辰星影視的練習生——陳一帆！』

鏡頭瞬間切換到陳一帆和齊瀾，陳一帆雖敗猶榮、臉色釋然，齊瀾則難以置信地捂住嘴，望向昔日的戰友。

齊瀾和陳一帆的票數一直緊咬相爭，儘管陳一帆初期的粉絲群體更大，但齊瀾在節目播出期間的上升速度同樣驚人。既然陳一帆現在是第二，齊瀾便是第一。結果的公布伴隨而來的，便是幾家歡樂幾家愁。

林明珠無疑是最激動的，當場熱淚盈眶，讓楚楚對齊瀾的粉絲群體有深刻的認識。果然，媽粉不但具備強大的戰鬥力，氪金能力也超強。

螢幕中，兩位風華正茂的少年最後相視一笑，在歡呼聲和漫天彩條中相擁，互相拍了拍對方。他們都露出發自內心的笑容，在短暫的得失後，像是將名次拋之腦後，仍是練習室內的純粹友誼。

螢幕瞬間被一排排「齊陳 is real」彈幕洗版，引得無數追星女孩落淚。

陳一帆站在華麗的舞臺上，他手握麥克風，率先發表感言。他還沒開口，臺下的粉絲們便發出哀嚎，夾雜著女孩歇斯底里的哭泣聲。陳一帆安撫地伸手示意，展露輕鬆的笑容：

『大家不要難過……』

陳一帆經過節目的淬煉，像是在一夜之間變得成熟，褪去年輕氣盛的毛毛躁躁。他臉上露出真心誠意的微笑，並沒有屈居第二的憤懣，悠然道：『楚總之前就提醒過我，參加節目會面臨許多非議，但既然我已經堅持要來這裡，重要的就是享受舞臺，不是嗎？』

『是——』臺下的粉絲們看著成長的少年，含淚發出尖叫。

『我其實很羨慕楚總，雖然她今天不在現場，但我很感謝她……』

看著電視的楚彥印、張嘉年和林明珠同時望向楚楚，楚楚也是一愣，沒想到陳一帆居然公開向自己道謝。

『因為職業的關係，我們作為藝人，有時候沒辦法自由地表達自己，但老闆卻是個勇於表達的人，雖然她嘴巴很壞，但她也給予我們勇敢表達自我的機會與權力，這是很多藝人想都不敢想的事情……』

楚楚聞言，她瞬間抓住重點，當即臉色一黑：「誰嘴巴壞？」

楚楚：他完蛋了。

她直接忽略其餘溢美之詞，深感陳一帆太囂張，居然敢當眾 Diss 她！

楚彥印幸災樂禍道：「這年頭還不讓員工說實話？」

楚楚憤憤道：「當然不讓，齊盛高管沒說過你唱歌難聽吧？這年頭誰會說實話！」

楚彥印眉頭緊皺，駁斥道：「……胡說八道，我的歌聲明明就很好聽！」

「……」

張嘉年和林明珠看著半斤八兩的父女倆，生怕他們會到ＫＴＶ展開battle，對決出歌唱界死亡天神。

小心眼老闆楚楚開始思考，接下來的重要戲劇要不要幫陳一帆留角色？還有其他商業代言，是不是也該停一停？

舞臺上的陳一帆對自己的危機一無所知，他在下場前還幽默地調侃一句：『同時恭喜齊瀾獲得第一，成為辰星男孩裡的新任賺錢機器！』

而齊瀾的發言便正經許多，顯得相當大氣，他真誠地感謝父母、楚總、公司、節目組和工作人員，當然還有重要的粉絲和朋友們，不像陳一帆那樣個性十足。

網路上，當搜尋排行榜全被《偶像之光》攻陷時，楚總轉發辰星影視的貼文卻引人深思。

楚楚：『汗水的努力鑄造巔峰成就，青春的榮光賦予錦繡未來，恭喜@偶像之光齊瀾@偶像之光楊海河出道，踏風而來，初心不改，加油！』

閒人：『老闆，你好像漏了一個人？第二名也是你家的練習生。』

小花白：『哈哈哈，我就知道，在直播的時候聽到「嘴巴壞」的形容，我就明白某人完蛋了，賺錢機器陳一帆就此報廢。』

雲散月：『@偶像之光陳一帆，你家老闆已經從「嘴巴壞」進化成「嘴裡沒有你」了。』

月見草：『陳一帆：楚總允許我們自由表達。楚總：我沒有。』

范范范範：『爸爸，孩子小不懂事！玩歸玩，鬧歸鬧，別拿資源開玩笑！』

歸來仍少年：『老闆，心疼一下登頂失敗的傻孩子吧（流淚.jpg），他向來不會說話！』

小帆的迷妹：『（卑微.jpg）。』

千馬：『陳一帆顯然對企業文化不夠了解，看看第一名是怎麼拍老闆的馬屁（doge.jpg），還不反思一下自己？』

《偶像之光》的出道名單公布後，前十一名的練習生們成團，男團名字為ＡＳＥ，宣告正式出道。

陳一帆等人也紛紛修改帳號ＩＤ，轉發《偶像之光》的貼文。其他練習生的貼文底下也洋溢著各式各樣的出道祝福，陳一帆的留言區畫風卻格格不入。

帆帆今日營業了嗎：『快去跟老闆道歉，否則失業警告！』

水蜜桃：『孩子，你怎麼還不明白禍從口出的道理？媽媽還以為你長大了（流淚.jpg）』

銀月：『名次是一時的，資源是一輩子的！趕快發文解釋一下！』

陳一帆握著手機：「？」

陳一帆搞清來龍去脈，他驟然有種大事不妙的感覺，強行發文來挽回自己的尊嚴。

ＡＳＥ陳一帆：『全新起點，揚帆起航，感謝一路以來的精神領袖，全世界最好的老闆

@楚楚。』

ＴＵＤＳ：『這則貼文實在是聞者落淚，見者傷心（doge.jpg），你可是美國證券交易所的陳一帆，怎麼能對私募基金老闆如此卑微？』

馬克筆：『ASE居然是美國證券交易所的縮寫？這年頭要是沒文化，都看不懂留言區了。』

方格：『寶貝，偷偷告訴你，你老闆已經退追你了，她可能看不到這則貼文（doge.jpg）。』

陳一帆得知老闆退追自己，更是怕到不行，又不敢直接傳訊息向楚總道歉。他甚至拜託夏笑笑，想讓溫柔的笑笑姐從中說和，卻遭到拒絕。

電話中，身為楚總狂粉兼戀愛軍師的夏笑笑不滿地埋怨：『你怎麼能說楚總嘴巴壞？』

陳一帆有口難言，努力提醒道：「但我還講了三分鐘的好……」

夏笑笑斷然道：『那也不行。』

在這個關鍵時刻，陳一帆的粉絲們表現出強大的戰鬥力，努力轉發陳一帆的舔狗貼文，試圖讓楚總從搜尋排行榜上獲得消息。雖然老闆退追，但可以靠搜尋排行榜獲取資訊！

殊不知，楚楚根本沒看社群軟體，她早就關機，登上私人飛機，陪伴楚彥印前往國外檢查。

楚彥印休養良久，他這次複查完，基本就能回到工作崗位。因為兩人還處於父女交換時間，楚楚作為合格的父親，當然不能讓女兒獨自去看病。

同行的人員還有張嘉年，林明珠和貴賓犬可憐則留在大宅看家。

楚楚不免疑惑：「你到底是得了什麼病？我以前怎麼都不知道？」

原書並沒有描述楚彥印的具體病情或死因，只是以新聞告知讀者，女配角的父親猝然離世，齊盛集團涼涼，惡毒女配角再也掀不起風浪。

楚彥印爭辯道：「妳什麼時候關心過我？我現在病都好了，妳還有什麼好問的！」

楚楚自知理虧，但她看老楚平時中氣十足，哪裡有半分病人的樣子？

楚彥印看她半天沒說話，內心頗感得意，立刻乘勝追擊：「妳看看妳，是怎麼當爸的！」

楚楚：「……」

她勤懇地做了一週的好爸爸，最後因為歷史遺留的問題有所失格，真是有苦難言。

楚楚嘀咕道：「以後會好好關心你，可以了吧……」

楚彥印這才臉色好轉，露出一絲難掩的喜色，眼神一暖。

張嘉年看著難得踢到鐵板的楚楚忍俊不禁，竟對父女倆的打打鬧鬧習以為常。大小楚住在同一個屋簷下，雖然沒有完全化解隔閡，關係卻有所和緩。

他懷疑楚楚是日久生情的類型，她其實沒有特別關注楚董，畢竟近來她面對林明珠和貴賓犬可憐的臉色都很好，尤其愛跟小狗可憐玩沙包。

如果世界上存在「本週楚楚對大宅NPC好感度排行榜」，排名應該是可憐大於林明珠，大於楚彥印。

當然，溫柔的張總助不會戳破真相，他選擇默默地守護楚董內心最後的淨土。

第八章　有你的世界

楚彥印有專屬的訂製休養方案，定期會去國外的醫療機構報到。雖然楚楚對他出國看病的行為略有不解，但後來想想，有錢人都有一些怪癖，便乖乖地做起鄉巴佬，全程一言不發。

楚董看病的地方相當高級，大樓外的庭院安靜秀麗，不少金髮碧眼的外國人在走廊穿梭。楚楚跟隨兩人前往僻靜的內部走去，張嘉年熟門熟路，似乎來過這裡，在前面帶路。接待他們的醫生同樣是金髮，檢查的過程枯燥乏味。醫生及護士們用各種高級設備在楚彥印身上比劃，緊接著就是漫長的等待時間。楚楚坐在一邊好奇地打量著，原諒她沒見過如此大的陣仗，不知道的人還以為老楚得了絕症。

複查結束，張嘉年看了看休息室內的大小楚，溫和道：「我先去辦手續，你們稍等片刻。」

「好的。」楚楚伸了個懶腰，「弄完就能回去？」

「對，晚上可以休息一下。」張嘉年點頭。

楚彥印看她百無聊賴的樣子，教訓道：「這才出門多久而已，給我清醒一點。」

楚楚吐槽道：「這可不是簡單的出門，這是出國……」

楚彥印不服：「怎麼藉口這麼多！」

休息室內，張嘉年已經出門辦理手續，楚楚聞言後偷偷翻了個白眼，無心跟找碴的老楚爭辯。她靠在椅子上，享受著窗外投射進來的陽光，只覺得身上暖洋洋的，恨不得幸福地瞇起眼。

楚彥印見楚楚閒散的樣子，乾脆將屋裡其他的助理和醫護人員請到外面，想找機會和她談談。他在心中打了一番腹稿，挺直腰桿，擺起董事長的架子，沉聲道：「我聽嘉年說，銀達今年的業績很不錯，妳接下來有什麼打算？」

楚彥印本想問「妳完成百億目標後有什麼打算」，但想想賭注是他要交出所有家產，頓時覺得不能提醒楚楚此事，能拖一時是一時。

銀達本年度業績的主要貢獻者，是辰星影視和光界娛樂，前者在影視作品、綜藝製作、藝人經紀、IP等方面都有亮眼表現，後者更是一躍成為國內前三的遊戲公司，不斷推出具有影響力的遊戲。

如果按照《贏戰》的態勢來看，楚楚三年間僅靠遊戲的淨利率，便能達成百億目標，更別說未來公司上市後的股份變現。假如銀達控股公司接連上市，她很可能憑藉自己的力量衝上首富榜。

隨著公司的發展，楚楚和銀達都逐漸脫離楚彥印的控制。這跟她抓住科技趨勢中的機遇脫不了關係，但蛻變的速度未免也太快。

在幾個月前，楚彥印還覺得她是小打小鬧，但他近期了解過銀達的財報，忽然感覺到一絲不妙。原本聒噪的小鳥，像是在一夜之間成長為雄鷹，牠的羽翼不斷豐滿，只是在默默等待展翅高飛的時機，裝瘋賣傻地隱藏自己的實力。

楚彥印總有種奇怪的預感，楚楚似乎在籌謀澈底脫離齊盛，這才會派姚興去探她的口風，想要得知她對齊盛集團的看法。然而，姚興傳回來的訊息卻模棱兩可，楚彥印今日便決定親自出馬。

「沒什麼打算？」楚楚瞟他一眼，警惕道，「你問這個要做什麼？」

楚彥印看她如此防備自己，乾咳兩聲：「妳沒忘記當初的約定吧……」

楚楚當然記得百億目標，她眨眨眼，詢問道：「怎麼？你要跪地認輸、哭著耍賴嗎？」

她最近也有在看財報，無論是靠業務盈利，還是靠公司上市，想在三年內賺到四百億，應該沒有太大的壓力。

楚彥印被說中後，惱羞成怒道：「一派胡言！我怎麼會耍賴！」

楚楚露出安撫的神色，柔聲道：「你別害怕，就算你一無所有，爸爸也會撫養你長大的。」

楚彥印：「……」

楚彥印發現委婉的語氣沒什麼效果，索性不再繞圈子，開門見山道：「你有興趣進入齊盛嗎？」

他最近一直在思考此事，張嘉年私下力薦楚楚，姚興等人的口風也發生轉變，或許真的能讓她進到集團裡面？如果她有這份志氣，他堅信時機還不算晚，只要她踏實謙虛一點，未來的路還很長。

楚楚乾脆俐落道：「沒興趣。」

楚彥印其實還在糾結，但他聽到如此直接的拒絕，又莫名不爽：「為什麼？妳知不知道，不是每個人都能有這種機會！」

楚楚無可奈何道：「齊盛以後會倒閉，我何必白費力氣？」

她說的都是實話，這是書中的劇情，而且她現在同樣發現齊盛問題很多。

楚彥印聞言，當場大發雷霆，難以置信道：「妳說什麼！」

楚楚以為女兒大受打擊，她思考到小孩子的心理承受能力，寬慰道：「沒事，我現在手裡有些錢，以後也能讓你過得很好，你別太難過……」

楚楚在經過這個禮拜後，心中產生新規劃，她認為自己稍微努力一點，把楚家大宅買下來。即便以後齊盛集團破產倒閉，一家人還能有當鹹魚的地方，簡簡單單地生活也不錯。

楚彥印脾氣暴躁、剛愎自用，林明珠沒有專長、學歷太低，他們再就業的可能性不大，貴賓犬可憐大概都比他們厲害。在這樣的情況下，楚楚只能扛起家庭的重擔，總不能讓老楚和後媽沒飯吃？

楚彥印聽到她的話，非但不覺得欣慰，反而火氣更盛。他隨手扯過陳列在桌上的雜誌，捲成紙質武器，朝楚楚揮去，叫道：「妳再給我說一遍試試看！」

楚楚的手臂被他不輕不重地打了一下，她面對老楚的紙劍狂舞，立刻躲閃起來，語重心長道：「唉，我明白你的感受，但你還是得接受挫折和失敗……」

雖然老楚摔的這一跤非常痛，但他好歹成功過，沒必要輸不起？

楚彥印握著紙筒，擲地有聲道：「妳到底想不想進齊盛？」

楚楚被他追著跑了一圈，算是見識到老楚的厲害，他果然是年輕時務農的人，姿勢相當專業。她苦口婆心道：「楚董，我們的企業文化不合，而且齊盛真的會倒閉……」

她當然有想過改革齊盛，但哪有那麼容易，這比創立新公司還要難！

楚楚本來就特立獨行，要是真的摻和進齊盛的事情，肯定會被老油條們的口水淹死。她覺得不如自己先創業，再等齊盛倒閉，然後完成一波收購。

「妳閉嘴！」

楚楚看楚彥印又要追著自己打，一溜煙地逃出休息室，用門阻擋後面氣勢洶洶的追兵。她左看右看，都沒看到張嘉年和其他人，便去院子裡溜達一圈。

楚楚沒走太遠，她算準時間，推測老楚應該消氣了，才慢悠悠地往回走。走廊不知為何靜悄悄的，連醫護人員都不見蹤影，有種詭異的靜謐。

休息室門口，楚楚小心翼翼地探頭察看，卻發現屋裡空無一人，椅子上還放著被老楚弄皺的雜誌。正當她覺得奇怪，打算回頭出去找人，迎面卻閃過人影，緊接著眼前一黑。

楚楚在失去知覺前，內心後悔不迭：我靠，早知道就好好鍛鍊，果然武力才是王道！

另一邊，張嘉年正在跟醫生討論檢查結果，原本留在楚彥印身邊的助理卻匆匆趕來，焦灼道：「張總，您有看到楚董和楚總嗎？」

張嘉年看對方慌慌張張，心裡頓時咯噔一聲，問道：「怎麼了？」

「楚董本來讓我們先出去，他想跟楚總單獨聊聊，但現在兩個人都不見了！」那人上氣不接下氣道，「我們在外面找了一圈，楚董也不回訊息。」

楚彥印在公共場合的時候，身邊都會有保鏢跟隨，但他在此處長期接受檢查，享受獨立的休息室及隱私服務，便放鬆警惕，竟被人抓住空子。

張嘉年得知消息後渾身發寒，他立刻聯絡楚楚，卻毫無音訊，顯然她是跟楚彥印一起消失的。

大小老闆在機構內走丟的消息，簡直讓同行的人亂了手腳。張嘉年等人立刻發動所有人力和警力，尋找兩人的下落！

楚楚晃了晃昏昏沉沉的腦袋，緩緩地甦醒，卻發現自己的眼睛被黑布蒙住，眼前一片漆黑。她覺得自己好像窩在汽車的後座，有人伸手摸走她口袋裡的手機。

楚楚趕忙道：「等等！手機可是現代人的靈魂，你不能拿走……」

現代人類要是失去手機，跟一具屍體有什麼區別？綁架歸綁架，手機不能丟！

綁匪對她的抗議充耳不聞，後座另一頭卻傳來熟悉的驚呼：「妳怎麼也在！」

楚楚聽到楚彥印的聲音一愣，她嘗試往他那邊挪動，卻發現自己被綁得澈底，像是一條難以翻身的鹹魚。

楚彥印經歷過太多大風大浪，向來處變不驚。如果是他獨自被綁，必然不會如此驚慌，此時聽到楚楚的聲音，卻有些撐不住。楚彥印深吸一口氣，難得好聲好氣道：「妳別怕，爸爸會保護妳的……」

他的嗓音溫柔平和，卸下平常威嚴且口是心非的模樣，不管他往日對她有多少抱怨和責罵，在危機時刻卻還是坦露出普通父親最簡單的守護和承諾。

楚楚其實並不害怕，但她還是頭一次聽到有人對自己說這種話。

她原想蹦出一句「我才是你爸爸」，最後也默默地咽回去，只能悶聲道：「嗯。」

楚彥印誤以為她被嚇壞，心中感到心疼與擔憂，一時愧疚不已。

楚楚坐在車上，感覺乘坐的車越發顛簸，像是軋過不平的道路。她沉默片刻，終於忍不住跟老楚搭話，吐槽道：「都怪你，非要到國外看病，在國內看一看不就好了？」

「……」楚彥印的慈父心腸還沒柔軟多久，瞬間被她一句話打回原形。

楚彥印沒好氣道：「妳這是在責怪我？」

楚楚朗聲道：「不怪你，你沒錯！你就是非要出國看病，出門不帶保鏢，沒事就讓其他人退出去而已……你沒錯！」

楚彥印：「要不是妳氣我，會發生這種事情嗎！」

楚楚：「要不是你在外得罪人，會發生這種事情嗎！」

楚彥印反駁道：「妳怎麼能肯定被綁是因為我的關係？妳行事囂張，仇家一定更多！」

楚楚：「我的業務還沒開展到國外，你講不講理？」

副駕駛座上的人似乎忍無可忍，猛烈地拍打一下車頂，警告後座的兩人閉嘴。

綁匪們：就不該蒙住他們的雙眼，應該封他們的嘴！

楚楚嘀咕道：「這綁匪太不專業了，把我們都綁了，誰來付贖金啊……」

商業界新貴楚總覺得專業綁匪應該要綁老楚，然後讓她掏錢，或者綁她讓老楚掏錢。現在把兩人都綁了，難道是等著林明珠和張嘉年掏錢嗎？

楚彥印剛被楚楚打散慈父心，他又恢復往日的冷嘲熱諷，祭出名句：「妳行妳上啊，想辦法讓我們脫困？」

楚楚坦然道：「跟他們溝通一下不就好了。」

楚彥印冷笑：「妳要怎麼溝通？妳覺得綁匪會聽妳的話？」

楚楚努力坐直，她鎮定地朝著綁匪的位置，問道：「Excuse me, do you speak Chinese?」

楚彥印：「……」

楚彥印陷入沉思，他頭一次開始懷疑，楚楚的學歷該不會真是花錢買的吧？光是想跟綁匪溝通的想法就夠天真，居然還妄圖要求對方使用中文！

楚彥印：妳以為自己是S.H.E，全世界都在講〈中國話〉？

萬萬沒想到，坐在前面的綁匪竟然回話，他字正腔圓地回道：「有事嗎？」

楚彥印：「！」

楚楚同樣一愣。她被蒙著眼，看不到說話人的長相，好奇道：「大哥？你口音聽起來不像臺灣人啊？」

「我只是在臺灣留學過。」他說起較長的句子，便能聽出稍許的彆扭感，沒那麼順暢。

楚楚讚許道：「滿道地的啊！」

楚彥印：「……」

楚彥印：現在的綁匪竟然如此國際化！Unbelievable！

中文哥聽到楚楚的稱讚，竟難掩幾分自得，客氣道：「哪裡哪裡。」

楚楚憑藉聲音辨別位置，她發現車上有兩名綁匪，中文哥是司機，而副駕駛座的人除了敲擊過車頂外，自始至終都還沒說過話。

楚楚不清楚對方的隊伍有多龐大，有沒有其他車輛跟隨左右，乾脆主動攀談起來：「你們是哪裡人？做這行的時間有多久？」

中文哥大概是太久沒說中文，還炫耀起來：「我們是外國人，外國人！」這個詞彙顯然是他在留學期間學會的。

楚楚調侃道：「我們兩個現在才是外國人，你們不是。」她和楚彥印離開故土，他們才是貨真價實的外國人，卻慘遭外國友人綁架。

副駕駛座上的小哥像是受不了中文哥的多嘴，他語氣相當急促，嘰哩咕嚕地說了一連串，聽起來不像是英文。

楚楚推測咕嚕哥可能不喜歡中文哥跟人質攀談的行為，因為他們接下來產生爭執，中文哥又切換成嘰哩咕嚕語跟副駕駛座的人辯論，似乎很不服氣。

楚楚聽不懂嘰哩咕嚕語，勸和道：「別吵，別吵！大家都是好兄弟，和諧最重要！」要不是楚彥印被蒙住眼睛，真想白她一眼，她到底是站在哪一邊的？

中文哥有點委屈，抱怨道：「他叫我不要跟你們搭話。」

楚楚：「瞎聊而已，何必那麼嚴肅？」

楚楚：「你們剛才說的是哪國語言？我以前沒聽過。」

中文哥突然沉默，他似乎在猶豫，又或者剛遭到咕嚕哥的威脅，不知該不該回答。

楚彥印突然插話，平靜道：「義大利語，他們是專業的。」

他們敢強行綁走楚彥印，絕不會是等閒之輩，背後涉及巨大的利益集體。老楚剛開始還沒感覺，但聽到副駕駛座的人說的是義大利語，頓時便明白對方的來頭不小。

楚楚試探道：「Mafia？」

楚彥印：「對。」

楚楚欽佩地出聲：「Cool——」

這可是影視作品中不衰的題材，電影《教父》是劃時代的經典。

楚彥印、中文哥：「……」

中文哥感慨道：「妳膽子還挺大的，我還是第一次見到被綁之後，還如此鎮定的人。」

楚楚：「當然，因為我有超能力。」

中文哥疑惑道：「難道妳是蜘蛛人？妳有什麼超能力？」

他覺得楚楚手無縛雞之力，看起來比楚彥印還好綁，實在不像是有超能力的人。不過臺灣人似乎個個身懷絕技，而且平時不愛顯露才華，中文哥一時難掩期待，誤以為楚楚要秀一段特殊技能。

楚楚解釋道：「擁有很多鈔票的能力，簡稱『鈔能力』。」

中文哥：「……」

「你們直接報價吧，放我們回去要多少錢？記得把銀行帳戶或交易方式留一下，要是沒有其他事情需要討論，隨便找個地鐵站把我們放下就好。」楚楚語氣隨意，頗有種坐計程車的自在感。

楚彥印面露愕然，頭一次聽到如此直接而離譜的人質要求。他不禁心生無語，內心腹誹道：妳以為這是叫 Uber 或是搭順風車嗎？

中文哥顯然也不接受，振振有辭道：「不行，我們有自己的職業道德……」

楚楚直接打斷他，簡單暴力道：「那個人花多少錢讓你們綁票？我出雙倍，可以吧？」

中文哥怯怯道：「對方沒給錢……」

他們並不是被人僱傭，而是遵循組織的規矩制度，完成重要人士的委託。黑幫老大們不是用金錢作為酬勞，而是靠人脈關係或其他隱性回饋。

楚楚聞言嗤笑一聲，要不是被蒙住眼，此時的她就會露出憐憫的表情，當即不屑道：「甲方都沒給錢，你談哪門子的職業道德！你這是受壓迫而不自知，被資本家洗腦了！」

這年頭的大學生實習打工都能拿到錢，先不說薪水是多是少，起碼有正經的僱傭或勞動關係。她完全不理解中文哥、咕嚕哥的思維，能拿到錢的綁匪才叫綁匪，拿不到錢的綁匪，統統叫失業或無收入族群！

楚楚冷笑道：「難道綁架是你的夢想？你用愛發電？」

中文哥聽出她的鄙薄，支支吾吾地解釋：「也不是完全沒錢拿……」

楚楚：「好，那你報個價，我們出三倍，可以吧？」

中文哥：「不……」

楚楚：「五倍！」

中文哥越說越小聲：「不是錢的問題……」

楚楚不耐道：「我們兩個把手上的現金和好轉手的資產都給你們，你們拿股權和公司也沒用，還容易被查被抓。如果你覺得我在開玩笑，上網搜尋一下『楚彥印』和『楚楚』。」

楚楚偏偏不信邪，世上就沒有跟錢無關的問題，只有錢沒給到位的問題。

中文哥又不是懷抱綁匪夢想的熱血青年，說到底就是完成工作，混口飯吃，哪有那麼多有的沒的！

她想得非常開，錢都是身外之物，性命最重要。

果不其然，剛才還堅守職業道德的中文哥遲疑起來，他小聲道：「……我待會兒跟他商量一下？」

中文哥口中的「他」明顯是指咕嚕哥，楚楚淡淡道：「那你動作快一點，我們兩個還趕著回去賺錢，已經把贖金都交給你們，手上都沒錢了，一大家子都等著吃飯呢。」

中文哥深表理解，忙不迭地說道：「好的好的……」

楚彥印：「……」

楚彥印：我究竟該讚嘆她膽識過人，還是揮金如土？

汽車終於停了下來，楚楚和楚彥印被關進新的地方。中文哥和咕嚕哥似乎要外出，伴隨著鐵門關上的聲響，周圍寂靜無聲。

楚楚摸了摸粗糙的地面，覺得指尖似乎染上一層灰土，她彆扭地在附近摸索起來，發出一陣巨響。

楚彥印被蒙著眼睛，問道：「妳在幹什麼！」

「找機會逃命啊，他們才兩個人。」楚楚費力地挪動著，想在黑暗中摸索有用的道具。中文哥說跟咕嚕哥商議一下，並沒提到其他兄弟，綁匪很可能只有兩個人。隊伍壯大會太顯眼，想潛入機構也很困難。

楚彥印沒好氣道：「妳不是剛跟對方談成生意？」

楚楚理直氣壯地痛斥道：「敗家子，能省一筆是一筆！」

楚彥印：「……」

楚楚摸到被遺棄在地上、手感熟悉的冰冷金屬工具，她不動聲色地將其收進袖子裡，又痛苦地往回滾。她才剛回到原處，還沒來得及掙脫緊捆的麻繩，又聽見鐵門打開的聲音，兩人回來了！

楚楚和楚彥印同時沉默，鎮定地坐在地上。有人上前將楚楚臉上的布條扯掉，她長時間處於黑暗，被外界的亮光刺得微微瞇起眼，轉瞬便看到兩名綁匪，一個是金髮，一個是褐髮。旁邊的老楚也被解開眼罩，看清廢棄廠房內的環境。

金髮哥臉上不但有小雀斑，還有被打後的傷痕，他遺憾地朝楚楚道：「抱歉，我們有自己的堅持，也有任務在身，你們都得死。」

楚楚毫不留情地吐槽：「堅持個屁！你明顯是被人毆打後不敢拿錢！」

金髮的中文哥剛才可不是這麼說的，他肯定是在協商時遭到褐髮咕嚕哥的拳打腳踢，打消拿錢跑路的念頭。咕嚕哥全程話很少，還指責中文哥話多，位階可能比較高，想要維護組織的尊嚴。

中文哥無奈地聳聳肩：「沒辦法，不然我也會被殺。」

楚楚忍不住嘀咕：「我真的很討厭古板且守規矩的人，還不懂得用勞基法維護自身利益……」

咕嚕哥突然說出一段嘰哩咕嚕語，他掏出拍攝器材，將鏡頭對準楚彥印。中文哥翻譯道：「楚彥印先生，因為您過去的過錯，您和您的女兒今天都得死。」

楚彥印坐在地上卻不減氣勢，他冷靜道：「你們可以殺我，但必須放她走，她是無辜的。」

中文哥聽完咕嚕哥的話，盡責的繼續翻譯：「您不是貪生怕死之輩，所以您的仇家希望能看到您失去至親的驚恐與悔恨。」

中文哥說完，便將楚楚拉起來，補充道：「當然，我們有人道主義精神，不會在您面前行凶，但先殺您的女兒是雇主的要求。」

楚彥印瞬間面色慘白，沒料到對方會有如此歹毒的主意，驚慌道：「等等，你們先殺我吧——」

楚彥印手腳冰冷，他向來泰山崩於前而色不改，現在卻緊張得口不擇言，拚命向楚楚撲過去，想用身體擋住她。

咕嚕哥無聲地拍拍手，像是用掌聲來讚美感人的畫面，手中的拍攝也沒停下。

「別等啦，要殺就趕快殺，搞那麼多花裡胡哨的！」楚楚沒有劇烈掙扎，她俐落地起身，扭頭安撫楚彥印，「你別慌，要是你真的害怕了，豈不是正中對方的下懷？」

對方就是要看楚彥印驚慌失措的模樣，滿足自身變態扭曲的心理，怎麼能著了他們的道？

楚彥印看她仍老神在在，聲嘶力竭道：「怎麼可能不慌！」

他臉上的慌亂沒有半分作假，鬢角頭髮花白，完全沒有在商業界叱吒風雲的模樣，看起來就是一名可憐的老人。

楚楚沉默片刻，她語氣輕鬆地開口：「老楚，有一件事情，我一直都想告訴你……」

楚彥印眼眶泛紅，他只覺得有一股悲意湧上心頭，快要老淚縱橫。中文哥和咕嚕哥並沒有阻止楚楚的臨終遺言，咕嚕哥還在拍攝，不知道是要傳給誰看。

「不不不，你別哭啊……」楚楚看老楚泣不成聲，一時也有點手足無措。

她深吸一口氣，像是終於將藏在心裡的結解開，坦白道：「其實我並不是你的女兒，你不要太過傷心。」

她只是來自異世界的不速之客，所以不用為她流淚。

中文哥露出匪夷所思的表情，他像是聽到豪門祕聞，同情地望向楚彥印，誤以為對方被戴綠帽。

楚彥印在悲痛中失去往昔的思考能力，他不明白楚楚何出此言，顫聲道：「胡說……」

「不管你是誰，回憶總不會作假……」他哽咽道，不管他們是否擁有血緣關係，起碼相處的點點滴滴是真實存在的。

「別搞得這麼煽情，我都想哭了。」楚楚無奈地嘆氣，同樣鼻子一酸。

中文哥押著楚楚往外走，即將判處她死刑。咕嚕哥則留在廠房內，打算記錄楚彥印得知她死訊後的反應。

「還有，雖然我也沒有比較的對象……」楚楚思索片刻，她像是在斟酌措辭，最後釋然道，「但你是稱職的父親，即便沒有一百分，也算合格。」

儘管老楚毛病一大堆，但好歹也算讓她感受到彆扭的父愛。

楚彥印聞言，他已經滿臉是淚，跪倒在地上。

楚楚說完，便平靜地在中文哥的扣押下，走出封閉的廠房。她看到廠房外豁然開朗的風景，感慨道：「景色很不錯呢，是個適合埋屍的好地方。」

中文哥取出手槍，熟練地上膛，遺憾道：「我還挺喜歡妳的，不過抱歉啦，工作就是工作。」

楚楚看他拔槍，她乖乖地站在原地，不跑也不鬧，問道：「你學中文的時候，知不知道有一首歌叫『鐵窗淚』？」

「不知道。」

中文哥緩緩舉起槍，就要射出那發象徵死亡的子彈。千鈞一髮之際，楚楚瞬間掙開麻繩，猛地將袖子中的扳手擲出！

她竟然在廠房裡摸出自己的老夥伴，一直偷偷藏著，現在毫不客氣地將中文哥一扳手爆頭！

〔鐵窗淚：用暴力手段清除Bug的你，自帶不怒自威的社會氣息。〕

「砰！」

槍聲響起，廠房內的楚彥印絕望地閉上眼睛，宛如失去靈魂的朽木。

外面，楚楚晃了晃有些無力的手臂，看著昏倒在地的中文哥，慶幸走火的手槍沒打中自己。她居高臨下地瞟了中文哥一眼，不屑道：「喜歡還要殺，你以為自己是變態男主角？」

楚楚其實並不是十拿九穩，她以前也沒見過專業綁匪，誰知道扳手突襲能不能成功？

她看著昏倒在地的中文哥，撿起掉落在地上的手槍，稍微研究一番，往廠房的方向走去。

楚楚人生地不熟，完全不知道自己身在何處，周圍一片荒蕪，連報警的地方都沒有。要是她現在逃跑，老楚必死無疑。楚楚原本考慮用人質換人質，但中文哥在咕嚕哥心中的地位顯然不高，咕嚕哥大概也不會答應。

唯一的辦法，就是趁對方還沒反應過來，她先下手為強。

楚楚握著槍，覺得相當彆扭，最後還是把扳手撿起來，全副武裝地偷偷潛入。令人意外的是，廠房內不見拍攝者咕嚕哥的蹤影，只有癱倒在地、失魂落魄的楚彥印。

楚楚見四下無人，趕忙跑上前將老楚的麻繩解開，緊接著拍了拍他，喚道：「醒醒！」

楚彥印本來還沉浸在悲痛中，他看到楚楚死而復生後嚇了一跳，驚訝道：「妳……」

他的心情經歷大起大落，終於鬆了一口氣，露出激動且喜悅的神情。

楚楚乾脆道：「還是先跑吧，他人呢？」

「有人搜到這裡，他過去查看。」楚彥印緩過神來，他抖落身上的繩子，俐落地站起來，「大概是來救我們的人。」

咕嚕哥雖然是奉組織命令完成任務，但顯然沒打算喪命於此。他沒想到營救隊伍來得如此之快，又聽見槍聲，以為中文哥已經殺死楚楚，便先去找一條逃跑的後路。咕嚕哥沒有馬上解決楚彥印，是考慮到突破重圍時的難度，必要時可以將楚彥印作為人質威脅。

楚楚今天簡直幸運值爆表，居然成功算準營救時機。她跟楚彥印一同跑出廠房，楚彥印看到地上生死不明的中文哥一愣。楚楚看他面色訝異，趕忙解釋道：「應該沒死，頂多腦震盪！我沒有故意打群架！」

她打破南彥東腦袋時，遭受怒罵的情景還歷歷在目，唯恐老楚又借題發揮。

楚彥印無可奈何道：「唉，妳以後如果想打就打吧……」

畢竟世事難料，她有點武力值也好。

兩人順著小路逃命，努力遠離廢棄廠房，似乎看到從遠方而來的營救隊伍，領頭羊正是熟悉的面孔。

夕陽的微光下，楚楚看到張嘉年帶著人手朝他們跑來，他滿臉焦灼，髮絲狼狽地貼在臉側，汗水都浸溼了襯衫，顯然是在爭分奪秒的搜查中，變得衣冠不整。

她像是突然湧出力氣，更加努力地朝他奔去，臉上忍不住綻放笑意。

雖然營救隊伍發現了兩人，卻因為路況較為複雜，汽車無法駛入。張嘉年看到兩人的身影後，迫不及待地翻過柵欄，跑得比專業營救人士還快，想要去接兩人。

廠房和營救隊伍看起來相距不遠，實際上卻有不短的距離，楚楚和楚彥印在劇烈的奔跑中都氣喘吁吁、踉踉蹌蹌。她望著近在咫尺的目標，沒想到雙腳卻絆了一下。

「砰——」

意外突然降臨，槍響劃過天際，緊接著就是大片的血花。

咕嚕哥自然地收回槍，他見沒打中目標，不滿地嘖了一聲。

他今日在劫難逃，本想在臨死前完成任務，不料她突然竄出來，還將楚彥印撞翻在地。

張嘉年望著眼前的鮮紅，頓時臉色煞白，他用盡全力地跑過去，只感到手腳冰涼。

「砰——砰——」

此起彼伏的槍聲在他耳畔響起，營救隊伍發現咕嚕哥後，同樣發起還擊，想要將其擊斃。

楚楚感受到猛烈的疼痛，心中滿懷一連串髒話，她怎麼好死不死地軟腳，不但連累老楚摔倒在地，自己還撞上子彈？

楚楚心中不服：別人都是躺著也中槍，她跑著摔倒也能被打到！

她在昏迷前，依稀聽到他泣不成聲，有溫熱的液體砸在她臉上。

「妳別嚇我，醒醒……」

「妳不是修士嗎？那都是假的吧？」

「我求妳，別開玩笑……」

她在閉眼前頗為感慨，原來張嘉年的眼淚是又鹹又甜的味道，哭聲也很好聽。

她該不會一生只能嘗到這一次吧？

醫院裡，病房內安靜無聲，微風吹起窗簾。

雪白的病床上，楚楚迷迷糊糊地睜開眼。身邊的人看她甦醒，大喜道：「妳總算醒來了！」

楚楚茫然地扶住額頭，卻覺得渾身難受。旁邊人見狀後驚叫道：「別亂動！妳怎麼連出門都能遭雷劈？嚇死我們了！」

楚楚面露詫異：「啊？」

楚楚還沒回神，她聽到這句話，試圖跟嘰嘰喳喳的醫護人員爭辯：「我應該是遭到槍擊，不是遭雷劈吧？」

楚楚：這該不會是庸醫吧？

楚楚抬起頭來，才發現身邊的人並不是醫護人員，而是她的同事。

沒錯，對方是楚楚在現實世界的同事，此時正滿臉擔憂地注視著她。

楚楚前一天在下班路上遇雷，莫名其妙被劈中，正好被剛要回家的同事發現。眾人火急火燎地將她送到醫院搶救，幸好人安然無恙。大家還打趣楚楚是渡劫的修士，不然怎麼只劈她？

「妳怎麼現在還在開玩笑？許哥等等會來看妳，早知道那天就不讓妳冒雨回去……」同事喋喋不休地說道，又將水果籃放到桌上，「這是大家的心意，依照妳的情況來看，大概也沒辦法進劇組了。」

楚楚半天沒反應過來，一時無法接受自己回到現實世界的事情，然而同事的頭上確實不再有光環。她沉默片刻，說道：「我能不能看看一下小說？」

同事：「妳想看什麼？」

楚楚：「《巨星的惹火嬌妻》。」

同事：「別滿腦子都是工作！要是妳覺得小說太爛，直接拒絕版權部就好了！」

楚楚最終還是強撐病體閱讀電子書，原諒她無暇顧及夏笑笑的主線劇情，直接簡單暴力地搜尋張嘉年的名字。

原著中，張嘉年的戲份極少，還沒過兩章，就因為跟女配角的經營思維不同，主動請辭離開銀達，後續也沒有提及到他的名字。

楚楚：小朋友不愧是路人甲，能擁有名字都算是奇蹟。

她又開始搜索楚彥印的名字，文中果然沒提及老楚的死因。小說裡，齊盛集團在失去強大的領袖後，各大團體分崩離析，內部的腐敗及女配角的醜聞，終於擊垮龐大的帝國。

楚楚默默地看著書，同事體貼地削著蘋果。病房裡本該很安靜，楚楚卻突然聽到朦朧的聲音。

「她的情況很特殊，受傷的位置並不是腦部，卻像是將自我意識封閉，陷入昏迷……」陌生的男聲一本正經地解釋著，聲音像是從天邊飄來一樣縹緲。

楚楚不知道說話的人是誰，她左看右看，疑惑地看向同事：「你有聽見誰在說話嗎？」

「沒有啊……」同事聽到她的問題後覺得得奇怪，同時警告道，「妳別嚇我啊！」

楚楚眨眨眼，以為自己聽錯，繼續低頭看書。

ＶＩＰ病房外，張嘉年滿臉疲憊，他眼中布滿血絲，強作鎮靜道：「胡醫生，這是什麼意思？」

楚彥印沉默地站在一旁，同樣狀況極差，像是在一夜老了十歲。

楚楚才剛脫離險境，卻無法甦醒，堪稱醫學史上的謎題，讓所有醫護人員都萬分詫異。

胡醫生千里迢迢趕到海外，一同參與治療方案的研討。他說道：「她的腦電波快速而紊亂，跟做夢的感覺有點像，卻又不完全一樣……」

楚彥印：「所以你們的治療方針是什麼？」

胡醫生：「楚董，對不起，歷史上還存在著很多醫學難題，尤其是腦科更為複雜，我沒辦法馬上給您明確的答案。」

張嘉年：「如果她一直沒醒該怎麼辦？」

胡醫生：「這是最糟糕的情況，假如楚總近期沒有甦醒，說實話……她未來醒來的可能性也不大，很可能會一直維持這種狀態。」

楚彥印大驚失色：「那不就是植物人！」

楚彥印沒想到自己的女兒有一天會變成植物人，瞬間頹然不已。他甚至痛惜子彈為什麼沒有打中自己？他已經垂垂老朽，而她的未來還那麼長，老天為什麼要如此殘忍？

張嘉年啞聲道：「……胡醫生，真的沒有任何辦法嗎？」

胡醫生看到張嘉年祈求的眼神，竟有點於心不忍，他無奈道：「雖然說這話有違我的身分，但如果您真想要辦法，或許可以試試沖喜……」

張嘉年和楚彥印皆是一愣，不明白胡醫生的意思。

「我知道這話有點離譜，跟職業不符，但在我們家鄉，是相信這個的……」胡醫生尷尬地撓撓臉，解釋道，「兩家選個良辰吉日訂親，重病不起的人就會痊癒，雖然聽起來很扯，不過世界上總有點科學沒辦法解釋的東西。」

雖然沖喜只是個民間習俗，而且沒有醫療知識可以佐證其可靠性。但他小時候確實在村中看過實際案例，才會堅信此種方法有點用處。

胡醫生看兩人不說話，他心虛地擺擺手：「算了算了……」

胡醫生自知失言，他不該亂說話，頗有些後悔。

「好。」沉默的張嘉年卻突然發聲，他認真地望向胡醫生，詢問道，「麻煩您告訴我們，需要準備什麼？」

公司門外，楚楚打量手中的辭職證明一眼，隨手將其放進錢包裡。

她費了好大一番功夫才成功辭職，先是被許哥許諾加官進爵，又被同事動情挽留，最後連老闆都出言威脅，暗示她背叛。不過無論過程多複雜，好歹結果順利，勉強算是好聚好散。

楚楚可沒把自己太當一回事，上司等人的真切挽留，不過是暫時沒找到比她CP值更高的員工，不然怎麼會一聽她要辭職，便立刻掏出股權？

楚楚對這家公司也沒什麼感情，她當初是覺得專案不錯、薪水高才來的，不過每天累到吐血，老闆又愛吹牛，算是有利有弊。除了個別常合作的同事外，楚楚跟公司的大多數人沒什麼感情。

楚楚有一定的存款，又沒有家人牽掛，辭職後立刻搭乘飛機來到某城。

小說中的城市跟現實世界有所不同，但在蛛絲馬跡中能猜出其關聯。她知道張嘉年家的大概位置，在下飛機後便匆匆循著記憶尋找，終於抵達目的地。

記憶中覆滿爬牆虎的國宅不復存在，這裡既沒有狹窄的小道，也沒有張雅芳響亮的聲音，更沒有他。

楚楚望著一覽無遺的綠化環境，雖然她早有預感，卻還是難掩失落。

這個世界沒有張嘉年。

她在穿書前，曾經幻想過直接辭職，然後自在地環遊世界，做一條無所事事的鹹魚，現在卻提不起勁。

原來現實和書中的生活同樣無趣，沒有他的世界都一樣，只有他是獨一無二的。

醫院長廊內，楚彥印思考許久，終於艱難地開口：「嘉年，你沒必要做到這種地步。」

楚彥印同樣很悲痛，但他不能眼看著張嘉年親信毫無根據的事情。沖喜之事聽起來極為荒謬，簡直是無稽之談。如果楚楚醒不過來，難道要讓張嘉年守一輩子嗎？

楚楚是楚彥印唯一的女兒，但張嘉年同樣是他看著長大的孩子，自然不忍心見他做傻事。

張嘉年面色蒼白，他勉強地笑笑，努力打趣道：「您是不滿意我嗎？其實我真的可以。」

他當初鬱結於心的顧慮，竟有一天能如此輕描淡寫地說出，換來的卻是更深的悲痛。他一直瞻前顧後、思慮甚遠，卻沒想到美好的光陰稍縱即逝，甚至連反悔的機會都不留。

原本趾高氣揚、囂張鮮活的她安靜地躺在病床上，調皮地不願睜開眼睛。他以為兩人會有更好的以後，不料現在連以後都變成奢望。

楚彥印看張嘉年強顏歡笑的樣子，心中更加難過，沉聲道：「你這樣……我沒辦法向你媽交代。」

楚彥印明白對方的悲傷程度不比自己還要低，更不能讓張嘉年深陷泥淖。

張嘉年不言，仍靜靜地守在楚楚身邊。

楚彥印沒有辦法，只能請張雅芳從國內趕過來，希望她能規勸執迷不悟的張嘉年。張雅芳難得出國，她看到楚楚的樣子也嚇了一跳，驚道：「這是發生了什麼事！」

楚彥印說清來龍去脈後，鄭重地提起沖喜一事，懇求張雅芳打消張嘉年的主意。

張雅芳還沒從「楚楚昏迷」的事情中緩過神，又遭到「張嘉年要沖喜」的消息暴擊，一時有些茫然。她無言良久，最後痛快道：「那就辦吧！」

張雅芳一臉理所當然的樣子，疑惑道：「你是不是不曉得合適的日子？要我來挑？」

楚彥印：「……」

楚彥印：我是請妳來勸阻，妳卻跑來慫恿快點做！

楚彥印為難道：「要是楚楚一直沒醒，嘉年豈不是……」

張雅芳不太利索地說道：「但他有自己的主意，不是嗎？」

張雅芳覺得自己的兒子向來是個固執的人，不管別人說什麼，他都會堅定自己的主意。她從來沒要求他能出人頭地，但他卻不斷努力，想要為自己和母親正名。就像楚彥印不強求回報，但張嘉年卻仍然進入齊盛一樣，報恩是他的主意。

他從來不會聽進其他人的抱怨或勸阻，只會貫徹自己認為正確的事。

雖然張雅芳偶爾很討厭張嘉年的彆扭，卻也不會刻意阻止。每個人都有自己的堅持，即便她是母親，他是兒子，她也沒資格讓他留下遺憾。

楚彥印萬萬沒想到，張雅芳的到來反而瘋狂推進沖喜一事，還直接挑了個好日子。

楚彥印：雖然我也很傷心，但我們能不能稍微唯物一點？

沖喜說到底就是儀式，楚楚躺在病房內，顯然不可能真的結婚。張嘉年取出之前準備好的戒指，他小心翼翼地幫她戴上，輕聲道：「本來想過兩年再給妳，現在卻後悔晚給了……」

張嘉年當初剛好看到這枚戒指，便鬼迷心竅地買下，沒想到會以這種方式送出。

他的眼眸中漾起波光，又強壓住酸澀的感覺，努力溫和道：「說不定妳是回到自己的世界，去做修士了。」

楚楚仍閉著眼。

張嘉年落寞道：「妳是不是不要我了？」

他看她靜靜地躺在病床上，似乎對外界的聲音毫無感覺，胸腔中滿溢悲傷的海水。他忍不住喚了一聲她的真名，低聲道：「我還沒轉正啊。」

見楚楚沒有反應，張嘉年又喚了一聲。

墓地內，楚楚將奶奶的墓碑打掃得乾乾淨淨，又擺上新鮮的供品。她滿意地打量一圈自己的傑作，說道：「我今天沒帶酒，不過老太太也不能酗酒。」

「其實我在買東西的時候有看到好酒，卻故意不買。誰叫妳當初不買糖果給我吃，記得吧？」楚楚叉腰挑釁道。

她至今對奶奶有錢、卻故意不買糖給自己的行為耿耿於懷，原因是奶奶覺得把大鈔找開很麻煩，不想拿太多零錢。

「如果我把最近的遭遇說出來，妳可能都不會相信，我可是坐擁百億的商業界新貴……」楚楚洋洋得意道，「如果我們公司能繼續發展下去，肯定能蓋一棟大樓，絕對比齊盛大廈還要帥！」

她炫耀完，又發出一聲嘆息：「不過現在都沒了。」

墓地內的環境很好，楚楚站在奶奶的墓碑前，她深思片刻，坦白道：「奶奶，我做了一件錯事……」

「我喜歡上了一個人，卻還沒鄭重地對他說過喜歡。」她悵然道，這是她最為後悔的事情，甚至比失去金山銀山更可惜。

她總是喜歡用開玩笑的語氣，卻遺忘如何真誠地示愛。

「而且我很沒出息，現在有點想回去了……」楚楚緩緩道，卻又連忙補充，「當然，在書裡就沒辦法來看妳啦，不過我們是唯物主義者，其實不用信這套，對吧？」

楚楚對著墓碑袒露心聲，才發現自己有那麼多懷念的人和物，這裡沒有張嘉年、老楚、夏笑笑、張雅芳、可憐……原來隨著時間的增長，她也漸漸活成書中人，產生如此多牽掛。

空中突然傳來縹緲的聲音，模模糊糊，不甚清晰。

楚楚聽到有人喊她的真名，下意識地回頭：「誰叫我？」

她看身後無人，不免心生疑惑，扭頭望著奶奶的墓碑，又覺得哪裡不對。她沉吟片刻，緩緩取出自己的錢包，慢慢抽出隨手塞進去的辭職證明，仔細查看第一行文字。

『楚楚女士與我司協議解除勞動合約……』

她看清「楚楚」二字，突然醍醐灌頂、恍然大悟。她不敢相信地揉揉眼，再次檢查一遍，確實是「楚楚」沒錯，頓時明白一切。

她在現實世界中不叫楚楚，那只是她的綽號。

楚楚是她書中的名字。

楚楚竟有種豁然開朗的感覺，原來她還在書中，這裡不是現實。她戀戀不捨地在最後看了奶奶的墓碑一眼，擺手道：「奶奶，拜拜啦，我得回去了！」

「以後可能沒辦法過來看妳了……」

「不過我會用線上掃墓的，這樣也比較環保！」

楚楚知道她是不拘小節的人，肯定不會介意她用這種方式來追思。

醫院內，楚楚睫毛一顫，終於睜開眼睛。映入眼簾的第一幕，就是憔悴的張嘉年無聲落淚的樣子。他握著楚楚的手，正難掩悲色地低頭，還未發現她醒過來。

楚楚看到張嘉年滄桑的神色，又望見自己手上的結婚戒指，驚訝地出聲：「……我該不會昏迷了好幾年吧！」

難道她被槍擊中後昏迷多年，張嘉年卻毅然跟她結婚，不離不棄地照顧她好幾年？不然怎麼連戒指都戴上了？

張嘉年聽到她的聲音，他猛地抬頭，臉上難掩震驚之色，眼角還帶著一顆晶瑩的淚滴，愣愣地望著她。

楚楚看他傻乎乎的樣子，伸手抹掉那枚鑽石般的眼淚，她嘗了嘗指尖，果然是既鹹又甜的味道。

張嘉年原本還沉浸在驚喜之中，看到她曖昧的舉動後，羞澀地說道：「妳這是在做什麼！」

楚楚擺擺手道：「都是老夫老妻，別介意嘛……」

張嘉年：「……」

——《我有霸總光環【第二部】攻城為下》未完待續——

高寶書版集團
gobooks.com.tw

YH 141
我有霸總光環【第二部】攻城為下（上）

作　　者　江月年年
責任編輯　眭榮安
封面設計　單　宇
內頁排版　賴姵均
企　　劃　何嘉雯

發 行 人　朱凱蕾
出　　版　英屬維京群島商高寶國際有限公司台灣分公司
　　　　　Global Group Holdings, Ltd.
地　　址　台北市內湖區洲子街88號3樓
網　　址　gobooks.com.tw
電　　話　(02) 27992788
電　　郵　readers@gobooks.com.tw（讀者服務部）
傳　　真　出版部(02) 27990909　行銷部 (02) 27993088
郵政劃撥　19394552
戶　　名　英屬維京群島商高寶國際有限公司台灣分公司
發　　行　英屬維京群島商高寶國際有限公司台灣分公司
初　　版　2023年11月

本著作物《我有霸總光環》，作者：江月年年，由北京晉江原創網絡科技有限公司授權出版。

國家圖書館出版品預行編目(CIP)資料

我有霸總光環. 第二部, 攻城為下 / 江月年年著. -- 初版. --
臺北市：英屬維京群島商高寶國際有限公司臺灣分公司,
2023.11
　冊；　公分

ISBN 978-986-506-821-9(上冊：平裝). --
ISBN 978-986-506-822-6(下冊：平裝). --
ISBN 978-986-506-823-3(全套：平裝)

857.7　　112014798